dtv

Bessa Myftiu verbringt ihre Kindheit inmitten liebenswert-kauziger Verwandter, die ihre ganz persönlichen Strategien ersonnen haben, um im kommunistischen Alltag Albaniens zu überleben. Während der Großvater sich seinen religiösen Neigungen hingibt, setzt die Großmutter ihre hellseherischen Fähigkeiten ein, um die Familie vor Repressionen zu schützen. Der hitzköpfige Vater hingegen, ein regierungskritischer Schriftsteller, erhält ein lebenslanges Berufsverbot und muss in einem Kiosk Schulhefte und Zigaretten verkaufen. Doch selbst in diesem vermeintlich harmlosen Metier lauern Gefahren: Der Vater ist zu erfolgreich und übererfüllt regelmäßig das Plansoll … Vor dem grauen sozialistischen Alltag flüchtet das Mädchen in das Reich der Literatur. Ebenso gern jedoch streift sie mit wachem Blick durch die Straßen ihres Viertels – ihre Eindrücke und Begegnungen gewähren einen facettenreichen, vom Witz des Absurden geprägten Einblick in eine unwiederbringlich verlorene Welt.

Bessa Myftiu wurde in Tirana, Albanien geboren. Nach einem Literaturstudium an der Universität von Tirana arbeitete sie als Journalistin, bevor sie 1992 nach Genf übersiedelte und an der dortigen Universität einen Lehrauftrag im Bereich Erziehungswissenschaften übernahm. Sie veröffentlichte verschiedene wissenschaftliche Publikationen, Übersetzungen aus dem Albanischen sowie Lyrik- und Erzählbände auf Französisch.

Bessa Myftiu

An verschwundenen Orten

Roman

Aus dem Französischen
von Katja Meintel

Mit einem Vorwort
von Amélie Nothomb

Deutscher Taschenbuch Verlag

**Ausführliche Informationen über
unsere Autoren und Bücher
finden Sie auf unserer Website
www.dtv.de**

2012 Deutscher Taschenbuch Verlag GmbH & Co. KG,
München

Titel der Originalausgabe: ›Confessions des lieux disparus‹

Umschlagkonzept: Balk & Brumshagen
Umschlaggestaltung: Wildes Blut, Atelier für Gestaltung,
Stephanie Weischer unter Verwendung eines Fotos
von plainpicture/Arcangel
Druck und Bindung: Druckerei C.H. Beck, Nördlingen
Gedruckt auf säurefreiem, chlorfrei gebleichtem Papier
Printed in Germany · ISBN 978-3-423-14151-2

Für Elina,
in Liebe

Liebe Bessa

Zum ersten Mal in meinem Leben schicke ich eine E-Mail und bin glücklich, dass sie an Sie geht. Ich habe keinen Computer und benutze den meiner geliebten Schwester, bei der ich noch bis morgen Mittag bleibe. Eben habe ich Ihr Manuskript zu Ende gelesen. Ich finde es wunderbar. Dieser Ausdruck ist unglaublich abgenutzt, aber Sie haben wirklich ein außergewöhnliches Erzähltalent. Ich habe unzählige Male bei der Lektüre laut gelacht. Ihr Roman ist mitreißend, schön, vergnüglich, ausgefallen, erschütternd. Hundert Passagen ließen sich zitieren. Die Schreibweise ist bewundernswert packend: Man kann Ihre Geschichte einfach nicht zur Seite legen. Überdies spürt man beim Lesen, wie schön Sie sind, und angesichts der großen Bedeutung der Schönheit in Albanien (diese Erklärung ist grandios und lässt uns Ihr Land bis zum Wahnsinn lieben) ist dieses Detail keineswegs nebensächlich und prägt jede Zeile Ihres Textes. Erlauben Sie mir eine ketzerische Bemerkung? Im Roman sagt Ihr Vater – eine herrliche Figur – zu Ihnen, Sie könnten keine große Schriftstellerin sein, da diese Jahrhundertrolle bereits von Kadare eingenommen werde. Natürlich, Kadare ist gewaltig. Ich aber habe ihn bei Weitem nicht mit so viel Vergnügen gelesen wie Ihren Text. Denn Sie sprühen nur so vor Anmut und Witz, und diese Tugenden sind noch seltener als jene, die einen Autor zum Jahrhundertschriftsteller machen.

Ich umarme Sie und kehre morgen Nachmittag nach Paris zurück.

Amélie Nothomb

DAS HAUS MEINER KINDHEIT

hat sich für Selbstmord entschieden. Blühend zur Zeit von König Zogu, zäh während des Krieges und zuversichtlich unter der kommunistischen Herrschaft, ist es nun seit bald zehn Jahren in Schwermut versunken. Erst nahm man ihm ein kleines Stück vom Garten, um eine Werkstatt zu bauen, in der zwei Maschinen für die Druckerei meines Bruders provisorisch untergebracht werden sollten. Der Feigenbaum mit seinen ausladenden Ästen wurde gefällt, und über seinem abgehackten Stumpf verlegten die Maurer graue Bodenfliesen. Durch die Fenster der ersten Etage musterte das HAUS voller Verbitterung diese grauenvolle, aus schlechtem Beton errichtete Erweiterung seiner selbst. In Regennächten liefen ihm dicke Tränen die Fassade hinunter.

Beim Bau eines zweiten Zimmers wurden die Tränen zu Schluchzern: Mein Bruder hatte drei neue Maschinen gekauft, und also musste die Zierde des Gartens gekappt werden – der Kirschbaum, der im Frühjahr weiße Blüten trug und rote Früchte im Sommer. Bei jedem Gewitter ächzte das HAUS gequält im Gebälk. Und als mein Bruder den Pfirsichbaum in voller Blüte abschlug, um eine Baracke für seine Druckerpresse zu bauen, erschienen an den Wänden des Badezimmers plötzlich die ersten Risse; das HAUS hatte den intimsten Ort gewählt, um seinem Widerwillen freien Lauf zu lassen.

Sicher hätte es sich nie träumen lassen, was nun folgte: der Angriff auf den fruchtbaren, stolzen Dattelbaum. Dass es auch noch meine Eltern waren, die ihm die Axthiebe versetzten, zerstörte das seelische Gleichgewicht des HAUSES ein für allemal. Auf dem Grab des Dattelbaums entstand ein kleines Zimmer: Meine Eltern hofften, ein wenig dem ständigen Lärm der Druckerei und ihren unvermeidlichen Ausdünstungen zu entkommen. Der Generator schließlich, den man in einem Schnäppchenladen in Italien gekauft hatte, brachte mit seinem Qualm den Weinstock zum Vertrocknen: Wie ein Skelett umklammerte dieser den Balkon, wand sich irrlichternd die Mauern entlang und ließ dann und wann den Vorübergehenden ein Stückchen seines verdorrten Leibes auf den Kopf fallen. Niemand hat sich die Mühe gemacht, ihn zu fällen; bei uns tötet man die Verstorbenen nicht. Man bleibt in ihrer Nähe.

Die morbide Nachbarschaft zu dem ehemals fröhlichen, in grüne Blätter gekleideten und mit Trauben geschmückten Weinstock aber bedrückte das HAUS. Vieles hatte es ertragen: den Fall des großen Feigenbaums, dessen Äste ihm in den Tagen großer Hitze Schatten gespendet hatten, die Hinrichtung des königlichen Kirschbaums, dessen Blüten in ihm ein Gefühl von Unsterblichkeit geweckt hatten, die Zerstörung des rosa gewandeten Pfirsichbaums, Sinnbild von Hoffnung und Traum, und auch die brutale Ermordung des Dattelbaums, der im Ofen meiner Eltern beigesetzt wurde, nachdem ihnen im Winter das Holz ausgegangen war. Das HAUS hatte seine eigene Verstümmelung geduldet und die Erweiterung um Körperteile, die seines leichten, aus Schlamm und Stroh errichteten Baus unwürdig waren. Heldenhaft hatte es sogar die Baracke hinten im Garten auf dem Grab des Pfirsichbaums ertragen. Von toten Armen umschlungen zu werden, war jedoch der Gipfel …

Das HAUS wurde paranoid. Als die Landvermesser das Gebäude gegenüber besichtigten, begann es, vor Angst zu zittern. Gipsstückchen lösten sich von der Decke und fielen meinem Vater auf die Schultern. Am nächsten Tag wurde die einzige Palme unseres Viertels von den Angestellten einer großen Firma gefällt: Im Hof der seligen Vangelia, die die schönsten Rosen und die zartesten Tulpen besessen hatte, würde sich bald ein zehnstöckiges Gebäude erheben.

Zehn Stockwerke wachsen sehr viel schneller als ein gewöhnlicher Baum und unvorstellbar viel schneller als eine Palme. Einen Monat später schon war der Himmel enger geworden, und das HAUS sah die Sonne nur noch am Nachmittag. Die funkelnde Morgenröte war ihm fortan verwehrt. Von seinen Fenstern aus würde es nichts anderes mehr betrachten als weitere Fenster, die von oben auf es herabsahen: Da kam ihm der Gedanke an Selbstmord, auch wenn die endgültige Entscheidung erst später fiel, als direkt zu seiner Linken, auf Neris ehemaliger Wohnung, ein zwölfstöckiges Gebäude errichtet wurde.

Das HAUS beabsichtigte also, mit Glanz und Gloria in sich zusammenzufallen, und zwar an einem Sonntag, wenn seine Bewohner beim Spaziergang wären. Schließlich wollte es ja niemanden töten. Dabei wusste das arme HAUS nichts von dem Komplott seiner eigenen Bewohner, die beschlossen hatten, es aus dem Weg zu räumen. Die Landvermesser kamen in seinen großen Wohnraum, in dem so viele Hochzeiten gefeiert und so viele Tote beweint worden waren, um ein Gläschen auf seine baldige Beisetzung zu heben. Das Verhängnis klopfte an die Tür, bei uns entgeht man seinem Schicksal nicht. Dieses hatte dem HAUS seine letzte Freiheit – das Recht auf einen selbst bestimmten Tod – genommen, nachdem es ihm eine außergewöhnliche Existenz geschenkt hatte …

Das HAUS hatte zwei Herrinnen gleichzeitig gehabt und sein Besitzer, mein Großvater, zwei Frauen. Ein Zeichen seines großen Reichtums? Eher ein Beweis für sein Pech. Als Erste hatte er eine schöne Bäuerin von aristokratischem Auftreten geheiratet, zerbrechlich und zart wie eine Lilie. In stiller Bewunderung für diese Nymphe, die durch das Spiel des Zufalls seine Frau geworden war, dankte er jeden Abend dem Onkel, der die Heirat vermittelt hatte, indem er im Dorf des jungen Mädchens Raki getrunken hatte. «Ich habe einen Neffen», hatte der Onkel nach dem siebten Glas zu dem Vater der Schönen gesagt. «Und ich eine Tochter», antwortete jener mit einem halben Liter Schnaps im Bauch. «Verheiraten wir sie doch.» Großvater sah das Gesicht seiner Braut erst am Tag seiner Hochzeit. Er begann, ans Paradies zu glauben. Doch wer ans Paradies glaubt, muss sich auch auf die Hölle gefasst machen. Nach der Geburt des ersten Kindes wurde die Schöne krank, und die Ärzte gaben alle Hoffnung auf. Tag für Tag flehte sie Großvater an, sie nach Hause zu schicken, damit sie bei den Ihren sterben könne. Keiner Träne fähig angesichts dieses unfassbaren Unglücks, ließ er die Sterbende in ihr Dorf ziehen, allein von den Ihren begleitet, wie sie es gewünscht hatte. Dann schloss er sich in der gemeinsamen Schlafkammer ein, um sein verlorenes Glück und sein Elend zu beweinen, das noch größer war als der Tod selbst: Seine Frau weigerte sich, ihre letzten Momente mit ihm zu teilen …

Als er verzweifelt in seinem Zimmer schluchzte, platzte der unvermeidliche Onkel herein. Beschämt wischte Großvater die Tränen fort. Der Onkel schalt ihn, dass er sich so gehen ließ, und redete auf ihn ein, seinen Mann zu stehen: Krankheiten sind die Sache Gottes, die Menschen dagegen haben auf der Erde nichts weiter als ihre Pflicht zu tun. Großvater aber hatte die seine vergessen. Seit Tagen war der Laden, den er als Erbe erhalten hatte, geschlossen, und die verärgerten Kunden kauften anderswo ein. Seine Wohnung starrte vor Dreck, und die kleine Tochter wurde zwischen Nachbarn und Cousinen hin- und hergereicht. Der Laden brauchte einen Kaufmann, das Haus eine Frau. «Und ich hab dir auch schon eine gefunden», schloss der Onkel.

Die neue Ehefrau war eine Aristokratin mit dem Auftreten

einer Bäuerin. Kräftig, klein und rund, lief sie einfach zu Fuß die drei Straßen herüber in das verdreckte Haus und kümmerte sich um den Säugling, der von den Nachbarn vorbeigebracht wurde. Da ihr Gatte bereits verheiratet war, hatte sie keinen Anspruch auf eine Hochzeit; ihre fürchterlich geizigen Eltern hatten die Gelegenheit beim Schopfe gepackt und sie ohne weitere Kosten unter die Haube gebracht. Folgsam und ihren Eltern ergeben, wie es sich für jedes junge Mädchen dieses Landes gehört, hatte sie lediglich ein paar Dinge zusammengesucht und sich, vom kuppelnden Onkel begleitet, auf den Weg gemacht, um ihrem Schicksal die Stirn zu bieten. Ein Mann ohne Gefühle erwartete sie. Aber wie schön er doch war! Groß und elegant und von jener geheimnisvollen Aura umgeben, wie sie nur ein übergroßer Kummer mit sich bringt, hieß er sie willkommen. Ihm war fortan jede Frau gleichgültig. Für ihn zählte von nun an nichts als die Pflicht. Er war ein Mann geworden.

Er schloss seinen Laden wieder auf. Mittags kam er in eine vor Sauberkeit blitzende Wohnung und ließ sich ein köstliches Essen schmecken. Seine Frau diente ihm voller Ergebenheit und ohne die geringste Aufmerksamkeit zu fordern. Sie kümmerte sich auch um den Säugling und die Bäume im Garten und sogar um das Reinemachen im Laden. Es war unmöglich, sich von diesem wohltuend sanften und schweigsamen Eifer nicht rühren zu lassen. Großvater begann, seine neue Frau am Tag mit etwas mehr Zärtlichkeit zu betrachten und des Nachts mit etwas mehr Leidenschaft an sich zu drücken. Wer weiß? Vielleicht hätte er sich ja in diese rücksichtsvolle Gefährtin verliebt und die Schönheit entdeckt, die sich hinter ihrem gewöhnlichen Äußeren verbarg. Vielleicht hätte er sich irgendwann mit dem Leben abgefunden und gelernt, eine andere als seine erste Frau zu lieben.

Die aber war in ihren Geburtsort zurückgekehrt und hatte verlangt, dass man sie unverzüglich auf die Weide brachte.

Doch nicht das Gras wollte sie sehen, sondern den Schäfer! Vor ihrem letzten Atemzug wollte sie ihm ihre ewige Liebe gestehen: Der Tod erschien ihr leichter als ein Leben ohne ihn. Auch wenn ein Liebesabenteuer für eine albanische Dorffamilie in den Zwanzigerjahren noch unvorstellbarer war als eine Geschichte über das Leben im All, der letzte Wille einer Todgeweihten ist und bleibt heilig. Der Tod ist ein goldener Deckel, der sich über allen Sünden schließt. Der Wunsch, den die Schöne zwischen Auswürfen blutigen Schleims geäußert hatte, wurde also respektiert. Und so bekam sie den Schäfer zu sehen … wie er gerade mit einer anderen schäkerte, und wohnte an Ort und Stelle seiner Verlobung bei, die sie selbst durch ihre unerwartete Anwesenheit als Zeugin herbeigeführt hatte. Noch einmal spuckte sie Blut, atmete tief durch, und in dem Moment, als ihre Verwandten glaubten, sie würde ihr Leben aushauchen, verkündete sie, sie fühle sich besser. Der Schock hatte sie eigenartigerweise ins Leben zurückgeführt. Ins Leben und in die Schande, nun, da sie ihr Geheimnis enthüllt hatte.

Man würde ihr schon verzeihen – vorausgesetzt, sie starb. Doch während die Familie noch das Begräbnis vorbereitete, begann sie, neue Kräfte zu sammeln! Draußen im Hof wartete der Sarg auf sie, doch sie träumte davon, zu ihrem Gatten heimzukehren! Alle Abende rief sie sich die Märchen in Erinnerung, die er ihr zugeflüstert hatte, bevor sie zu Bett gingen, erinnerte sich an die Liebkosungen, die sie nicht zu schätzen gewusst hatte, und liebte ihn jeden Morgen ein klein wenig mehr. Ihr Husten klang ab, und ihre erloschenen Augen strahlten wieder.

Der Hoxha des Dorfes rief ein Wunder aus: Gott hatte Mukades geheilt! Mit rosigen Wangen, einem Lächeln auf den Lippen und einer großen Tasche in der Hand stieg sie auf den Karren, der sie zurück in die Hauptstadt bringen sollte. Wie anders war diese Reise doch als jene erste am Tag ihrer

Hochzeit! Damals hatte sie ihre Seele zurückgelassen, heute aber brachte sie sie ihrem Gatten entgegen. Freudestrahlend stieß sie die Tür des HAUSES auf und wollte aus Leibeskräften «Ich bin zurück!» rufen. Doch der Anblick einer anderen Frau, die im Hof gerade die Wäsche wusch, nahm ihr mit einem Mal allen Schwung. Die Farbe wich aus ihrem Gesicht, die große Tasche fiel auf den Boden.

«Halim, was hast du mir angetan!»

Nadire wandte sich der Frau zu, die da ohne anzuklopfen eingetreten war und einen solchen Vorwurf auszusprechen wagte. Sie glaubte nicht an Gespenster, erkannte sie aber sofort wieder. Die erste Frau ihres Mannes war aus dem Grab gestiegen, um ihnen das Leben zu vergiften! Sie hat ihr nie verziehen, dass sie nicht gestorben war. Mukades hat ihr umgekehrt ihre Existenz nicht verziehen. Und ihrem Mann nicht, noch vor ihrem Begräbnis eine andere Frau genommen zu haben. Halim dagegen hat Mukades nicht verziehen, dass sie gegangen war: Den Ehemann verlässt man nicht, es sei denn im Sarg. Wenn die Toten aber zurückkehren, begräbt man sie nicht in der Erde. Man legt sie zu sich ins Bett.

Großvater blieb keine andere Wahl: Er musste eine Woche bei der Toten schlafen und eine Woche bei der Lebenden. Die beiden Frauen wurden fast gleichzeitig schwanger. Die eine brachte unermüdlich Mädchen zur Welt und die andere Jungen. Die Auseinandersetzungen zwischen den beiden Ehefrauen waren äußerst selten geworden, seit Großvater sie einmal bei einem Streit überrascht und ihnen gedroht hatte, sie nach Hause zurückzuschicken, sollten sie je wieder damit anfangen. Seither gingen die beiden Ehefrauen, bevor sie mit dem Zanken begannen, in den Hof und sperrten sorgfältig das Tor ab, damit ihr Mann sie nicht mehr erwischen konnte. Diese einfache Vorkehrung jedoch nahm ihnen alle Streitlust. Sobald das Tor verriegelt war, kehrten sie in die Küche zurück, das Herz wie leergespült, und fühlten sich ein wenig albern. Schweigend nahmen sie dann ihre häuslichen Arbeiten wieder auf. Mukades, die sanfte Träumerin, kümmerte sich um die Kinder, ohne irgendeinen Unterschied zwischen ihren eigenen und denen ihrer Rivalin zu machen. Die robuste Nadire dagegen übernahm mit ihrem Sinn fürs Praktische die gröberen Aufgaben: Sie zog das Wasser aus dem Brunnen, reparierte das Dach, beschnitt die Weinstöcke. Die Männerarbeit machte ihr nicht gerade zartes Äußeres noch herber, wohingegen Mukades die schönste Frau des Viertels blieb. Bis eine dritte Frau das HAUS betrat: Sadia.

Sadia, die in der ganzen Stadt für ihre Schönheit bekannt und seit ihrer frühesten Kindheit Waise war, hatte Großvaters Cousin, einen stellenlosen Vagabunden, geheiratet und zwei Kinder von ihm bekommen. Ihr Überleben verdankte die Familie dem Haus, das Sadia von ihren Eltern geerbt hatte: Einen Teil vermietete sie, während sie darauf wartete, dass ihr Sohn erwachsen wurde und ihre bescheidenen Verhältnisse aufbesserte. Der Junge aber verdrehte schon mit vierzehn Jahren allen, denen er begegnete, den Kopf: Es war schwer, wenn nicht gar unmöglich, sich einen schöneren Knaben vorzustellen. Doch es gibt eine Schönheit, die ins Verderben führt, eine tragische Schönheit, durchdringend bis zum Ekel, dunkel und schmerzvoll. Eine Schönheit, die Perversionen entfacht und kranke Leidenschaft im Herzen eines frau- und kinderlosen reifen Mannes weckt, wie jenes Nachbarn, der immerfort eingeschlossen in seinem Haus hinter den Vorhängen seiner großen Fenster lauert. Dieser sah den schönen Knaben. Er stellte einen Sarg vor die Tür des Hauses gegenüber, einen schwarzen Sarg mit einem Schild: «Wird er nicht mein, so muss er sterben.»

Bei uns glaubt man an Liebesflüche. Um ihren Sohn zu retten, verkaufte Sadia das Haus, und die ganze Familie zog nach Izmir in die ferne Türkei, weit fort von den lüsternen Augen des Nachbarn. Aus den Augen, aus dem Sinn, sagt das

Sprichwort. Der Fluch aber kennt keine Entfernungen. Im Gegenteil, er wächst mit dem Abstand. Binnen weniger Monate verlor Sadia Sohn, Ehemann und Tochter bei einer Choleraepidemie. Einsam und verzweifelt kehrte sie nach Albanien zurück. Sie hatte weder Haus noch Familie. Sie wollte nicht mehr heiraten. Keine glücklosen Kinder mehr zur Welt bringen. Und so öffnete Großvater ihr seine Tür. Mit ihren dreiunddreißig Jahren war Sadia noch immer von atemberaubender Schönheit. Das Leid hatte ihre Züge bis zur Erhabenheit verfeinert, der Kummer ihrer Anmut Würze verliehen. Nie sprach sie von ihren toten Kindern. Sie nahm die Familie meines Großvaters an und liebte seine Abkömmlinge mit großer Zärtlichkeit. In deren Herzen nahm sie seltsamerweise bald den ersten Platz ein. Obwohl sie kaum älter war als die beiden Mütter, ließ Sadia sich doch mit unglaublicher Bescheidenheit und ausgemachtem Takt Großmutter nennen.

Nie machte Halim ihr auch nur die geringste Vorhaltung. Vielleicht empfand er für sie Liebe, vermischt mit einer Spur Ehrfurcht. Vielleicht respektierte er auch ihr einzigartiges Unglück, das sie hinter ihrem strahlenden Lächeln verbarg. Mit ihrer stets guten Laune und ihren hilfreichen Ratschlägen brachte Sadia die Sonne in das HAUS. Hatte Nadire einen seltenen Feigenbaum, einen Mandarinen-Zitronenbaum und einen Weinstock mit tiefschwarzen Trauben gepflanzt, Mukades die Fenster mit eleganten Vorhängen, die Tische mit feinen Decken und die Betten mit leichten Laken geschmückt, so gab Sadia jedem Ding einen Hauch von Überirdischem. Und spendete jedem Kind Trost, ohne zu verurteilen. Zu Sadia gingen die Kleinen, um sich auszuweinen, wenn eine der beiden Mütter sie getadelt hatte, denn keine der zwei Frauen nahm sich das Recht heraus, ein Kind zu trösten, das die andere soeben gescholten hatte.

Sadia aber, der das Schicksal alles genommen hatte, genoss

alle Rechte. Weinte sie heimlich, wenn die anderen schliefen? Träumte sie davon, das Bett mit dem Mann zu teilen, der ihr so viel gegeben hatte? Oder begnügte sie sich mit ihrer einzigartigen Stellung jenseits von Heirat, Kindern und Blutsbanden, mit jener anderen Art von Liebe, die aus Wunschbildern und Träumen, aus Liedern und Himmel besteht? Manchmal, wenn sie sang, begleitete Großvater sie. Besonders aber liebte er es, ihr Suren aus dem Koran zu übersetzen. Für Nadire ein Frevel, der zum Himmel schrie! Dass Gott albanisch sprechen sollte, war einfach nicht denkbar. Als gute Muslimin sagte sie fünfmal am Tag ihre Gebete in den Worten auf, die ihr unverständlich blieben. Für sie kein Arabisch, sondern die Sprache Gottes. Jedes Mal, wenn Großvater anfing, Gott zu lästern, verließ Nadire in panischer Angst den Raum und betete, es möge sie kein Unheil treffen. Sadia hatte natürlich das Recht, auf Gott böse zu sein, weshalb sie auch nicht protestierte, wenn er sich auf Albanisch ausdrückte. Mukades hingegen, spitzbübisch und zerbrechlich wie eh und je, interessierte sich nur für Märchen. Wenn Gottes Worte moralisierend wurden, hörte sie einfach nicht mehr zu. Halim beschränkte sich also auf die Abenteuer des mutigen Jusuf, damit sich auch die Kinder, vier Jungen und vier Mädchen, zu den Erwachsenen gesellen konnten. Halims Geschäft lief glänzend. In unserem HAUS herrschte Frieden. Von Licht und Luft durchflutet, beherbergte es das Geschrei der Kinder und die Schelte der Mütter. Der Garten erblühte, und über die alten Wunden legte sich eine Decke aus Blütenstaub.

Es war im Frühling, der Zeit der Veränderungen, als Halim beschloss, seine Geschäfte über die Landesgrenze hinweg auszudehnen. An einem Morgen im April trat er aus Mukades' Zimmer, in dem er sie die ganze Woche geliebt hatte, und machte sich auf den Weg in die Türkei. Die größten Händler waren in Istanbul ansässig, und so ließ er sich dort nieder.

Zwei Monate darauf erlitt Mukades eine Fehlgeburt. Trotz

der unerbittlichen Sommersonne hatte sie wieder angefangen zu husten. Nadire betete ohne Unterlass, Gott möge jene verschonen, die er damals hätte zu sich nehmen sollen – aber doch jetzt nicht mehr. Er erhörte sie. Mukades besiegte den Tod, doch ihre Gesundheit blieb geschwächt. Besonders vor der Kälte, die mit langsamen Schritten nahte, musste sie sich in Acht nehmen. Der Herbst kam, doch Halim war noch immer nicht zurück. Bekannte überbrachten einige vage Nachrichten. Er lebte. Was aber tat er all die langen Monate in der Fremde? Voller Ungeduld wurde er von seiner Familie erwartet, besonders aber von Nadire, die an der Reihe war, eine ganze Woche bei ihm zu schlafen.

Mit dem Winter kehrte Halim zurück. Ausgezehrt, fremd, verschlossen. Er richtete sich in Nadires Zimmer ein, doch die setzte ihn am dritten Tag vor die Tür. Sie erkannte ihn nicht wieder, so verändert war er. Er sprach zwar von Gott, aber nicht wie früher: Gott war für ihn nun ein enger Freund, dem er begegnen wollte. Nadire brüllte: «Und wo willst du Gott begegnen? Gott ist im Himmel. Wie willst du denn da hinkommen, solange du lebst?» – «Durch Gebete und Fasten, vor allem aber, indem ich gute Werke tue», antwortete Halim. Und mit den guten Werken hatte er auch schon begonnen …

Er hatte die beiden Häuser, die er am Stadtrand besaß, verschenkt: Die Papiere waren bereits unterschrieben. Obendrein hatte er die Waren aus seinem Laden unter den Bedürftigen der Straße verteilt. Er brauche, so sagte er, nichts außer Wasser und reinen Gedanken. Er wollte ein Heiliger werden, das irdische Glück war ihm nicht mehr genug. Sicher, er war schon immer unzufrieden gewesen, aber in Istanbul war ihm klar geworden, wie egoistisch sein bisheriges Leben gewesen war. Er hatte sich mit Hühnchen vollgestopft, während seine Nachbarn nicht einmal trocken Brot hatten. Er hatte jeden Morgen Honig mit Nüssen vernascht, was den kranken Kindern nicht vergönnt war. Er hatte drei Häuser besessen, während andere auf der Straße schliefen. Er hatte gesündigt. Jetzt würde er sich freikaufen.

Für Nadire brach die Welt zusammen. Sie lief zu ihren Brüdern, um den Verkauf des Landes, das ihr von ihrem Erbe noch blieb, auszuhandeln. Sie hatte keinen Ehemann mehr: Ein Irrer hatte seinen Platz eingenommen. Ein sanfter und frommer Irrer, ja, aber irrer noch als die normalen Irren. Bei seiner Suche nach Gott im Himmel hatte er seine Familie auf der Erde vergessen. Mit der Hilfe ihrer Brüder reichte Nadire ein Gesuch bei den Behörden ein, um ihrem Mann jegliches Recht zu nehmen, offizielle Papiere zu unterschreiben und den Familienbesitz zu verschenken. Sie besaßen nichts mehr außer dem HAUS. Es war groß und schön, von Bäumen umstanden, mit Blumen geschmückt und voller Menschen, die leben wollten: zwölf an der Zahl. Eine Kranke, die die meiste Zeit im Bett lag, ein Geistesgestörter, der sich weigerte, zu essen und das Leben zu genießen, eine aus dem Nichts aufgetauchte Fremde – noch ein Maul mehr zu füttern – und acht Kinder. Wie groß war Nadires Kummer, als sie entdecken musste, dass sich ein neuntes in ihrem Bauch regte! Es war das Kind des Irren, der dreizehnte Bewohner unseres HAUSES: mein Vater.

Sein Erzeuger hatte sein Samen und Leben spendendes Werk abgeschlossen. Nunmehr schlief er allein, im kleinsten, aber bezauberndsten Zimmer des HAUSES – es besaß als Einziges einen Balkon. Immer wieder las er den Koran, betete und empfing Kranke, die er, wie er behauptete, durch religiöse Anrufungen heilte. Manchmal, wenn er Nadires lautstarke Forderungen nach Geld für die Kinder nicht mehr ertrug, ging er in jenen Laden arbeiten, in dem er früher selbst der Chef gewesen war. Oft fiel er wegen seines ausgedehnten Fastens in Ohnmacht, Gott aber war er immer noch nicht begegnet. Doch er gab die Hoffnung nicht auf. Mit Willensstärke, meinte er, es zu schaffen. Weder Mukades' Flehen noch Nadires Befehle vermochten ihn aus seiner Welt der Wunder und Mysterien herauszureißen. Nur sein Letztgeborener lauschte ihm voller Bewunderung. Halim begann, sein Herz an dieses Kind zu hängen, das den anderen so wenig glich, einem anderen Samen entsprungen, von Gott gezeichnet war. Er nannte es Mohamed.

Mit acht Jahren wurde Mohamed Atheist. Und mit zwölf ins Gefängnis geworfen. Die Faschisten verhafteten ihn, als er in seiner Schule eine flammende Rede hielt: Zwei Revolver und ein Bündel Briefe in seinen Hosentaschen verrieten, dass er als Kurier zwischen den Partisanen in den Bergen und den Kämpfern in der Stadt diente. Man verhörte und folterte ihn; kein Wort kam über seine Lippen. Seine Freunde zu verraten, war für ihn noch unerträglicher als die Folter. Anstatt ihn zum Glauben zu führen, hatten die Erzählungen seines Vaters einen Märtyrer aus ihm gemacht: Keinen einzigen Stützpunkt der Widerständler in der Stadt gab er preis. Dabei hätte er auch andernfalls niemandem geschadet, denn die verborgenen Stützpunkte waren, als seine Verhaftung bekannt wurde, sofort verlegt worden. Niemand konnte von einem zwölfjährigen Jungen erwarten, der Folter standzuhalten – außer er selbst! Zwar vertrauten die Kämpfer dem Jungen, der unentwegt zwischen den Bergen und der Stadt hin- und herlief, ihre Briefe an, jedoch mit dem festen Vorsatz, alle Pläne umzuwerfen, falls er einmal gefasst werden sollte. Dass er den Mund hielt, versetzte ganz Tirana in Staunen!

Tag für Tag sagten sich die Einwohner: «Er hat immer noch nicht geredet!» Auch die Folterknechte wiederholten diesen Satz nach jeder Sitzung mit der gleichen Verwunderung. Zuletzt waren sie überzeugt, dass Mohamed nichts wusste. Dass er sich die Revolver selbst beschafft und die glorreiche Rede gegen den Faschismus bei seinem Schulmeister, einem großen Revolutionär, auswendig gelernt hatte, und dass die Briefe durch Gott weiß welchen Zufall in seine Hosentaschen gelangt waren. Sie holten ihn endlich aus der Folterkammer und warfen ihn achtlos zu den übrigen Gefangenen. Dort wurde Mohamed wie der Prophet einer neuen, gottlosen Religion empfangen: Die Zeit des Kommunismus war angebrochen.

Halim hatte weder für die Kommunisten noch für die Faschisten etwas übrig, aber er liebte seinen Sohn, den Letztgeborenen. Während der Woche der Folterungen hatte er kein Auge zugetan. Und nun, da Mohamed im Gefängnis saß, hatte er nur einen Gedanken: ihn dort herauszuholen, koste es, was es wolle. Doch Halim besaß kein Vermögen mehr, das er gegen seine Befreiung hätte eintauschen können – außer das noch ganz junge HAUS, das im Sommer kühl war und warm im Winter. Wie schwer es ihm doch fiel, sich von ihm zu trennen! Halim beweinte es so sehr wie damals seine erste Frau. Nach einer im Gebet durchwachten Nacht ging er zu Nadire, mit zusammengeschnürtem Herzen und rot geweinten Augen. In den Händen der Frau, die einst so völlig in seinem Dienst aufgegangen war, lag nun die alleinige Entscheidungsgewalt. Wider Willen war sie zum Mann in der Familie geworden und hatte mit dem Geld aus dem Verkauf ihres Landes eine Schneiderei eröffnet. Dort nähten die Mädchen unter Mukades' Anweisungen, während Sadia aufgrund ihrer Stellung als Witwe und Großmutter die Bestellungen von draußen entgegennahm. Ein bescheidenes Einkommen, auf Kante genäht.

Der Krieg aber hatte alles verändert. Die Jungen im arbeitsfähigen Alter hatten gegen die faschistische Besatzung die Waffen ergriffen und die Mädchen die Nähmaschine im großen Wohnraum stehen lassen, um ebenfalls der kommunistischen Bewegung beizutreten. Gerade als Nadire ihnen Vorhaltungen machte, weil sie ohne Schleier und umgeben von Männern an einer antifaschistischen Demonstration auf dem Boulevard teilgenommen hatten, stieg Halim aus seinem Zimmer herunter. Die Mädchen liefen ihm Schutz suchend entgegen. Doch krank und vom Fasten immer mehr geschwächt, wagte Halim es nicht, ein gutes Wort für seine Töchter einzulegen. Niedergeschlagen flehte er Nadire lediglich an, das HAUS zu verkaufen, um ihren gemeinsamen Sohn zu retten. Über dieser Bitte vergaß Nadire Demonstration, Schleier und Mannsbilder und brauste auf:

«Das HAUS verkaufen? Schämst du dich nicht? Willst du, dass wir alle auf der Straße landen? Der Kleine wird bald schon wieder draußen sein: Keiner hat etwas davon, ein Kind im Gefängnis zu behalten. Ich hätte nicht übel Lust, dem Bürschchen ein paar saftige Ohrfeigen zu verpassen für die Sorgen, die er uns macht! Der Krieg ist etwas für Männer, nicht für Frauen und Kinder. An den Feigenbaum werd ich ihn binden, damit er nicht mehr zu den Partisanen läuft! Das mach ich, das schwör ich dir! Sobald er zurück ist – in zwei, höchstens drei Tagen!»

Genau drei Tage später wurden alle Gefangenen in ein Konzentrationslager außerhalb Albaniens abtransportiert. Und sechs endlose Monate später erhielt Halim die Liste all jener, die kurz vor der Zerstörung des Lagers hingerichtet worden waren. Mohamed war einer von ihnen. Doch …

… wenn er nicht lebend heimgekommen wäre, dann wäre ich nicht geboren.

Und mein kleiner Bruder auch nicht. Er ist im Jahr des Feuerpferdes zur Welt gekommen. Hätte Mama in China gelebt, hätte man ihr sicher zur Abtreibung geraten, denn Kinder, die in dieser Zeit geboren werden, bringen Unglück. Und auch wenn Mama im zweiten Monat der Schwangerschaft keinerlei böse Vorahnung hatte, so hat das Unglück doch nicht auf sich warten lassen und an einem Tag im April an das Tor unseres HAUSES geklopft. Ich war gerade im Garten und bewunderte die rosa Blüten des Pfirsichbaums; meine große Schwester dagegen bestaunte den Kirschbaum, denn sie träumte bereits vom Heiraten und hatte eine Schwäche für alles Weiße. Papa hat beiden von uns recht gegeben und uns einen Spaziergang durch den Park am künstlichen See vorgeschlagen, der gerade über und über von vielfarbigen Blüten geschmückt war. Wir haben vor Freude laut geschrien. Genau in dem Moment hat es am Hoftor geklopft. Es war das Unglück, auch wenn Papa es uns als seinen besten Freund vorstellte. Papa bat uns, im Hof auf ihn zu warten, und schloss sich mit seinem Gast in der Küche ein. Besorgt ging Mama am Fenster horchen. Ich folgte ihr. Auf einem kleinen Hocker stehend, presste ich mein Gesicht an die Scheibe, um besser hören zu können. Papas Freund sah ziemlich verärgert aus. Er sagte ihm mit ernster Stimme:

«Dass ich dir neulich zu deinem Roman gratuliert habe, war eine unreife Reaktion. Ich hatte die übrigens gut versteckte reaktionäre Botschaft darin nicht erkannt. Jetzt muss ich meine Meinung widerrufen: Es ist ein abscheuliches Machwerk.»

«Was hat Enver Hoxha dazu gesagt?», fragte Papa tonlos.

«Er war weiß vor Wut. Er hat mir den Roman einfach zurückgegeben und geschrien: ‹Wie können Sie diesem Mann erlauben zu schreiben?›»

Mama fiel in Ohnmacht. Ich begriff, dass gerade etwas nicht wieder Gutzumachendes geschehen war. Papa kam aus der Küche auf uns zugelaufen, ganz blass, ein Glas Wasser in der Hand. Während Papa das Gesicht seiner Frau besprengte, erklärte der sogenannte Freund noch mit kalter Stimme, bevor er im Hinausgehen die Tür zuschlug:

«Die Partei erwartet, dass du den Roman selbst verbrennst, deshalb geben wir ihn dir zurück.»

Ich habe Mama zurückgelassen und bin in die Küche gerannt, um mir das verfluchte Ding anzusehen: Auf dem Tisch lag ein großes Buch mit blauem Umschlag. Ich nahm es in die Hände. Wie schwer es war! Was wohl darin stand? Ich begann, die Seiten umzublättern.

«Fass es nicht an!», schrie Mama, die plötzlich in der Küchentür stand.

Ich legte das Buch wieder auf den Tisch und wich wie vor einer Bombe zurück.

«Verbrenn es!», flehte Mama, die Augen auf Papa geheftet.

Er warf ihr einen ebenso wütenden wie traurigen Blick zu.

«Dann schaff es wenigstens hier weg!», korrigierte sie sich.

Da nahm Papa das Buch und brachte es, dem Geräusch seiner Schritte nach zu urteilen, in ihr gemeinsames Schlafzimmer. Ich begann, mir die Sandalen auszuziehen. Als Papa wieder herunterkam, fragte er mich, ob ich es mir mit dem Spaziergang doch anders überlegt hätte.

«Was für einen Spaziergang denn?», schrie meine Mutter.

«Ich habe den Mädchen versprochen, mit ihnen zum See zu gehen.»

«Du willst doch wohl nicht spazieren gehen, nach allem, was gerade passiert ist? Der Präsident der Republik hat höchstpersönlich dein Werk verworfen!»

«Das wundert mich nicht sonderlich», antwortete Papa. «Ich weiß, dass mein Roman der Zukunft gehört. Seine Zeit ist noch nicht gekommen, deshalb habe ich ihn auch nicht an einen Verlag geschickt. Und als Bukurosh im ersten Überschwang meinte, ein solches Meisterwerk dürfe man dem Publikum nicht vorenthalten, habe ich ihm klipp und klar gesagt, dass ich die Missbilligung der Parteiführer schon vorausahne, weil ich sie alle in ihrer Mittelmäßigkeit kenne. Über einen Einzigen war ich mir noch im Unklaren: Enver Hoxha. Bukurosh hatte mir vorgeschlagen, Enver den Roman selbst zu überbringen, weil er sein politischer Sekretär ist. Unserem Führer hat das Buch überhaupt nicht gefallen. Schlimmer noch, er ist wütend geworden. Aber eines Tages wird dieser Roman aus meinem Koffer hervorgeholt und sein Wert erkannt. Wenn nicht zu meinen Lebzeiten, dann doch sicher nach meinem Tod», schloss Papa.

Und wir sind ohne Mama spazieren gegangen.

Sie ist bei Großmutter geblieben, sie war richtig krank und im Bett, dabei wäre sie besser mitgekommen. Wir haben nämlich die Tiere im Zoo angeschaut. Es gab neue: einen Affen aus Afrika, der sich die ganze Zeit kratzte, ein Nashorn und einen Tiger. Mama liebt Tiere, sie ist Biologielehrerin. In unserem HAUS streunen ständig Schildkröten, Frösche, Igel und ein paar harmlose Schlangen herum. Mama verwendet sie in ihrem Unterricht. Manchmal balsamiert sie sie ein, und dann sind sie nicht mehr lebendig, sondern unsterblich. Ich frage Papa, was der Unterschied ist zwischen lebendig sein und unsterblich.

«Alles, was geboren wird, ist lebendig. Die Unsterblichkeit dagegen muss man sich verdienen», antwortet Papa, in Gedanken versunken.

Ich möchte ihn noch fragen, ob er sich heute die Unsterblichkeit verdient hat, weil ich spüre, dass er weniger lebendig ist als sonst. Obwohl er den Spaziergang mit uns gemacht hat, ist er traurig. Aber in seiner Traurigkeit schimmert Stolz durch: In gewisser Weise ist Papa zufrieden, dass er Enver Hoxha aus der Fassung gebracht hat, dessen Porträt in allen Häusern, in denen ich war, an der Wand hängt. Wir haben auch eines in der Küche. Ob man es jetzt wohl abnehmen wird? Ich kann es kaum erwarten heimzukommen, weil ich nachsehen will, ob das Bild noch hängt.

Ja, es ist da, niemand hat es angerührt. Ich bin überrascht, aber mehr noch über die Anwesenheit meiner Großmutter Nadire in der Küche. In einen Haufen Decken gehüllt, sitzt sie da und weint.

«Wirst du denn nie aufhören, mir ständig nur Sorgen zu machen?», sagt sie zu Papa. «Was musst du bloß gegen die Regierung schreiben? Warum kannst du nicht einfach leben wie alle anderen auch, warum suchst du immer nur Ärger? Willst du wieder ins Gefängnis? Du hast eine Stelle als Lehrer, zwei Kinder und ein drittes im Bauch deiner Frau, was willst du mehr? Mein Junge, versöhn dich mit der Regierung! Hör ein einziges Mal auf deine alte Mutter! Hab wenigstens mit deiner schwangeren Frau und deinen Kindern Mitleid, wenn du schon mit mir keines hast!»

«Für ihn zählt die Wahrheit, wir zählen nicht», klagt meine Mutter.

«Ja, für mich zählt die Wahrheit. Das habe ich dir schon vor unserer Hochzeit gesagt: Zuerst kommt die Wahrheit, dann die Kinder, dann du und zuletzt ich. Damals fandest du das romantisch und edel. Warum beschwerst du dich jetzt?»

«Ich dachte doch, das wären nur schöne Worte!»

«Ich mache keine leeren Versprechungen.»

«Stimmt, Papa hält immer, was er verspricht», bestätige ich.

Großmutter dreht sich zu mir um.

«Gott behüte, dass du nach ihm gerätst, mein Kind», sagt sie mit sanfter Stimme zu mir. «Er hat ein Herz aus Gold, aber er geht nur nach seinem eigenen Kopf. Wer immer nur nach seinem eigenen Kopf geht, rennt ihn sich früher oder später ein.»

Papa hatte einen großen Kopf und eine hohe, breite Stirn. Ich war nicht nach ihm geraten. Alle sagten, ich sei meiner Großmutter Nadire wie aus dem Gesicht geschnitten. Und so, wie ich sie kannte, voller Falten, mit roter, laufender Nase und ihrem verkrümmten Körper, der sich beim Beten noch stärker verbog, meinte ich, die Leute hätten doch viel Fantasie. Ich habe sehr früh angefangen, der Meinung der anderen nicht zu glauben. Ich glaubte nur meinem Vater.

Lebendig und unsterblich zugleich, verkörperte er für mich Gegenwart und Zukunft, er war bereits, was er einmal werden würde: ein großer, geachteter Mann. Eine ganze Woche lang hoffte ich, Bukurosh würde erneut an das Tor klopfen, nur diesmal mit einer guten Nachricht: Nach einiger

Überlegung habe Enver Hoxha seine Entscheidung rückgängig gemacht und den Roman ausgezeichnet gefunden. Um den Wert von Papas Schriften anzuerkennen, sei es überhaupt nicht nötig, auf die künftigen Generationen zu warten.

Bukurosh ist nicht zurückgekommen, das Unglück aber wohl, und diesmal von innen heraus, ohne Boten. Es war Sonntag. Wir waren gerade dabei, den Garten sauber zu machen, und Papa sah müde aus. Er hatte die ganze Woche nicht geschlafen. Vielleicht wartete auch er darauf, dass Bukurosh wiederkam. Wer weiß? Beim Warten hatte er geschrieben. Für die Generationen, die nach seinem Tod geboren würden. Er hatte Tag und Nacht geschrieben. Mama sagte ihm, er solle sich ausruhen, und Papa wurde wütend. Er trat in den Blätterhaufen im Hof, nahm mich an die Hand, und wir gingen aus dem HAUS.

Gemeinsam gelangten wir zum großen Boulevard. Papa ging sehr schnell, und ich hatte Mühe, ihm zu folgen, sogar wenn ich rannte. Papa, der für gewöhnlich äußerst aufmerksam war, bemerkte nicht, dass mich das schnelle Laufen anstrengte. Ich fühlte, dass er so rasch als möglich eine wichtige Nachricht überbringen musste. Aber wo und wem? Wir erreichten ein großes, von Polizisten umstelltes Gebäude, Papa voller Schwung, ich völlig erschöpft. Zunächst versperrten die Polizisten uns den Weg. Dann aber begleitete uns einer von ihnen bis zum Schalter. Papa war schweißgebadet.

«Ihnen kann ich es nicht sagen», erklärte er. «Ich muss einen Ranghöheren sprechen.»

Wir warteten einige Minuten, und schließlich kam ein Mann zu unserer Begrüßung die Treppe herunter. Papa schien ihn zu kennen, denn ihm vertraute er sein Geheimnis an:

«Ramiz Alia wird die Macht übernehmen. Er wird Präsident von Albanien. Es handelt sich um ein Komplott.»

Fünfundzwanzig Jahre später würde sich diese Prophezeiung erfüllen. Doch zu jener Zeit war Ramiz Alia der untertänigste aller Beamten in dem großen, von Polizisten umstellten Gebäude. So untertänig, dass er meinen Vater hochmütig genannt hatte. Während einer Sitzung hatte er den Mitgliedern des Zentralkomitees sogar einen Knopf gezeigt, den Papa ihm angeblich bei einer Diskussion über den sozialistischen Realismus versehentlich abgerissen hatte. Als Papa die Argumente ausgingen, hatte er, um seine Gedanken besser ordnen zu können, den unglückseligen Knopf eigenhändig von Ramiz' Jacke abgezwirbelt. Als Papa Mama diese Begebenheit erzählte, hatte er gelacht, und wenn ich mich heute daran erinnere, kann auch ich mir ein Lächeln nicht verkneifen.

Plötzlich bemerkte ich, dass sich mehrere Personen um uns geschart hatten. Papa gestikulierte noch immer und begann, lauter zu reden. Die Menge um uns herum wurde größer und erdrückte mich. Als ich mich freimachen wollte, fuhr ein Krankenwagen vor, aus dem zwei weiß gekleidete Männer stiegen. Sie kamen auf uns zu, ergriffen Papa bei den Armen und warfen ihn ungeachtet seines Protests mit Gewalt in die Ambulanz. Ich wollte mit ihm gehen, aber ein Mann im Anzug verstaute mich in einem andern Wagen. Während der Fahrt versuchte er, mich abzulenken, indem er mich nach meinem Alter und ähnlichen Blödsinn fragte, bis der Wagen vor unserem Tor hielt.

Die Nachricht, dass man meinen Vater in eine Nervenheilanstalt gesperrt hatte, war vor mir angekommen. Großmutter brüllte aus ganzem Leibe, sie brüllte so hemmungslos, dass ich nicht wusste, ob sie weinte oder tobte. Meine Mutter dagegen blieb so unbeweglich wie die Tiere, die sie einbalsamierte.

Schließlich schaltete sie das Radio ein. Großmutter brüllte noch lauter.

«Es ist niemand gestorben», antwortete meine Mutter auf das verstärkte Geschrei. «Mein Mann ist krank, aber er wird bald wieder gesund.»

Sie hatte recht. Papa kehrte zwei Monate später nach Hause zurück. Er hatte mir so gefehlt! Ich wollte alles erfahren, was er in dieser Zeit erlebt hatte.

«Als Erstes haben sie mich in einen Raum gebracht, um mir eine Spritze zu geben. ‹Nur etwas zur Beruhigung›, haben sie mir erklärt. Ich dachte, man wolle mich vergiften, und habe Zeugen verlangt. Zwei Männer in gestreiften Uniformen sind erschienen. ‹Sind Ihnen diese Zeugen recht?›, wurde ich gefragt. ‹Ja›, antwortete ich, ‹sie sehen aus wie anständige Arbeiter.› Nach der Spritze bin ich eingeschlafen. Als ich wieder aufwachte, stand ein weiß gekleideter Arzt an meinem Bett. Sein Blick war sanft und seine Stimme noch mehr. ‹Wissen Sie, wer Sie sind?›, fragte er mich. Ich nannte ihm meinen Namen und sagte noch: ‹Ich habe zwei Töchter, die wie zwei Blumen sind.› – ‹Wissen Sie, wo Sie sind?›, fuhr er fort. Ich sah auf meine gestreifte Uniform und antwortete: ‹Dem Anschein nach in einer Nervenheilanstalt.› – ‹Sie haben einen Erschöpfungszustand infolge geistiger Überanstrengung. Sie werden sich jetzt ausruhen, und morgen sehen wir uns dann wieder. Mein Name ist Gezim, ich bin Ihr Arzt.›»

Der Rest von Papas Erzählung bestand aus Elektroschocks, Haloperidol und neuen Bekannten. Und dem Wiedersehen mit alten: Papa hatte Berti getroffen, den großen albanischen Schauspieler, der jedes Mal, wenn er einem gewöhnlichen Polizisten begegnete, in der Psychiatrie landete. Dieses Mal hatte der Polizist ein Autogramm gewollt und damit eine neue Krise ausgelöst. Man konnte Berti versichern, so viel man wollte, dass er nichts zu befürchten habe, dass die Partei seine Kunst zu würdigen wisse, und dass die Polizisten zu seinen glühendsten Bewunderern zählten, schließlich gingen sie oft ins Kino, um sich im Winter aufzuwärmen! Er ließ sich durch nichts beruhigen. Er hatte Angst. Zwar hatte er auf der Leinwand viele tapfere Männer gespielt – Skanderbeg, unseren größten Nationalhelden, Ismail Qemali, den Führer in die Unabhängigkeit, Kajo Karafili, den berühmten antifaschistischen Attentäter, und viele andere –, Berti hatte Angst! Keines der Medikamente schlug bei ihm an.

Papa nahmen die Medikamente die Lebensfreude. Daher beschloss er nach einer Unterredung mit seinem guten Doktor Gezim, keine mehr zu nehmen. Anstelle der Schlafmittel trank er jeden Abend ein Glas Raki. Und statt des täglichen Haloperidols baute er im Hof eine Tischtennisplatte auf, die, wie er meinte, besser dazu geeignet war, das Gehirn leerzuwaschen und den Körper ins Gleichgewicht zu bringen. Um seine stadtgeschädigte Seele zu heilen, begann er, im Garten Salat, Zwiebeln und Tomaten zu ziehen; und um nicht zu viel zu denken und gleichzeitig den Geist rege zu halten, lernte er sogar zu kochen. Außerdem gönnte Papa sich das Schauspiel der Schönheit: Jeden Tag machte er einen Spaziergang am Seeufer und betrachtete die Farben des Wassers und der Bäume, das Vorüberziehen der Wolken am Himmel, den Flug der Vögel. Und seine Kopfschmerzen nahmen in dem Maße ab, wie Mamas Bauch dicker wurde. Schließlich hörten die Migräneanfälle ganz auf. Papa erschien vor einer Ärztekommission, um seine Arbeit als Lehrer wieder aufnehmen zu können. Er fühlte sich wieder ganz gesund.

Doch leider, leider würde Papa, so die Diagnose der Männer in den weißen Kitteln, nie mehr ganz gesund. Er würde nicht mehr im Gymnasium unterrichten können; die Ärzte hielten ihn für unfähig, dauerhaft einer geistigen Arbeit nachzugehen. Aber Papa gab sich nicht geschlagen. Um seine intellektuellen Fähigkeiten unter Beweis zu stellen, verfasste er einen sehr schönen Artikel und brachte ihn höchstpersönlich zur Zeitung «Die Stimme des Volkes». Der Chefredakteur gab ihn ihm zurück, ohne auch nur die Überschrift zu lesen. «Order von oben», war sein einziger Kommentar.

Es regnete. Papa hatte seinen Schirm vergessen und betrat völlig durchnässt die Küche. Wir trällerten gerade wehmütige alte Liebeslieder, die meine Mutter in ihrer Kindheit gelernt hatte. Ich sang falsch. Als Papa auf der Schwelle erschien, rutschte auch Mama eine falsche Note heraus. Dann verstummte sie. Schweigend legte Papa einige bedruckte Seiten auf den Tisch.

«Sie haben mir das Recht genommen, mich zu äußern», sagte er. «Aber nicht das Recht zu denken.»

Einige Tage darauf begann Papa eine neue Arbeit: Zigarettenverkäufer in einer Bretterbude im abgelegensten Viertel der Stadt, drüben beim Fluss, wo die Zigeuner lebten. Da seine Bude sehr klein war, gab es nur Platz für einen einzigen Stuhl. Ich fand sie trotzdem bezaubernd; abgesehen von den Zigaretten verkaufte Papa auch Hefte, Buntstifte und andere Dinge, die ich bald dringend brauchen würde, denn ich sollte in die Schule kommen. Ich suchte die schönsten Druckbleistifte heraus und stopfte mir die Taschen mit Radiergummis voll. Mama meinte, wir müssten zahlen, was ich reichlich unsinnig fand. Was für eine Überraschung, als Papa das Geld aus seinem Portemonnaie zog und in die Kasse seines eigenen Ladens legte! Als «Invalide der vierten Kategorie» bezog er noch sein früheres Lehrergehalt. Man wollte ihm ja nichts Böses: Er war krank. Er sollte nicht mehr schreiben, sondern verkaufen. Nicht mehr nachdenken, sondern zählen. Das begriff ich, und Mama lobte mich, weil ich so verständig war.

Wieder daheim in unserem HAUS erklärte sie, dass sich das Baby in ihrem Bauch nicht mehr bewege. Großmutter riet ihr abzuwarten, denn Babys und besonders Jungs haben so ihre Launen. Sie war sich sicher, dass meine Eltern einen Sohn bekommen würden, und hatte sogar schon einen Pflaumenbaum bestellt, der am Tag der Geburt gepflanzt werden sollte. Mama wartete drei Tage, aber das Baby gab ihr noch immer keine Tritte. In höchster Sorge fragte sie einen Arzt um Rat. Ich für meinen Teil dachte, dass das Baby Angst hatte, geboren zu werden, aber der Arzt sagte, es sei tot. Mama wurde sofort in den Operationssaal gebracht. Sie würden einen Kaiserschnitt machen, um das Baby herauszuholen. Die Ärzte rechneten mit dem Schlimmsten. Sie befürchteten, dass Mamas Blut infiziert sei. «Für das Kind können wir nichts mehr tun», hatten sie zu Papa gesagt. «Hoffen wir, dass wenigstens Ihre Frau durchkommt.»

Die Ärzte hatten Mamas Bauch mit großen Messern aufgeschnitten und es zuletzt geschafft, das Baby herauszuholen. Sie warfen es mitsamt der Plazenta, der blutigen Baumwolle und sogar zwei Paar durchsichtiger Handschuhe in einen Bottich. Dann begannen sie, Mamas Bauch zuzunähen, zufrieden über die erfolgreiche Operation. Als sie mit dem Nähen fast fertig waren, hörte eine der Schwestern plötzlich einen schwachen Schrei aus dem hinteren Teil des Raumes. Sie wandte den Kopf, sah aber niemanden. Beim nächsten Schrei sagte sie den Ärzten Bescheid; diese spitzten die Ohren, hörten aber nichts. Die Krankenschwester, die sich sicher war, jemanden gehört zu haben, begann, den Operationssaal gründlich zu durchsuchen. Als sie sich dem Mülleimer näherte, hörte sie einen etwas lauteren Schrei. Die Schwester schob einen Teil der Plazenta beiseite: Unter der Baumwolle und den Handschuhen lag quicklebendig das tote Baby!

Es kam in unser HAUS und fand in einem Bettchen, das früher mir gehört hatte, seinen Platz. Ein Pflaumenbaum tauchte mitten im Garten auf, an eben der Stelle, wo bislang ein seit Langem vertrockneter Aprikosenbaum gestanden hatte, unter dessen Schatten Großvater früher seine Gebete rezitiert hatte.

Ich habe ihn nicht mehr gekannt. Es hieß, er habe wie ein Irrer gelebt und sei als Weiser gestorben. Eines Morgens war er ganz fröhlich aufgewacht. «Ich höre eine göttliche Musik», murmelte er. «Ich sehe herrliche, tausendfarbige Blumen, ich sehe Engel, die mich im Flug mit ihren durchsichtigen Flügeln streifen. Ich rieche einen Duft, der mit nichts auf der

Erde zu vergleichen ist, einen Duft aus dem Paradies. Heute werde ich sterben. Jetzt regnet es, aber morgen kommt schönes Wetter. Die Leute werden an meinem Begräbnis nicht nass werden.»

Er ist noch am selben Nachmittag gestorben. Und tags darauf gab es den schönsten Sonnenschein. Die Leute haben wirklich geglaubt, dass ihnen Halim die Sonnenstrahlen schickte, um sie aus dem Jenseits zu grüßen, so wie sie früher geglaubt hatten, er könne sie von ihren Krankheiten heilen. Sogar in seinem Unglück hatte Halim viele treue Freunde behalten. Die Bauern, bei denen er Lebensmittel gekauft hatte – immer zu ihrem Vor- und seinem Nachteil –, hielten ihn für einen Heiligen. Auch als er sein Geschäft schon aufgegeben hatte, hießen sie seine Kinder in den Ferien noch willkommen und griffen ohne sein Wissen seinen Frauen finanziell unter die Arme.

Zwei Wochen nach Halims Tod folgte ihm Sadia, schön und würdig, sanft und unergründlich wie eh und je. Hat sie nach so vielen Jahren der Trennung ihren Sohn und ihre Tochter im Himmel wiedergesehen? Vielleicht. Auf der Erde aber hinterließ sie eine große Leere: Unser HAUS bekundete seine Trauer, indem es den Regen durch plötzlich aufbrechende Löcher im Dach durchließ; es musste mitten im Winter repariert werden. Mukades und Nadire weinten heiße Tränen um die Fremde. Beide lebten sie weiter, verheirateten ihre Kinder und beklagten die Entschlafenen: die robuste Nadire und die zarte Mukades, stets am Rand des Grabes. Eines Tages ist sie wirklich hineingefallen.

Nadire blieb allein zurück, und die Einsamkeit erschien ihr bitterer als das Teilen von einst. Sie wurde krank. Ich sehe sie noch, wie sie das Bett nur noch zum Beten verließ oder um das böse Schicksal meines Vaters zu beweinen. Meine Tanten, Mukades' Töchter, kommen sie jeden Tag besuchen, meine Onkel dagegen, ihre eigenen Söhne, sorgen sich nicht besonders um ihre Gesundheit. Außer meinem Vater, dem Kind des Irren, dem Irren.

Er findet sich mit seinem neuen Schicksal als Verkäufer ab. Offiziell arbeitet er acht Stunden am Tag, aber wenn man den Fußweg und die verspäteten Kunden, die ihn jedes Mal, wenn er den Laden schließen will, aufhalten, miteinberechnet, kommt man auf zehn. An seinem einzigen freien Tag in der Woche schreibt er für die künftigen Generationen. Mama kümmert sich um das Baby, das wieder einmal fast gestorben wäre: Im Krankenhaus haben sie ihm Spritzen in den Kopf gegeben. Meine Schwester hat geweint, und ich habe mich gefreut, eine böse Freude. Aber ich habe nichts gesagt, ich habe nicht einmal so getan, als ob es mich berührte. Ich bin anderswo. Mein Herz wohnt

LINKS VON UNSEREM HAUS

beim großen Orangenbaum. Im Hof schlägt Neri seine Töchter wegen irgendwelcher eingebildeter Vergehen mit dem Gürtel. Offenbar sind sie eine halbe Stunde später als vorgesehen von der Schule heimgekommen. Die Lehrerin habe sie noch dabehalten, aber ihr Vater will es ihnen nicht glauben. Er hat Angst, dass sie sich mit Jungen getroffen haben. Deshalb schlägt er sie und brüllt.

«Wo seid ihr gewesen? Was habt ihr in der halben Stunde gemacht?»

Die Zwillinge weinen, geben der Lehrerin die Schuld. Aber Neri wartet den folgenden Tag nicht ab, um die Worte seiner Töchter zu überprüfen. Er schlägt: Selbst wenn sie sich mit keinem Jungen getroffen haben, die Schläge werden sie davon abhalten. Für Neri ist die Ehre seiner Töchter sehr wichtig, er will sie jungfräulich in die Ehe führen. Deshalb schlägt er sie, und immer im Hof, bestimmt, um die Möbel drinnen nicht kaputt zu machen, wenn er mit seinem Gürtel weit ausholt. Nie schlägt er mit den Händen, die auch sehr empfindlich sind: Neri ist der bekannteste Schneider der Stadt. Seine Hände sind dazu geschaffen, die Nadel zu halten und Seide zu besticken, nicht, um zu schlagen. Daher benutzt er den Gürtel. Nachdem er sich ausgetobt hat, schnallt er ihn wieder um seinen dicken Bauch und droht den Töchtern mit einer neuen Tracht Prügel, wenn sie nicht aufhören zu weinen. Sofort versiegen ihre Tränen, und sie fangen an, den Hof zu fegen.

Ihre Wohnung riecht nach Sauberkeit und Knoblauch, ihr

Essen nach Armut. Sie sparen, denn Neri will jeder seiner Töchter eine anständige Mitgift sichern. Sie sind sechs, und die letzte, Rakie, ist so alt wie ich. Als ihre Mutter wieder schwanger wurde, erklärte Neri, er habe schon genug Töchter. Rakies Mama tat alles, was die Frauen aus dem Viertel ihr rieten, um abzutreiben: Sie stellte sich ein Bügeleisen auf den Bauch, tauchte in kochendes Wasser, schob sich ein Plastikröhrchen in die Gebärmutter und trank Gift. Unglücklicherweise kam das Kind nicht vor den schicksalhaften neun Monaten heraus, und als sie um waren, erblickte ein schwachsinniger Junge das Licht der Welt. Die Ärzte sagten, der Fetus habe sicher durch Eingriffe von außen Schaden genommen. Heute ist der Kleine drei Jahre alt, aber er spricht nicht. Sein großer, blond gelockter Kopf fällt oft nach hinten, und manchmal sabbert er sogar. «Er wäre sehr schön geworden», sagt Rakie, «wenn ...» Und sie verstummt.

Ich gehe oft zu ihr, aber nicht so oft, wie ich Lust hätte. Ich störe. Rakie hat immer etwas zu erledigen; ich bleibe also im Schatten des großen Orangenbaumes sitzen und tue so, als würde ich auf sie warten. Rakie geht auf dem Hof hin und her und ruft mir gelegentlich ein paar Worte zu. Ich dagegen starre auf die große Eingangstür und zähle: Wenn ich bei hundert angelangt bin und er nicht herausgekommen ist, gehe ich wieder. Bei zweihundertfünfundvierzig ist er immer noch nicht aufgetaucht. Meine große Schwester sagt mir, dass ich falsch zähle, aber muss man die Zahlen kennen, um auf seine große Liebe zu warten? Mein Geliebter wohnt in dem Haus mit dem großen Orangenbaum. Sein Vater, ein entfernter Cousin von Neri, kommt aus dem Süden. Er hat eine Stelle in der Hauptstadt bekommen und zwei Zimmer gemietet, während er auf eine Wohnung vom Staat wartet.

Mein Geliebter hat funkelnde, schwarze Augen. Er ist der einzige Sohn, vernünftig, diszipliniert. Er ist auch im Viertel der einzige Junge. Es gibt zu viele Mädchen in unserer Straße, und sie sind alle sehr schön. Aber sie kommen nicht zu Rakie. Wenn sie Lust haben, mit Beni zu spielen, rufen sie ihn. Ich nicht. Ich bin stolz. Ich warte weiter im Schatten des Orangenbaums, sogar, nachdem ich bis dreihundertzweiundzwanzig gezählt habe, immer noch falsch, laut meiner Schwester.

Bei dreihundertdreiundzwanzig kommt er und füllt am Brunnen eine Karaffe mit Wasser. Ich tue so, als würde ich mir die Schnürsenkel binden, er, als würde er mich nicht bemerken. Er füllt seine Karaffe und fängt an, sich mehrmals die Hände zu waschen. Dann streicht er um den Orangenbaum herum; ich dagegen drehe ihm beharrlich den Rücken zu. Schließlich ruft man ihn von drinnen.

«Beni, wo bleibt das Wasser?»

Er nimmt das Gefäß und rennt weg. Ich binde meine Schnürsenkel fertig und gehe wieder nach Hause. Vielleicht würde ich am Nachmittag mehr Glück haben, wenn die Mädchen Lust bekommen, mit Beni Doktor zu spielen …

Das Spiel wird ausschließlich bei mir daheim gespielt, im Hof hinter dem HAUS. Vor den Blicken der Erwachsenen geschützt, widmen wir uns einem Zeitvertreib, dessen Warum und Wozu wir vage begreifen. Der Beweis: Wir verstecken uns. Wir alle wissen, dass wir etwas Schlechtes tun. Ich aber weiß es besser als die anderen. Ich will nicht, dass Beni meinen Po sieht. Und er will ihn auch nicht sehen: Deshalb gibt er mir die Rolle der Krankenschwester. Ich fühle mich einzigartig, privilegiert, die Auserwählte. Ich bereite die Medikamente vor, während ein Mädchen nach dem anderen das Höschen herunterlässt und dem Arzt seinen Hintern entgegenstreckt. Trotz seines Eifers muss er ein sehr schlechter Arzt sein, denn nie werden sie gesund! Jeden Tag verabreicht er den Kranken Spritzen, ohne dass sich ihr Zustand bessern würde. Er untersucht sie und weist mich jedes Mal an, ihm die Spritze zu reichen, die er dann in ihre weißen Pos hineindrückt. Sie schreien vor Schmerz auf, aber natürlich leise, und manchmal hört sich ihr Schrei an wie ein wonniges Seufzen: Glücklicherweise hat die Spritze keine Nadel mehr. Ich tue jedes Mal so, als würde ich eine neue aufsetzen und das gebrauchte Fläschchen wegwerfen. Der Arzt lobt mich. Die Mädchen wollen wissen, wann ich mich denn in den Po stechen lasse, aber Beni antwortet, dass Krankenschwestern nie krank werden. Und um sich vor weiteren Forderungen zu schützen, behauptet er, dass gute Ärzte nie ihre Krankenschwester wechseln.

Nach mehreren Monaten täglicher Arztbesuche in unserem kleinen Garten sind die Mädchen des Viertels schließlich wieder gesund geworden. Beni hat ihren Hintern von allen Seiten betastet, und ich glaube, dass er gelernt hat, jedes Mädchen an seinem Po zu erkennen. Nur ich habe keinen. Ich habe Augen, große Augen, und einen Mund, der dazu geschaffen ist, Bosheiten auszusprechen. Jedes Mal, wenn die Mädchen Beni ein Kompliment über ein neues, im Ausland gekauftes Hemd machen, finde ich es lächerlich oder die Farben langweilig. Beni sagt nichts, er greift mich nie öffentlich an. Er beschützt mich auch nicht offen, dafür aber heimlich. Wenn wir Verstecken spielen, ruft er meinen Namen nicht, wenn er mich gesehen hat. Er läuft an meinem Versteck vorbei, wirft mir blitzschnell einen Blick zu und sucht weiter nach einem passenden Opfer. Vielleicht hat er Mitleid mit mir, weil ich zwar beim Reden geschickt bin, mich aber beim Spielen fürchterlich ungeschickt anstelle?

Deshalb will mich auch niemand in seiner Mannschaft haben, als wir im zweiten Grundschuljahr anfangen, Fußball zu spielen. Die beiden Chefs, der unfehlbare Beni und Mara – das flinkste der Mädchen –, werfen zunächst eine Münze in die Luft, um zu entscheiden, wer als Erster eine Spielerin für seine Mannschaft auswählen darf. Je nachdem, ob Kopf oder Zahl fällt, bestimmen die beiden Anführer abwechselnd eine von uns, bis die Reserven erschöpft sind. Ich bleibe ständig als Letzte übrig und werde jedes Mal notgedrungen in Benis Mannschaft aufgenommen. Darum verliert er fast immer die Partie, obwohl er ein richtig guter Fußballer ist! Tatsächlich spielt Beni mir ständig den Ball zu – den ich in drei von vier Fällen nicht treffe. Dann versucht er, den Fehler wettzumachen, aber das Unvorstellbare gelingt nur selten. Übung macht bekanntlich die Meisterin. Und durch Übung können mit der Zeit selbst die Unfähigen meines Schlages einige Erfahrung sammeln! Da ich ständig auf die Probe gestellt werde, gelingt es mir schließlich, den Ball zu zähmen: Ich verschieße nur noch ein Viertel. Von Beni geleitet und von meiner Liebe zu ihm erfüllt, verwandelt sich meine linkische Natur nach und nach in eine fast schon sportliche Individualität. Wir werden ein Herz in zwei Körpern, umgeben von nebensächlichen Subjekten, die die Anzahl der Spielerinnen vervollständigen, und mit der Zeit gewinnen wir alle Spiele. Ich lebe in einem Zustand unaufhörlicher Verzauberung.

Eines Tages jedoch … warf Mara die Münze in die Luft, und das Schicksal wollte es, dass sie mich als Erste auswählte. Sie nannte meinen Namen. Ich dachte, ich hätte mich verhört. Sie wiederholte ihre Entscheidung. Und der Frühlingshimmel brach über meinem Kinderkopf zusammen. Die Welt wurde dunkel, das Spiel unwichtig. Gegen Beni spielen? Aber hat es denn überhaupt noch einen Sinn zu spielen? Ich konnte meine Reaktion nicht kontrollieren, und die unbesonnenen Worte sprudelten mir direkt aus dem Herzen:

«Ich spiele nicht!»

«Ei ei ei!», riefen die Mädchen im Chor. «Sie will nicht ohne ihren Beni spielen! Sie ist verliebt!»

Verliebt zu sein, war das größte Vergehen überhaupt: Schließlich schlug Rakies Vater die Schwestern mit dem Gürtel, um sie vor der Liebe zu bewahren. Verliebt zu sein, war noch schlimmer als die Doktorspiele: Es war nicht möglich, sich davon wieder zu erholen, indem man, nachdem man seinen Po gezeigt hatte, einfach sein Höschen wieder hochzog. Verliebt zu sein, hieß, sich lächerlich zu machen, zum allgemeinen Gespött zu werden.

«Nein!», schrie ich. «Ich bin überhaupt nicht verliebt! Ich werde gegen Beni spielen.»

Ich habe die Partie gewonnen. Beni war es nicht gewöhnt, den anderen Mädchen den Ball zuzuspielen. Es war, als hätte er seinen rechten Arm verloren. Doch statt nur ein Arm zu sein, würde ich von nun an einen ganzen Körper bilden. Denn Mara brach sich am folgenden Tag das Bein, als sie hinter den Hühnern herlief – den einzigen Zeugen unserer anstößigen Therapiestunden in meinem kleinen Garten hinter dem HAUS. Sie rutschte auf einem frischen Kothaufen aus, den meine Mutter noch nicht weggekehrt hatte, und Ceni, der Heiler des Viertels, strich ihr Eigelb statt eines Gipsverbands aufs Knie. Ratlos hielten mir die Mädchen die Münze hin. Ich warf sie mit der Vorahnung, dass mir ein neues Schicksal bevorstand. Nie mehr würde ich in Benis Mannschaft spielen … Von nun an war ich ein Chef. Beni und ich wurden zu Gegnern. Wir stellten uns einander gegenüber und fingen an, abwechselnd die Spielerinnen auszusuchen.

Eine Woche später hatte ich meine Vergangenheit als sportliche Niete und gehorsames Mädchen, die demjenigen, der über ihr steht, Gehorsam schuldet, vergessen. Durch ihn war ich im Rang aufgestiegen, und wie die meisten Menschen in solchen Fällen brannte ich nun darauf, ihm seine Unterlegenheit zu demonstrieren. Natürlich blieb er das Zentrum meines Universums; deshalb strengte ich mich beim Spiel noch mehr an als vorher: Gegen ihn zu spielen, hieß ja immer noch, mit ihm zu spielen. Wenn Beni krank wurde, zog ich es vor, daheim zu bleiben und zu lesen. Wozu sollte ich ein Spiel gegen Mädchen gewinnen? Ihn wollte ich besiegen. Ihm wollte ich mit den unglaublichen Geschichten, die ich den Kindern im Viertel erzählte, imponieren. Schweigend hörte mir mein bemerkenswerter Gegner zu. Ich weiß nicht, ob ihn meine Erzählungen beeindruckten, meine Launen aber bestimmt. Einmal verlor ich wieder gegen ihn, an einem Regentag, als wir in unserem großen Wohnraum spielten. Um meine Wut zu zeigen, ging ich zu den mit Blumen gefüllten Vasen, die an der Wand und auf der Treppe standen. Die Kinder hatten sie während des Spiels sorgfältig vor dem Ball in Sicherheit gebracht: Vor ihren ungläubigen Augen brach ich nun Blätter und Blütenknospen ab.

«Hast du denn keine Angst vor deinen Eltern?», fragte Beni mit angstverzerrter Stimme.

Er hatte einen Vater, dessen Strenge auf einer Stufe mit seinem Posten als Ministerialbeamter stand.

«Nein», antwortete ich herausfordernd. «Meine Eltern schimpfen nie mit mir.»

Was für eine Übertreibung! Himmel, was für eine Übertreibung! Als meine Mutter die Blätter und Knospen auf der Erde entdeckte, brüllte sie los, wer für das Unheil verantwortlich sei. «Die Kinder aus dem Viertel», behauptete ich, aber meine Eltern glaubten mir nicht. Als echte Spezialistin für Tiere und Pflanzen blieb meine Mutter hartnäckig:

«Das war kein Ball: Jemand hat sie absichtlich kaputt gemacht.»

Papa hat Rakie ausgefragt. In aller Unschuld erzählte sie ihm die Wahrheit. Als Papa wieder zurück in unserem Wohnraum war, gab er mir eine gewaltige Ohrfeige ... für die Lüge. In der Theorie hatte er sich jedoch immer gegen die körperliche Bestrafung ausgesprochen; seiner Meinung nach verlor der, der zuschlug, seine Würde noch mehr als der Geschlagene. Also hat Papa seine Würde verloren. Nachdem er seiner Frau verboten hatte, uns jemals zu schlagen, hinterließ er nun den Abdruck von vier Fingern auf meiner Wange. Dabei hatte ich einmal einen ganzen Nachmittag lang auf dem Zementboden des Hofes auf ihn gewartet, weil Mama mir den

Hintern versohlt hatte! In Wirklichkeit bekam ich das Heulen nach einer halben Stunde satt und stand wieder auf, obwohl ich fest entschlossen gewesen war, auf Papa zu warten und ihm zu erzählen, was seine Frau mir angetan hatte. Aber ich hatte die Tracht Prügel um vier Uhr nachmittags bekommen, und Papa kam erst um acht nach Hause. Darum machte ich zwischen halb fünf und Viertel vor acht mit meinem normalen Leben weiter. Dann legte ich mich wieder auf den Boden und fing an zu weinen. Mama traute ihren Augen nicht! Ich heulte, aber es kamen keine Tränen. Wie durch ein Wunder stiegen sie mir, als Papa an der Eingangstür erschien, ganz natürlich in die Augen, die seit bald vier Stunden trocken gewesen waren. Mama stand wie versteinert da.

«Ich habe dir doch gesagt, du sollst die Kinder nicht schlagen», sagte Papa mit bewegter Stimme zu ihr, während er mir vom Boden aufhalf.

«Ich habe ihr nur ein klein wenig den Hintern versohlt, und ich bin mir sicher, dass mir die Hand mehr wehgetan hat als ihr der Po», antwortete Mama. «Abgesehen davon war das um vier; eine halbe Stunde später ist sie aufgestanden, hat ihre Schulaufgaben gemacht und hat sich die Zeit vertrieben; dann plötzlich, kurz bevor du heimgekommen bist, hat sie sich wieder auf den Zementboden gelegt, verstehst du? Wie hat sie es geschafft, wieder mit dem Weinen anzufangen? Ich bin sprachlos! Was für eine Schauspielerin!»

Unter dem bewundernden Blick meiner Mutter wischte ich mir die Tränen ab, doch obwohl Papa mich streichelte, schaffte ich es nicht mehr, sie zurückzuhalten. Man hätte meinen können, ich hätte soeben die hundert Schläge der Häftlinge von Dostojewski erhalten, und nicht ein paar auf den Hintern.

«Sie weint zum Vergnügen, nicht weil ich sie geschlagen habe», wiederholte Mama. «Sie weint, um dich zu rühren. Vielleicht auch, weil sie sich an eine traurige Geschichte erinnert, die sie gelesen hat. Weiß Gott, warum sie weint, aber sicher nicht wegen der Schläge.»

In der Tat hatte mir die Tracht Prügel überhaupt nicht wehgetan, umso weniger, als ich einen Trainingsanzug anhatte. Bei Papas Ohrfeige dagegen … sah ich Sternchen vor den Augen. Ich schluchzte vor Schmerz und fand den Preis zu hoch, den ich zahlen musste, um Beni zu imponieren. Als Papa an meine Zimmertür klopfte, stand ich auf dem Balkon, in einem Dilemma à la Shakespeare: «Springe ich, oder springe ich nicht? Wenn ich springe, breche ich mir sicher das Bein.» Papa bat mich für seine unwürdige Geste um Verzeihung, und auch ich musste ihn um Verzeihung bitten, weil ich gelogen hatte.

«Die Lüge ist unser schlimmster Feind», sagte Papa.

Warum eigentlich? Ich für meinen Teil lüge gern. Wenn ich nach der Schule heimkomme, erfinde ich immer verblüffende Geschichten über eine Klassenkameradin, die epileptische Anfälle bekommt, oder einen Schulfreund, der seinen in Amerika verstorbenen Großvater beerbt. Jedes Mal, wenn meine Freundinnen aus dem Viertel von ihren Träumen der letzten Nacht berichten, überbiete ich sie und lüge. Wozu soll ich ihnen lose Bruchstücke banaler Ereignisse – meine echten Träume – erzählen? Ich mixe ihnen andere zusammen, spannend und farbenfroh. Jeden Tag warten sie ungeduldig darauf, dass ich die Geschichte weiterspinne, die durch mein Erwachen unterbrochen wurde. Ich bin die Einzige, deren Träume ganze Filmserien darstellen. Lügen ist interessant. Warum also sagt Papa, die Lüge sei unser schlimmster Feind? Unser schlimmster Feind ist die Wirklichkeit. Das habe ich übrigens selbst erlebt. Ich hatte meinen Freundinnen erzählt, dass in der großen Truhe meiner Mutter eine riesige Kiste mit wertvollem Schmuck verborgen war. Ganze Nachmittage lang wies ich jeder von ihnen ein Schmuckstück aus Diamanten oder Meeresperlen zu, passend zu ihrer Augen- und Haarfarbe. Für Beni hatte ich ein Männerarmband aus massivem Gold reserviert. Es war genug da, für alle und für jeden Geschmack, und wir waren glücklich so.

Eines Tages aber wollten die Mädchen die berühmte Kiste unbedingt sehen. Ich wurde ihr Drängen leid und führte sie, als meine Eltern gerade spazieren waren, in deren Schlafzimmer. Gemeinsam öffneten wir die Truhe. Doch statt der riesigen Kiste, die alle Schätze Ali Babas beherbergte, fanden wir eine winzige Schachtel mit ganz gewöhnlichen Schmuckstücken, so gewöhnlich, dass selbst meine Mutter sie nicht mehr trug, sondern als Erinnerung an ihre Jugend aufbewahrte. Die Mädchen waren enttäuscht – und ich mit ihnen. Zuletzt hatte auch ich an all die Perlen und Edelsteine geglaubt! Die Wirklichkeit machte uns traurig, die Lüge dagegen hatte uns so viel Freude beschert … Zum Glück war Beni bei dieser furchtbaren Entdeckung nicht anwesend. Die Mädchen müssen ihm die Geschichte brühwarm erzählt haben, aber er hat mich nie darauf angesprochen.

Beni spricht sehr wenig, vielleicht, weil wir Mädchen alle solche Schwatzbasen sind! Ich für meinen Teil versuche nicht, mehr zu reden als die anderen, sondern geistreicher. Der Welt ihren Zauberglanz zurückzugeben. Deswegen lüge ich – aus Großzügigkeit. Beni dagegen bleibt geizig. Wenn wir Verstecken spielen, beschummelt er weiterhin die Gruppe, indem er so tut, als würde er mich nicht finden; bei allen Mannschaftswettkämpfen aber sind wir Rivalen. Unsere Rivalität geht sogar über das Spiel hinaus. Seit ich Chef bin, existieren wir nur noch über den Konflikt. Wenn wir mit den anderen zusammen sind, werfen wir uns spöttische, verletzende, zweideutige Bemerkungen zu. Zu zweit fühlen wir uns etwas befangen, tauschen Banalitäten aus oder haben uns gar nichts zu sagen.

Kaum bin ich dann aus den Sommerferien zurück, laufe ich sofort zu Rakie. Ich bleibe in der Nähe des großen Orangenbaums, bis Beni auftaucht. Und als ich seine funkelnden Augen und die kleinen Grübchen sehe, die sich jedes Mal auf seinen Wangen abzeichnen, wenn er lächelt, erscheint mir die Welt herrlich. Beni ist das Salz meiner Existenz. Beni – mein Feind, mein Rivale, meine große Liebe.

«Ihr würdet ein schönes Pärchen abgeben», hat der Maler, dessen Atelier sich in unserem Viertel befindet, einmal gesagt.

Alle Kinder haben schon für ihn gesessen, aber nur Benis und mein Porträt sind im Schaufenster ausgestellt. Auf den Bildern lächeln wir einander zu, während uns im Leben alles zu Gegnern macht. Ich begeistere mich für Literatur, während Beni auf Mathematik versessen ist. Er ist zurückhaltend, diskret, gut gekleidet und von allen Mädchen begehrt; ich schäume über vor Extravaganz, habe keine Kleider, die im Ausland gekauft sind, und werde von niemandem begehrt. Benis Vater ist in der Ministerialhierarchie noch eine Sprosse höher gestiegen; meiner ist und bleibt ein Dissident und sitzt bloß deshalb nicht im Gefängnis, weil er verrückt ist. Die Regierung wird in unserem HAUS Mieter einquartieren, während Benis Familie bald aus den zwei Zimmern bei Neri ausziehen und an einem schicken, von Polizisten überwachten Ort wohnen wird. Sie haben vor Kurzem sogar einen Fernseher bekommen – der einzige im Viertel! –, und Beni lädt uns zum Fernsehen ein, wenn seine Eltern, die streng und autoritär sind, es ihm erlauben. Meine sind tolerant und fröhlich. Bei uns ist das Leben unbeschwert, und die Regeln lassen sich wieder rückgängig machen. Bei Beni daheim ist alles ernst. Ich habe den Eindruck, dass auch er selbst immer ernster wird. Und mit ernster Stimme kündigt er mir an:

«Ich habe das neue Haus schon gesehen.»

Ich tue so, als ließe mich das kalt.

«Dann wirst du also gehen?»

Ich bin gerade aus den Ferien zurück. Ich sitze unter dem

großen Orangenbaum und fühle mich ein bisschen unbehaglich: In nur einem Monat sind auf meiner Brust zwei kleine Eicheln gewachsen. Ich habe versucht, sie unter einem weiten Kleid zu verstecken, aber sie wachsen täglich. Darum verschränke ich die ganze Zeit die Arme, damit Beni nichts merkt.

«Hast du im Meer gebadet?», fragt er mich.

«Ja, und ich habe eine Menge Fotos gemacht.»

Mit einer Hand zeige ich ihm die Fotos, mit der anderen verstecke ich meine sprießende Brust. Er ist von meinem am Meer fotografierten Gesicht so hingerissen, dass er die Veränderung meines Körpers, ganz dicht an seinem, nicht bemerkt. Er sucht das schönste Foto heraus und fragt mich:

«Schenkst du mir das hier?»

«Wozu?»

«Zu gar nichts.»

«Dann behalte ich es lieber.»

«Ich geb es dir aber nicht mehr zurück!»

«Aber sicher gibst du es mir zurück, und zwar sofort!»

«Dann fang mich doch!»

Und er rennt los, um den Orangenbaum herum. Ich bekomme ihn am Arm zu fassen, und er rollt zu Boden, mein Foto in der Hosentasche. Ich lasse mich auf ihn fallen, aber aus Angst, dass er meine Brüste bemerkt, rapple ich mich sofort wieder auf. Er lacht, und die beiden Grübchen auf seinen Wangen leuchten im Sonnenschein. Grashalme haben sich in seinen schwarzen Haaren verfangen wie die Krone eines Landstreichers! Noch immer lachend, steht er auf und will auf den Baum klettern, aber ich halte ihn an den Füßen fest. Da rennt er wieder wie ein Wilder los und ich keuchend hinter ihm her. Plötzlich läuft er in jemanden hinein. Ich kann meinen Schwung gerade noch bremsen, um nicht gegen ihn zu stoßen.

Benis Vater steht in seiner ganzen Größe vor uns, fassungslos angesichts dieser Szene. Ich werde rot bis über beide Ohren. Ich vergesse sogar, meine Brüste zu verstecken.

«Was ist hier los?»

«Er hat mir mein Foto gestohlen!», sage ich, ohne es zu wollen.

Benis Vater packt seinen Sohn am Ohr, versetzt ihm drei furchtbare Ohrfeigen und befiehlt wutentbrannt:

«Gib ihr das Foto zurück!»

Beni steckt die Hand in die Hosentasche, holt mein Foto heraus und streckt es mir hin, die Augen voller Tränen; noch nie habe ich ihn weinen sehen. War es aus Schmerz wegen der Schläge? Aus Wut über die Demütigung? Oder aus Bedauern, dieses letzte Spiel verloren zu haben? Ich habe es nie erfahren. Ich habe ihn nie mehr wiedergesehen. Von meiner ersten Liebe bleibt mir dieses letzte Bild: ein Junge, der vor meinen Augen von seinem Vater geschlagen wird. Ein Verlierer, mit einer Graskrone im Haar und blutigen Tränen in der Seele. Ich nahm das Foto wieder an mich, steckte es zu den anderen und ging, zutiefst verletzt.

Zwei endlose Tage lang wartete ich darauf, dass er kommen und mich noch einmal um dieses verfluchte Foto bitten würde; er ist nicht gekommen. Zwei Tage lang kämpfte ich mit mir selbst, um zu ihm zu gehen und es ihm zu schenken, aber aus Angst, zurückgewiesen zu werden, blieb ich daheim. «Glaubst du, ich hätte dieses Foto wirklich gewollt?» Beim bloßen Gedanken an einen solchen Satz lief es mir kalt den Rücken herunter. Waren wir nicht zunächst einmal erklärte Rivalen und dann erst Verliebte, die es sich nicht eingestehen konnten? Je mehr ich darüber nachdachte, desto stärker war ich davon überzeugt, dass Beni keine andere Wahl hatte, als mich zurückzustoßen, um seine Würde ein ganz klein wenig wiederherzustellen. Ich hatte ihn in seinem ganzen Elend, seiner Furcht und seiner Scham gesehen; ein solches Vergehen vergibt die stolze Seele nicht so einfach.

Und stolz war er; deshalb hat er auch nicht an meine Tür geklopft. Vor seiner hat ein Lastwagen Halt gemacht. Die Mädchen des Viertels sind zu mir gekommen, um mir Bescheid zu sagen:

«Sie ziehen um!»

Ich war in meinem Zimmer und las «Gullivers Reisen», ohne irgendetwas von den Menschen, den Liliputanern, den Riesen oder den Pferden zu begreifen. Mein eigenes Abenteuer bestand in einem Lastwagen draußen auf der Straße. Ich hörte das Lärmen und die Schreie, «Höher, weiter nach links!», und malte mir das Kommen und Gehen der Leute aus, die die Möbel trugen. Sie räumten den Wohnraum leer, der zugleich als Schlafzimmer gedient hatte und in dem wir manchmal die Kindersendung im Fernsehen angeschaut hatten. Von der Küche würde nichts übrig bleiben. Neri hatte vor, Hühner darin unterzubringen, um Geld zu sparen. Sie zerstörten das Reich, in das ich manchmal meine Nase gesteckt hatte, nur um den Duft des Ortes, an dem meine große Liebe lebte, einzuatmen. Ich hatte sie verloren, mir blieb nur der Stolz. Und der war mir sehr wichtig. Ich versuchte zu lesen.

Als das Rufen draußen lauter wurde, begriff ich, dass der verhängnisvolle Augenblick näher rückte, und ging hinunter in den Hof. Ich nahm den Besen und begann zum großen Erstaunen meiner Mutter, das Laub zusammenzukehren. Rakie kam hereingerannt. Sie war noch erstaunter als Mama, mich beim Saubermachen zu sehen, und sagte flehentlich:

«Sie gehen jetzt, sie steigen auf den Lastwagen. Alle Mädchen sind da.»

«Ich mache den Hof sauber», antwortete ich schroff.

Rakie schluckte und ließ die Katze aus dem Sack:

«Beni hat gefragt, wo du bist.»

«Beni ist mir total egal! Ich muss das Laub zusammenkehren.»

Jahrelang hatte man mir zugesetzt, um ein Anzeichen für meine Verliebtheit zu entdecken: Jetzt würde ich der ganzen Welt den Beweis des Gegenteils liefern. Beni dagegen hatte mich gesucht und sich vor Rakie erniedrigt. Ich hatte das Spiel endgültig gewonnen. Ich würde die Siegerin bleiben. Ich würde nicht hinausgehen und mich von ihm verabschieden. Rakie lief schnell nach draußen; ein jäher Windstoß wehte mir das ganze Laub, das ich zusammengekehrt hatte, ins Gesicht. Kurz darauf, ich konnte meinen Sieg gerade noch ein wenig auskosten, hörte ich einen Höllenlärm: der Motor eines startenden Wagens. Ich stürzte zu Boden, das Gesicht in dem Blätterhaufen vergraben, und brüllte wie eine Kuh, die man zum Schlachten führt. Meine Mutter kam auf mich zugerannt und fragte, wo ich mir wehgetan hatte. Es wäre einfacher gewesen, eine Stelle zu finden, die der Schmerz nicht erobert hatte: Jeder Teil meines Körpers lag im Sterben. Ein Lastwagen trug all meine Freude, meine Lebenskraft und meine Kampflust mit sich fort. Er entriss mir meine Kindheit und nahm sie mit in das Land der Erinnerungen, in das Land ohne Wiederkehr. Mürrisch und mit einem Besen in der Hand trotzte ich einsam und verlassen dem trostlosen Motorenlärm, bevor ich heldenhaft auf dem Laub des ausgehenden Sommers zusammenbrach. Mein letzter Sommer mit Beni. Von nun an würde mich bei meiner Heimkehr aus den Ferien niemand mehr voller Ungeduld, aber mit unbeteiligter Miene erwarten. Ich trat auf die Straße hinaus. Der Lastwagen war abgefahren, und die Mädchen aus dem Viertel vergossen süße Tränen. Neri hielt keinen Gürtel, sondern ein blütenweißes Taschentuch in der Hand. Sein schwachsinniger Sohn saß mit ungekämmten Locken und einem zitternden Schrei in der Kehle auf dem Gehsteig. Und plötzlich schienen mir all diese Menschen nicht zu existieren. In Wirklichkeit war

DIE STRASSE

leer. Von Gespenstern und Erinnerungen nach Benis Verschwinden bevölkert, war sie nichts mehr als ein stummer Schrei. Die Fenster der Häuser sahen aus wie blinde Augen, von Bitterkeit durchbohrt. Selbst das erste Gebäude am Eingang der STRASSE, in das für gewöhnlich neugierige Passanten hineinschauten, hatte seine Lebendigkeit verloren.

Früher lebten dort merkwürdige Frauen. Die meisten waren von ihrer Familie verjagt worden und hatten keinen Mann. Nur Nahije hatte einen, aber der schlug sie. Jede Woche ging sie zur Polizei, um ihn anzuzeigen, und versuchte, uns als Zeuginnen mitzunehmen. Einmal habe ich sie zur Wache begleitet, nachdem ich sie weinend auf der STRASSE gefunden hatte. Sie sagte mir, ihr Mann habe ihr das Öl aus der Pfanne ins Gesicht geschleudert; ich konnte die Spuren noch sehen. «Glaubst du mir?», fragte sie und bat mich, sie zu begleiten. Natürlich glaubte ich ihr. Aber vor den Polizisten konnte ich nicht bezeugen, dass ich die besagte Pfanne mit dem heißen Öl gesehen hatte, und noch weniger, wie der Ehemann die grässliche Tat begangen hatte. «Ohne Zeugen können wir nichts machen», erklärten die Polizisten, und die Akte wurde wie jede Woche geschlossen. Nahije wollte sich scheiden lassen, aber sie hatte Angst, dass ihr Mann sie töten würde. Um sich sicherer zu fühlen, hätte sie ihn erst ins Gefängnis bringen wollen. Sonst würde er gewiss in der Nacht kommen, um ihr Angst einzujagen und sie zu zwingen, die Sache zu tun, sagte sie. Er nutzte es aus, dass Nahije keine Brüder hatte, die sie hätten beschützen können. Und doch sind Brüder nicht immer Wohltäter: Sie waren es, die Aisha aus dem Haus gejagt hatten. Das hat Mama mir gesagt, an dem Tag, als ich ihr eine wahre Geschichte erzählte, eine ganz einfache Geschichte, aber so tiefsinnig, dass ich nichts hinzuerfinden musste. Ich ging gerade Brot holen, als ich jemand rufen hörte:

«He, du da!»

Ich wandte den Kopf in die Richtung, aus der die Stimme kam: Hinter dem vergitterten Fenster im Erdgeschoss des Hauses, das am Eingang der STRASSE lag, rief jemand nach mir. Ich ging näher. Zuerst bemerkte ich zwei blaue Augen von ungewöhnlicher Tiefe, eine schöne Hand mit zinnoberrot lackierten Fingernägeln und zuletzt das elfenbeinfarbene Gesicht einer Frau. Sie lächelte. Sie sah so gar nicht aus wie meine Mutter oder meine Lehrerin in der Schule oder die Verkäuferin an der Ecke, kurz wie irgendeine der Frauen, die ich in meinem Leben getroffen hatte! Ich kam zu dem Schluss, dass ich noch nie eine Frau gesehen hatte: Sie war die erste. Eine Frau, eine richtige, wie sie in den Büchern beschrieben ist: unendlich schön, rätselhaft, faszinierend. Ihr ganzes Wesen verströmte Sanftheit und Sinnlichkeit. Ihr violettes Kleid unterstrich die Blässe ihres Halses, den Perlen, echte Perlen zierten. War sie einem Märchen entstiegen? Wer mochte die Frau sein, die in diesem düsteren Haus eingesperrt war?

«Kannst du mir vielleicht Zigaretten holen? Ich habe mir Lockenwickler reingedreht und kann so jetzt nicht raus.»

Sie hielt mir einen Fünfzig-Lek-Schein hin. Wortlos nahm ich das Geld und lief zu dem kleinen Haushaltswarengeschäft gegenüber. Ich kaufte zwei Päckchen, die ich ihr, so schnell ich konnte, in die zierliche Hand legte. Sie fragte mich nach meinem Namen, meinem Alter und wofür ich mich begeisterte. Als ich ihr sagte, dass ich Bücher liebe, erwiderte sie prompt:

«Ich auch, ich lese für mein Leben gern.»

Doch während ich mich schon darauf freute, ihre Lieblingsautoren zu erfahren, sagte sie:

«Aber ich will dich nicht aufhalten, deine Eltern machen sich bestimmt schon Sorgen.» Mir fiel plötzlich ein, dass die ganze Familie bei Tisch auf mich wartete. Als ich mit dem Brot heimkam, fragte mich meine Schwester spöttisch:

«Wieso hat das denn so lange gedauert? Hast du was Besonderes erlebt?»

«Ja», antwortete ich und erzählte von meiner Begegnung mit Aisha.

«Ei ei ei!», schrie Mama auf. «Geh nie wieder in ihre Nähe!»

«Aber sie ist eine Frau, die ganz außergew…»

«Sie ist keine Frau, sondern eine Hure!», unterbrach Mama mich.

«Eine Unglückliche», korrigierte mein Vater.

«Aber sie war überhaupt nicht unglücklich», sagte ich zu ihrer Verteidigung. «Sie hatte Nagellack an den Fingern. Und sie war strahlend schön.»

«Sie hat auch alle Zeit der Welt, um sich schön zu machen», fügte Mama hinzu.

«Und du, warum hast du dafür keine Zeit?»

«Na, weil ich mich um euch kümmern muss», versetzte sie und füllte unsere Teller mit Gemüsesuppe.

In dem Augenblick teilte ich die Frauen in zwei Kategorien ein: die Huren – geschminkt, schön, lächelnd, rätselhaft – und die Mütter – ewig damit beschäftigt, Geschirr zu waschen, Fisch zu braten, Babys zu füttern, und die ganze Zeit nervös und müde.

«Wenn du sie noch mal siehst, sprich nicht mit ihr! Ihre Brüder haben sie rausgeworfen, weil sie sich schlecht aufgeführt hat.»

«Aber sie liest gern», warf ich als letzten Versuch, sie in ein besseres Licht zu stellen, ein.

Doch meine Mutter erkannte in dieser Vorliebe ein neues Laster:

«Sie liest, weil sie keinen Mann und keine Kinder hat. Irgendwie muss sie sich ja die Zeit vertreiben.»

«Und du, warum hast du einen Mann und Kinder, wenn sie dich am Lesen hindern?»

«Weil ich eine anständige Frau bin», schloss meine Mutter.

«Ich, ich will niemals eine anständige Frau sein.»

«Puh, puh, puh!»

Papa versuchte, der Unterhaltung eine philosophische Wendung zu geben:

«Die Prostituierten (er lehnte das Wort ‹Hure› ab) haben kein so leichtes Leben, wie du es dir vielleicht vorstellst. Sie werden von allen abgelehnt, sogar von den Männern, die sie empfangen, sie haben nirgends einen Platz. Sie verkörpern das Produkt einer Gesellschaft, die für die Liebe nicht reif ist, und sind deren Opfer.»

Was dachte Aisha darüber? Ich hatte keine Gelegenheit, mit ihr über eine so heikle Frage zu diskutieren. Kurz nach unserem Treffen tauchte ein großer Lastwagen auf, der quer auf den Gehsteig geparkt wurde. Der Fahrer, der zunächst als Kunde gekommen war, verfiel dem Charme der hinreißenden Hure und bat um ihre Hand. Er verlangte, dass sie die Wohnung, in dem das Stadtteilkomitee bei uns die Sozialfälle unterbrachte, verließ. Er wollte, dass sie im weißen Kleid und in Begleitung ihrer Brüder aus dem Haus ihrer Eltern trat. Sein Wunsch wurde erfüllt. Ich stellte mir vor, wie Aisha mit ihren blutroten Fingernägeln Topfböden scheuerte und vollgemachte Windeln wusch, während ihre Lieblingsbücher vergessen in einer Ecke verstaubten. Es tat mir im Herzen weh, obwohl Mama erklärte, Aisha habe großes Glück gehabt.

Zurück blieb in dem Haus eine zweite Hure, Bajame, aber

meiner Meinung nach verdiente sie diesen Titel nicht. Ungepflegt, den Morgenmantel nie richtig zugebunden und das Haar ungekämmt, verführte sie nicht zum Träumen, sondern bot einen Anblick des Verfalls. Bajame hatte sogar einen vierjährigen Sohn, den sie jedes Mal, wenn ein Kunde bei ihr im Zimmer war, hinausschickte. Wie süß er war, der kleine Bub! Ich wusch ihm manchmal das Gesicht und schenkte ihm die Kleider meines Bruders. Er hatte offenbar genug zu essen, denn nie hat er sich auf das Essen gestürzt. Aber dreckig war er und ungepflegt wie seine Mutter. Eines Tages kam ein Lastwagen, um die beiden mitzunehmen, aber nicht so einer wie der, der Aisha abgeholt hatte: Der Lastwagen war voller Polizisten. Sie packten Bajame an den Armen, warfen ihre Möbel in wildem Durcheinander auf den Wagen, halfen dem Kleinen beim Einsteigen und fuhren los. Bajame weinte und flehte, man möge ihr eine letzte Chance geben: Sie würde ihr Leben ändern, eine anständige Arbeit finden. Aber die Polizisten stellten sich taub. Die Kampagne gegen die Unsittlichkeit sah vor, dass man alle Huren der Stadt in Internierungsdörfer verfrachtete, um sie durch die Arbeit auf den Feldern umzuerziehen.

Die Männer, die den Gehsteig gegenüber dem ersten Haus unserer STRASSE bevölkerten, sind verschwunden. Dort wohnten jetzt nur noch geschlagene oder geschiedene Frauen und Männer, die aus dem Gefängnis entlassen waren. Das Gebäude war alt und in schlechtem Zustand, und seine Erbärmlichkeit wurde vom Nachbarhaus, dem schönsten des Viertels, noch unterstrichen, das von einem Ehepaar zweier Intellektueller bewohnt wurde. Er war der beste Kameramann des Landes, sie Englischlehrerin. Die beiden hatten nur ein Kind, eine Tochter, und wollten kein weiteres. Zwei gute Gehälter, die Schwiegermutter mit im Haus und die Kinderkrippe am Ende der STRASSE erleichterten ihnen den Alltag. Das Paar führte ein Leben, das diesen Namen verdiente. Die Frau genoss eine Freiheit, die in unserer patriarchalischen Gesellschaft noch unbekannt war: Sie konnte – immer todschick angezogen – mit Freundinnen ausgehen, Bücher in Fremdsprachen lesen, Freunde empfangen, einen Kaffee in Begleitung männlicher Kollegen trinken und sogar ohne ihren Mann an den Strand gehen! Ich fand, sie hatte unwahrscheinliches Glück, im Viertel aber wurde behauptet, ihr Mann sei homosexuell …

Mein Viertel hat großen Respekt vor dem Unglück und findet bei den Glücklichen immer irgendein Laster. Die Mutter von Violetta, einer meiner Freundinnen aus dem Viertel, die im dritten Haus der STRASSE wohnt, ist seit ihrem dreißigsten Lebensjahr Witwe. Ihr wird alle nur mögliche und vorstellbare Achtung entgegengebracht, weil sie ihre fünf Kinder allein großzieht, ohne je einen Mann anzulächeln, und weil sie immer Schwarz trägt. Herrisch, sparsam und sauberkeitsversessen, wie sie ist, gilt sie als echtes Vorbild. Mir ist meine Mutter wesentlich lieber: Sie spielt mit den schlechten Schülern Fußball, weil sie, wie sie sagt, beim Sport die Begabtesten sind, sie schimpft mit uns, ohne dass irgendjemand deswegen Angst bekäme, sie bittet die Nachbarin bereitwillig um Geld, wenn wir nicht genug haben, um in Würde bis zum Monatsende durchzukommen, sie lässt uns jedes Jahr in die Ferien fahren, und die Unordnung in unserer Wohnung ist ihr ziemlich egal. Mama kümmert sich nicht um unsere Erziehung, sie begnügt sich damit, das Essen zu kochen und die Wäsche in einer Maschine zu waschen, der einzigen im Viertel. Wir sind uns selbst überlassen, machen unsere Hausaufgaben allein, haben Spaß mit unseren Freunden, und mir gefällt das.

Die anderen Familien finde ich anstrengend, sie haben viele Regeln. Vor allem die erzwungene Begeisterung bei den Festen ertrage ich nicht: Zu Hause lässt man mich maulen, wann ich will. Bei Violetta muss man sich bei Tisch benehmen, die Gäste, die gute Laune der anderen respektieren – bei der man sich nie sicher ist, ob es eine Maske ist oder echte Freude. Violetta muss immer ihren Teller leer essen, ich nicht. Meine Eltern sind bei diesem Thema geteilter Meinung: Wenn es nach Papa geht, soll jeder essen, was er will, und so viel er will. Wenn es nach Mama geht, müssen wir von allem essen und genügend. Sie zwingt uns nicht, das Essen hinunterzuwürgen, sie bittet uns inständig, ohne Rücksicht auf Papas Prinzipien. Und wenn das Flehen nicht hilft, versucht sie es mit der sanften Methode, die in Wahrheit am unerbittlichsten ist: Sie lobt die heilsamen Werte und Kräfte eines jeden Gemüses, das auf dem Tisch steht, mit solcher Geschicklichkeit und Leidenschaft, dass wir uns überwältigen lassen und unwillkürlich zum Löffel greifen. Wenn man Mama zuhört, könnte man glauben, ein Blinder brauche bloß eine Karotte zu essen, um die Farbe des Himmels zu entdecken, so gut sei sie für die Augen! Mit einem Wort, Mama unterzieht uns einer Gehirnwäsche.

Violettas Mutter gibt sich nicht so viel Mühe. Sie befiehlt, und man gehorcht ihr aufs Wort. Sie hat Autorität. Mama nicht, sie hat Fantasie! Sie erklärt uns, Öl sei gesünder als Butter – sicher, weil Letztere rationiert ist und keine Familie mehr als hundert Gramm pro Woche bekommen kann. Sie behauptet auch, dass nicht raffiniertes Öl noch besser sei: Klar, schließlich ist es viel billiger als das raffinierte, das in industriellen Präzisionsmaschinen behandelt wird. Das Saisongemüse kostet fast nichts, und Mama macht uns weis, es sei voller Vitamine – mit dem einzigen Ziel, uns im Winter keine Gewächshaustomaten zu kaufen, die sehr teuer sind. Auch zum Weißbrot, das ausschließlich zu Feiertagen gekauft wird, hat Mama eine verblüffende Ansicht: Das Schwarzbrot sei ihm tausendfach überlegen. Ja, richtig, zufällig ist das dunkle Brot aus heimischem Korn in der Bäckerei das billigste. Nach Mamas Meinung ist es auch nicht ratsam, jeden

Tag Fleisch zu essen. Nun, der Staat liefert uns ja auch nur ein Kilo pro Woche. Mama findet für jede staatliche oder finanzielle Einschränkung eine «gesundheitliche» Entschuldigung. Ebenso, wenn es darum geht, ihren Arbeitsaufwand zu verringern: Obwohl wir ganz versessen auf Pommes Frites sind, macht Mama die Kartoffeln im Ofen, unter dem Vorwand, sie seien so gesünder.

Großzügig spendiert sie uns dagegen am Monatsende Eis mit dem Geld, das sie extra bei den Nachbarn geliehen hat. Aber gespart wird, wenn wir krank sind: Dann benutzt sie das ganze Unkraut aus dem Garten, um Getränke und Gurgelwasser zuzubereiten, anstatt etwas in der Apotheke zu besorgen, obwohl die Medikamente bei uns nicht viel kosten. Violetta nimmt echte: Als ihr einmal das Zahnfleisch wehtat, verschrieb ihr der Arzt ein kirschfarbenes Einreibemittel. Mir hat Mama den ganzen Tag lang Petersilie zu kauen gegeben. Meine Freundinnen haben mich ausgelacht. Um Mama zu verteidigen, habe ich erklärt, dass sie nicht nur Zoologie, sondern auch Botanik studiert hat. Ich habe die gebildetste Mama des Viertels und die am wenigsten autoritäre. Deshalb kommt Violetta lieber zu mir, als dass ich zu ihr gehe: Mama ist es egal, wenn wir das Haus dreckig machen. Sie duldet den Dreck, solange ich Spaß habe. Sie sagt mir ständig, dass ich die Schönste bin, aber ich glaube es ihr nicht.

Alle hielten mich für schön, obwohl ich es nie gewesen bin. Die STRASSE kann es bezeugen. In dieser STRASSE, wo von Zeit zu Zeit ein von zwei erschöpften Pferden gezogener Wagen vorbeikam, der die in der Werkstatt des Viertels gebackenen Kuchen in die anderen Stadtteile brachte, wo der Müllmann jeden Morgen an unsere Türen klopfte und die Kübel voller Müll auf seinen Karren warf, der von einem einzigen, vom Alter und den Abfällen grau gewordenen Schimmel gezogen wurde, wo die seltenen Lastwagen das Schicksal der Menschen vollständig veränderten, wo ein Auto ein außergewöhnlicheres Ereignis war als das Neujahr, in dieser STRASSE also habe ich mich mehrmals am Tag der Angst gestellt, nicht schön zu sein.

Diese Angst hat mich mein ganzes Leben begleitet, und lange versteckte ich sie, weil ich sie für einen Komplex hielt, den man nicht eingestehen kann. Der Zwang zur Schönheit – meine Krankheit. Ich hielt sie bis zu dem Tag für persönlich und exklusiv, als ich hörte, wie meine Mutter zu einer Freundin sagte: «Ich habe meinen Mann nur geheiratet, weil er schön war.» Papa, der Kriegsheld, der Dissident, der Schriftsteller, in den Augen meiner Mutter zur Puppe degradiert! Daraus schloss ich, dass meine Krankheit erblich war. Auch meine Mutter litt darunter, nicht schön zu sein; und sich die Schönheit anzueignen, ist auch eine Art, schön zu werden. Wir waren zwei Frauen in der Familie, die von dieser schrecklichen Krankheit heimgesucht wurden. Doch Mama konnte sich trösten: Die Heirat mit Papa, der für seine Eroberungen beim weiblichen Geschlecht berühmt war, stellte einen unwiderlegbaren Beweis ihrer Schönheit dar, noch mehr als die nächtlichen Ständchen, die ihr die jungen Burschen ihrer Heimatprovinz unter dem Jungmädchenfenster gesungen hatten, und noch sicherer als der Beiname «Die Schöne», den man ihr während des Studiums verliehen hatte. Papa war schön. Wusste er es? Ich glaubte schon, jedenfalls bis zu dem Tag, als ich sah, wie er sich vor einem kleinen, schlechten Spiegel rasierte. Ich brachte ihm einen größeren, in dem man sich ohne Schwierigkeiten betrachten konnte, aber mein Vater wies ihn zurück.

«Es tut mir weh, mich anzusehen», erklärte er aufrichtig, «ich finde mich nicht schön.»

Papa hatte die Krankheit also auch! Die Männer waren von dem Zwang zur Schönheit, den ich für ausschließlich weiblich gehalten hatte, nicht verschont. Wie stark er aber davon betroffen war, wurde mir erst Jahre später als Jugendliche klar, als ich mich von Amil, einem jungen Mann adeliger Abstammung, nach Hause begleiten ließ. Zufällig trafen wir meinen Vater direkt auf unserer STRASSE. Ich stellte die beiden einander vor, und Vater ging. Einige Minuten später öffnete ich mit klopfendem Herzen die Wohnungstür. Mir war nicht wohl in meiner Haut, und ich machte mich darauf gefasst, die endlose Reihe von Fragen zu beantworten, die Papa mir jedes Mal stellte, wenn er mich mit einem Jungen sah: Wer war er, seit wann kannte ich ihn, was machten seine Eltern, hatten wir eine Liebesbeziehung, wie weit waren wir gegangen, war dieser Junge gewillt, sich mit mir zu verloben? Ich machte mich bereit, dieser Flut von Fragen die Stirn zu bieten, als Papa mit träumerischer Miene sagte:

«Was für ein schöner Junge!»

Und das war's. Die Schönheit war der höchste Entschuldigungsgrund. Nicht nur für Papa, auch für meinen Cousin. Der hatte mich gewarnt: Sollte er mich je zusammen mit einem Jungen sehen, würde er mich töten. Und eines Tages, als ich am Ende meiner STRASSE auf Amil wartete, tauchte wie ein Gespenst mein Cousin auf.

«Wartest du auf einen Jungen?»

«Nein, auf eine Freundin.»

«Dann warte ich mit dir auf sie.»

Amil kam auf einem Fahrrad, bescheiden und schlecht angezogen: Sein Vater, der die russische Staatsangehörigkeit hatte, war in Albanien wegen Spionage inhaftiert gewesen, was seinem Sohn jede Aussicht auf einen sozialen Aufstieg nahm. Er arbeitete als einfacher Mechaniker, ohne Hoffnung, eines Tages studieren zu können. Mein Cousin, der Jurastudent war, grüßte ihn freundlich … und ließ uns allein. Ich riss Mund und Augen auf. Ich hatte nicht angenommen, dass er mich töten, wohl aber, dass er mich zumindest beschimpfen würde. Am nächsten Tag sagte er mir:

«Ich war darauf gefasst, irgendeine Visage zu sehen, die ich mit der Faust eingeschlagen hätte. Aber dieser Junge war so schön, so anmutig, dass meine Hände wie gelähmt waren.»

Ich dagegen fand ihn ein bisschen zu anmutig, zu harmonisch. Ich hatte ihn im Pionierlager in den Bergen kennengelernt. Ein paar Jahre später sah er mich auf dem Boulevard wieder und fragte, ob er mich begleiten dürfe. Ich sagte Ja. Als wir uns verabschiedeten, machte er ganz unbefangen ein Treffen mit mir aus. Ich lachte.

«Zwischen einem Stück Weg zu zweit und einer Verabredung ist doch ein himmelweiter Unterschied», antwortete ich.

Das beeindruckte ihn.

«Du bist eine richtige Europäerin! Die Mädchen hierzulande akzeptieren entweder gar nicht, dass du sie begleitest, oder sie akzeptieren auch gleich alles andere.»

Monatelang ließ er keine Gelegenheit aus, mir sein Interesse zu zeigen. An einem Tag voller Traurigkeit schien er mir endlich akzeptabel, und ich willigte ein, dass wir uns näher kennenlernten. Während unseres ersten Spaziergangs beim großen Basar bemerkte ich auf der Terrasse eines Cafés eine hinreißende junge Frau, groß und schlank, mit langem, blondem Haar und violetten Augen, die von dem Tisch, an dem sie ein Eis gegessen hatte, aufstand und auf uns zukam, um Amil eine seltsame Frage zu stellen, wobei sie mit dem Finger auf mich zeigte:

«Was hat sie, das ich nicht habe?»

«Ein Gehirn», antwortete Amil und versetzte mir damit einen tödlichen Stich.

Ich wollte kein Gehirn, ich wollte einfach nur schön sein. Vergeblich. Jedes Mal, wenn ich einen Mann traf, erklärte er mir: «Ich liebe dich nicht deiner Schönheit wegen.» Und tötete mich. Mehrere Männer haben mich mit ihren hochherzigen Worten über meinen Geist und meinen Mut ermordet. Keiner besaß die Klugheit, mir zu sagen: «Ich liebe dich, weil du schön bist, nur darum!»

Doch der Zwang zur Schönheit war alles andere als ein Gebrechen, das nur meine Familie oder meine nähere Verwandtschaft betraf: Er war eine Volkskrankheit. Zum ersten Mal wurde mir das bewusst, als ich kurz nach dem Zusammenbruch des kommunistischen Regimes für einen ausgesprochen gut aussehenden Ausländer die Reiseführerin spielte. Er fragte mich nach der Bedeutung des Wortes «i bukur», das er ständig um sich herum hörte. Ich übersetzte es mit «schön». Er war empört:

«Ja, halten die mich denn für bescheuert, oder was?»

Ich versuchte, ihm zu erklären, dass die Schönheit bei uns eine große Rolle spielt, dass die Menschen sie schätzen, sie kommentieren, von ihr überwältigt werden. Er war sehr verwundert. Doch sein Staunen wuchs ins Unermessliche, als ich ihm eine Gruppe gebildeter Leute vorstellte, die fließend Französisch sprachen. Er stürzte sich in eine leidenschaftliche Diskussion über Enver Hoxha. Ein paar Minuten später drehte er sich ganz blass wieder zu mir um.

«Das ist doch nicht möglich! Das ist einfach unglaublich! Sie sagen, Enver Hoxha war ein Diktator, ein Tyrann, ein Despot, ein Unterdrücker, ein Degenerierter, ein Verrückter, ein Geistesgestörter, ein Dämon, ein Tier, und trotzdem enden sie immer mit demselben Satz: Aber wie schön er war!»

Ich musste ihm also die Situation bei der Wahl des Führers der kommunistischen Partei 1941 erklären. Es gab sieben Voraussetzungen: Er durfte kein Führer einer der bestehenden kommunistischen Gruppen sein, sein Familienname musste, um der Mehrheit der gläubigen Bevölkerung zu gefallen, muslimisch sein und ... An die Voraussetzungen Nummer drei, vier, fünf und sechs erinnerte ich mich nicht mehr, wohl aber an die siebte: In Anbetracht des ausgeprägten Sinns für Ästhetik des albanischen Volkes musste der Führer schön sein.

Mein ausländischer Freund wurde nicht mehr wütend, wenn er «i bukur» hörte. Doch er staunte noch immer. Und auch ich kam aus dem Staunen nicht heraus, als ich eines Tages in Genf zufällig einen albanischen Journalisten traf. Wir begannen, uns lang und breit über all unsere gemeinsamen Bekannten, Kunstkritiker, Künstler und Schriftsteller, zu unterhalten. Da ich seit zehn Jahren im Exil lebte, war ich neugierig, wie es ihnen ergangen war. Zuletzt dachte ich an Amil. Was war aus ihm geworden?

«Ich würde dich gern nach jemandem fragen, bin mir aber nicht sicher, ob du ihn kennst. Er ist kein Künstler und auch nicht berühmt, er ist einfach nur schön.»

«Wie heißt er?»

Ich nannte ihm den vollständigen Namen, betonte aber, dass er ihn eigentlich nicht kennen konnte, da Amil nicht in unserem Zirkel aus Intellektuellen verkehrt hatte. Die Antwort des Journalisten verschlug mir die Sprache:

«Wie sollte ich nicht wissen, was der schönste Bursche Tiranas macht? Er ist nach Italien gegangen.»

«Du kennst ihn persönlich?»

«Nein, aber ich erinnere mich an ihn, weil er schön war.»

Und Amil, war ihm seine physische Perfektion bewusst gewesen? Damals hatte er sich darüber lustig gemacht, es war ihm wirklich egal. Ich hingegen hatte schon im Alter von sieben Jahren angefangen, das Spiel der Schönheit zu spielen.

Auf der STRASSE. Auf dieser ruhigen und in meiner Kindheit von Pappeln gesäumten STRASSE, die heute von Autos verstopft, staubig und ständig mit Baustellen gepflastert ist. Meine STRASSE ist rissig, kaputt, neurotisch. Sie ist gefährlich geworden. Kein Kind kann heute mehr vor seiner Wohnung mit dem Ball spielen; sogar die Autos müssen achtgeben, nicht gegeneinanderzustoßen. Dabei war meine STRASSE für nicht mehr als drei Lastwagen pro Jahr gebaut; die Taxis fuhren, von einer Horde Kinder verfolgt, nur zu Hochzeiten darüber, um die Braut zu bringen oder abzuholen. Die STRASSE fühlte sich mit den Pferdekarren wohl. Mama ging jedes Mal, sobald sie vorbei waren, hinaus, um die Pferdeäpfel aufzulesen, die den Bäumen so guttaten.

Heute gibt es weder Pferdeäpfel noch Bäume. Ein Handygeschäft befindet sich im Erdgeschoss eines zehnstöckigen Gebäudes, das an der Stelle des großen Orangenbaumes steht. Kein einziger Garten hat der Demokratie widerstanden. Die Diktatur hatte sie unterhalten; es hieß, unser Diktator Enver Hoxha liebe die Pflanzen mehr als die Menschen. In jedes Zimmer stopfte er gleich mehrere hinein, er vergrößerte die Stadt nicht und schuf nichts anderes als Parks. Und Bunker, um seine Parks zu schützen. So konnten die Grünanlagen gut behütet erblühen. Entlang des Flusses, der Tirana durchfließt, erhoben sich Tannen und Birken. Nachdem die Büste ihres Beschützers zerstört worden war, wurden auch sie gefällt: Die Menschen griffen ihre Axt, um Brennholz für den Winter zu machen. Doch sie hatten den Sommer nicht bedacht: In der Stadt mit den zerstörten Lungen brannte die Sonne von nun an direkt auf den Asphalt, ohne dass auch nur der geringste Schatten ihr glühendes Fieber besänftigte. Und unserem Viertel mit seinen kleinen, von Gärten und Obstbäumen umstandenen Häusern fehlte fortan das Dach: Man hatte alle Pappeln gefällt.

Unter ihren langen Ästen, die bis in den Himmel emporreichten, hatten wir früher gesungen – falsch, wie meine Klavier spielende Schwester behauptete. Und ich sang, meiner Schwester zufolge, noch lauter und noch falscher als alle anderen. Zusammen mit meinen Freundinnen trällerte ich mit fröhlichem Herzen, während wir Schönheitspreise verteilten. Unser Schönheitswettbewerb hieß «Das Adlerspiel».

Zunächst wurden zwei Mädchen ausgelost, die den ersten Vers des Spiels anstimmten: «Wir sind zwei Adler aus den Bergen.» Dann fragte die ganze Gruppe im Chor: «Und was sucht ihr?» – «Wir suchen die Schönste von allen», sangen die beiden Adler zurück. «Und wer ist die Schönste?», fragte die

Gruppe weiter. Mein Puls ging schneller. Nach einer kurzen Beratschlagung nannten die beiden Adler meinen Namen. Erleichtert stieß ich zu ihnen. Die Wahl ging weiter, bis kein Mädchen mehr in der Gruppe übrig blieb.

Ich habe nie begriffen, warum man mich als Erste auswählte. Ich war nicht die Schönste. Die Besessenste, ja. Ich bin sicher, die Erde hätte aufgehört, sich zu drehen, wenn die Mädchen eine andere Wahl getroffen hätten. Mein Herz wäre mir rot und blutig aus der Brust gesprungen, bereit, die Erfüllung der Naturgesetze zu verhindern. Und hätte Beni bei unserem Spiel zugesehen, das Desaster hätte kosmische Auswirkungen gehabt. Doch die Mädchen aus meinem Viertel waren besonnen: Sie trafen alle Vorkehrungen gegen astrale Katastrophen und wählten immer mich als Schönste aus. Viermal am Tag, jahrein, jahraus. Das beruhigte mich nicht. Jedes Mal, wenn das Spiel neu begann, zitterte die STRASSE vor meinen Augen, mein Puls ging schneller, meine Wangen wurden rot und drohten, mich hässlich zu machen. Die Mädchen bemerkten nichts. Ich schon. Nach dem Spiel betrachtete ich mich im Spiegel, dankbar für die Kurzsichtigkeit meiner Freundinnen. Für ihren Mangel an Geschmack. Für ihre Großzügigkeit.

Ich gewöhnte mich daran, für hübsch gehalten zu werden und gleichzeitig im Innersten zu wissen, dass ich es nicht war. Ich freute mich unbändig, wenn die Menschen sich in ihrem Urteil täuschten. Ich selbst dagegen hielt mich für sehr intelligent – laut Sokrates ein untrügliches Zeichen von Dummheit. Wir ähnelten den alten Griechen jedoch nur in unserer nationalen Haltung gegenüber der körperlichen Erscheinung, nicht aber, was den Geist betraf! Wir spielten kaum einmal ein Spiel, bei dem man nachdenken musste. Höchstens vielleicht «Wer setzt sich am schönsten in Pose?». Wie unschlagbar ich darin war, davon zeugen meine Kinderfotos. Man sieht mich in einer künstlichen Stellung erstarrt und mit einem verkrampften Lächeln auf den Lippen; meine linke Hand hebt den Saum des Rockes, die rechte hält eine Rose, eine Tulpe oder einen anderen dekorativen Gegenstand, sonst legte ich mir in Ermangelung eines solchen die Finger ans Gesicht: drei an die Wange und einen ans Kinn. Trotzdem war mir die schönste Pose nicht so wichtig wie der erste Platz beim Schönheitswettbewerb. Hin und wieder konnte ich es ertragen, dass ein Mädchen mehr Einfallsreichtum bewies als ich, ohne dass die Erdumdrehung blockiert wurde, schließlich blieb ich ja immer noch die Schönste! Und das, egal welches Kleid ich trug … jedenfalls, solange Anita nicht mitspielte. In den seltenen Fällen aber, in denen sie sich uns anschloss, lief ich schnell weg, um mein Baumwollkleid aus- und das durchsichtige, mit weißer Spitze durchbrochene Nylonkostüm anzuziehen, das für Hochzeiten, Sonn- und Feiertage bestimmt war. Mama erlaubte mir, es außerhalb der großen Anlässe anzuziehen, wenn es darum ging, das Spiel zu gewinnen. Denn dieses Zubehör blieb angesichts von Anitas strahlender Schönheit unerlässlich. Sie wohnte in einem kleinen, einstöckigen Gebäude im Schatten dreier Dattelbäume. Mit ihren mandelförmigen blauen Augen, ihrem Löwenhaar, dem Kirschenmund und der ein wenig himmelwärts gerichteten Nase war Anita außerordentlich schön. Mit acht Jahren hatte sie schon Brüste, richtige Brüste. Deswegen erlaubten ihre Eltern ihr nicht oft, mit uns zu spielen. Sie waren sehr um die Ehre ihrer kleinen Tochter besorgt, die alle schon für eine Jugendliche hielten. Sie hatten Angst, dass sie von den Männern in die Falle gelockt würde. Fünfzehnjährige Jungs und manchmal sogar reife Männer blieben stehen, um sie anzuschauen, wenn sie mit uns spielte, und sagten ihr:

«Schämst du dich nicht, mit den Kindern herumzutollen?»

Anita wurde rot. Man hielt sie für vierzehn statt für acht. Dabei war sie die Jüngste von uns, ich war zwei Jahre älter als sie. Nur wirkte sie viel älter als wir. In den Köpfen der Passanten gehörte sie einer anderen Generation an. In ihrem eigenen war sie ein Kind. Ein Kind, dem die Kindheit verwehrt war, wegen ihrer Brüste und ihrer Körpergröße. Auch Anitas Mama hatte unter dieser frühreifen Entwicklung gelitten. Es hieß sogar, dass sie den böswilligen Männern erlegen war: Sie hatten sich nach ihren Ballettstunden an sie herangemacht. Mit sechzehn hatte sie mit dem Tanzen aufgehört und geheiratet. Als ehrbare Frau hatte sie eine anständige Arbeit angenommen, in unmittelbarer Nähe des Hauses, in der Kuchenwerkstatt am Ende der STRASSE. Seither hat sie dreißig Kilo zugenommen. Sie kann Kuchen nicht ausstehen, wie alle Frauen, die von Berufs wegen Süßigkeiten herstellen. Schon der Anblick einer Torte verursacht ihnen Übelkeit, so sehr haben sie sich in den ersten Wochen am neuen Arbeitsplatz damit vollgestopft. Jetzt essen sie nichts Süßes mehr, weder an Festtagen noch Hochzeiten und schon gar nicht an Neujahr. Sie sind zu Salzigem verdammt, und ihre Familien mit ihnen, weil sie jeden Tag umsonst die in der Werkstatt gestohlenen Kuchen bekommen. Hatibe, Anitas Großmutter, verdankt ihrer Tochter den Abscheu vor Zucker, und auch ihren Ehemann.

Das erste Mal hatte Hatibe im Alter von siebzehn Jahren in ihrer Heimatstadt Elbasan geheiratet. Zwei Monate nach der Hochzeit erlitt ihr Mann ganz ohne jeden Grund einen Herzanfall. Die ganze Stadt war über seinen Tod bestürzt. Es heißt, Hatibe habe ihn sehr geliebt und lange um ihn geweint. Trotz zahlreicher Anwärter wollte sie nicht mehr heiraten. Doch ihre Familie meinte, dass zehn Jahre des Alleinseins für eine Frau ausreichten, um einen Mann in ihrem Herzen zu begraben: Also wurde Hatibe einem reichen, einheimischen Kaufmann zur Frau gegeben. Dieser starb nicht nach zwei Monaten, sondern nach zwei Jahren. Noch einmal wurde die Stadt vom Ableben eines Mannes erschüttert, der in der Blüte des Lebens stand und nie an irgendeiner Krankheit gelitten hatte. Niemand hielt mehr um Hatibes Hand an; es hieß, sie bringe den Tod. Es hieß auch, in ihrem Bauch seien die Eier durch die lange, erste Trauer vertrocknet.

Die Frau ist wie die Erde, lautete der Kommentar der Bürger von Elbasan, wenn sie nicht gepflügt wird, wächst in ihr nichts mehr. Trotz zweier Besuche beim besten Hoxha der Stadt hatte Hatibe mit ihrem zweiten Mann kein Kind gezeugt, während andere sogar ohne Ehemann welche bekamen: Eine Hure aus dem Viertel hatte soeben Zwillingsmädchen zur Welt gebracht. Hatibe beschloss, eines davon zu adoptieren und ihre Geburtsstadt zu verlassen, um sich mit der finanziellen Hilfe ihrer Familie in der Hauptstadt niederzulassen. Eine kinderlose Frau kann nämlich keinen Anspruch auf das Eigentum ihres Ehemanns geltend machen. Sie muss also einen anderen finden oder nach Hause zurückkehren. Und da man sie daheim nicht mehr wollte, kaufte man ihr ein Haus, ein ganz kleines, in einem der ältesten Viertel von Tirana. Dorthin kam sie als ehrbare Witwe mit einem Kleinkind auf dem Arm. Ein schönes Kind, das schneller als vorgesehen zum jungen Mädchen und dann zur Ballerina wurde, die das seelische Gleichgewicht der Männer in der Hauptstadt gefährdete. Als sie zwölf Jahre alt war, hielt man um ihre Hand an. Sogar ihr Mathematiklehrer war ihr verfallen: Er würde, so hatte er erklärt, warten, bis sein Mündel das Erwachsenenalter erreicht hatte, und dann um ihre Hand bitten. Um diese günstige Gelegenheit beim Schopfe zu packen und ein für alle Mal die Angst loszuwerden, ihre Tochter könne außereheliche Kinder zur Welt bringen – wie es ihre leibliche Mutter getan hatte –, fertigte Hatibe mithilfe des Notars einen falschen Pass an, auf dem die Jugendliche drei Jahre älter wurde und somit heiraten konnte. Und warum nicht den Lehrer?

Die Jugendliche liebte ihren Lehrer – sie liebte auch andere! –, aber sie liebte ihn trotzdem, auf eine besondere Art, sagte sie, wie eine verlorene Hälfte, die sie seit Langem verzweifelt suchte. Niemand hatte ihr auch nur mit einem Wort von ihrem Zwillingsleben in der Gebärmutter einer Prostituierten erzählt. Im Gegenteil, man gab ihr zu verstehen, der Ehemann stelle die fehlende Hälfte dar, ohne die das Leben einer Frau nicht denkbar ist. Doch diese Hälfte – traurig, streng und verbittert – ähnelte ihr überhaupt nicht. Der Lehrer, der seine Mutter früh verloren hatte, war von seinem Vater aufgezogen worden, einem schweigsamen und trübsinnigen Witwer, der als Schuster in einer kleinen Küstenstadt im Süden des Landes lebte. Nach der Hochzeit seines Sohnes nahm der Schuster jeden Sonntag den Bus, um in die Hauptstadt zu fahren. Er fühlte sich in dem kleinen, von Dattelbäumen umstandenen Haus daheim. Er kümmerte sich um den Garten und flickte die Schuhe der ganzen Familie. Seine Schwiegertochter hatte in vier Jahren Ehe zwei Töchter zur Welt gebracht. Die Schwangerschaften, vor allem aber die Arbeit in der Kuchenwerkstatt hatten die ehemalige Balletttänzerin mit der Wespentaille und der üppigen Mähne verändert. Sie hatte ihr Lachen verloren, aber das Wertvollste bewahrt: ihre Ehre. Ja, Anitas Mutter war, seit die Männer sie nicht mehr beachteten, eine Frau von untadeliger Lebensführung geworden. Sie hatte sich sogar zur Anstandsdame aufgeschwungen, die nicht nur über die Ehre ihrer Tochter, sondern auch über die ihrer eigenen Mutter wachte.

Der Tratsch, der im Viertel umging, war ihr unerträglich: War es möglich, dass ein Vater so viele Stunden im Bus verbrachte, nur um seinen Sohn zu besuchen? Man vermutete eine heimliche Liebschaft zwischen Hatibe und dem Vater des Lehrers. Die Tochter meinte, zwanzig Jahre seien genug, damit eine Frau einen zweiten Mann in ihrem Herzen begrabe, zumal das Glück ihr ja einen dritten bescherte.

Als zweifache Großmutter feierte Hatibe also erneut Hochzeit. Eigentlich gab es gar kein Fest; alles geschah ganz diskret: Der Vater des Lehrers zog in das von Dattelbäumen umstandene Haus, nachdem er ein Dokument unterzeichnet hatte, das ihn zum Ehemann und zum Bürger der Hauptstadt machte und es ihm erlaubte, sein Schusterhandwerk in Tirana auszuüben. Da traf es sich gut, dass der Winter nahte und unser Viertel dringend geflickte Schuhe brauchte. Hatibes Ehemann, der zum sechsten Mitglied des Hauses rechts von meinem geworden war, zeigte sich dieser Aufgabe gewachsen. Eine Witwe und die Tochter einer Hure hatten noch keine richtige Familie ergeben. Erst das Hinzufügen eines Mathematiklehrers und später eines Schusters verschaffte den beiden fröhlich leichtfertigen Frauen, denen es an ordentlichen Mannsbildern fehlte, Würde. Sie nahmen zu und verloren Haare, aber sie bekamen Ehemänner. Das Viertel respektierte sie. Das Viertel wusste nichts von dem Fluch, der auf Hatibe lag.

Ihr dritter Ehemann auch nicht. Vielleicht hat er es erfahren, als er genau zwei Jahre nach ihrer Hochzeit diese Welt verließ, um in den Himmel aufzufahren. Hatibe trat wieder in ihren ewigen Witwenstand ein und widmete sich nun endgültig dem Wohlergehen ihrer Enkeltöchter, ihrer Tochter und ihres Schwiegersohns, der immer trauriger und schwermütiger wurde. Er ertrug keinen Kinderlärm.

Wir spielten nie im Hof von Anita. Bei ihr musste man flüstern: Ihr Vater korrigierte, in seinem Zimmer verbarrikadiert, die Hausaufgaben der Schüler. Gewisse böse Zungen behaupteten, er schließe sich ein, weil er an Verfolgungswahn leide. Andere widersprachen, es handle sich nicht um eine Krankheit, sondern um eine normale Angst: Konnte man je wissen, woher das Übel kam? Anitas Vater hatte Angst, seine Stelle als Lehrer zu verlieren. Meiner hatte Glück: Er hatte sie schon verloren. Anitas Vater empfing keinen Besuch, aus Furcht, man könne ihn antikommunistischer Meinungen bezichtigen. Meiner hatte die seinen in einem Buch aufgeschrieben und direkt an den Präsidenten der Republik geschickt.

Deswegen konnte man bei uns schreien und lachen, ohne sich um die Zukunft zu sorgen. Wir hatten keine. Selbst die Angst vor dem Wahnsinn blieb uns erspart. Mein Vater war schon verrückt, und seine Geisteskrankheit schützte uns vor einem noch schlimmeren Absturz. Wir konnten nicht mehr tiefer fallen. Aus unserem Abgrund heraus betrachtete ich die anderen voller Mitleid: diejenigen, denen die Angst, auf unser Niveau zu sinken, das Leben vergiftete, und jene, die zu hoch aufgestiegen waren und im Fallen noch schlimmeren

Schaden nehmen würden. Jedes Jahr wurden mindestens drei Mitglieder der Regierung wegen Hochverrats gestürzt und im besten Fall mitsamt ihren Familien in Internierungsdörfer zu Huren und ehemaligen Faschisten verbannt. Bei uns war das Unglück zumindest stabil. Bei uns nahm es heitere Züge an. Jeden Abend, wenn mein Vater von der Arbeit heimkehrte, ging er singend durch die Küche, mit meinem Bruder auf den Schultern und meiner Schwester und mir, die an seinen Armen hingen. Dann bat er Mama zu raten, wie viel Geld tagsüber in seiner Bretterbude im Umlauf gewesen war.

«Sechstausend.»

Mama nannte eine niedrige Zahl, nur um zu sehen, wie sich das Gesicht meines Vaters aufhellte.

«Mehr!», antwortete Papa mit einem strahlenden Lächeln.

«Achttausend.»

«Noch mehr!», jubelte Papa.

«Zehn.»

«Ich habe zwölftausend geschafft!»

Und Papa lachte aus vollem Halse. Wenn meine Mutter gut gelaunt war, tat sie erstaunt und beglückwünschte ihn. Wenn sie müde von der Hausarbeit war oder bedrückt über den Besuch einer Freundin, die einen Arzt oder Lehrer geheiratet hatte, murmelte sie:

«Es ist sowieso nicht unser Geld. Ob du nun dreitausend oder zwölftausend schaffst, dein Gehalt bleibt dasselbe. Ich weiß nicht, was es da zu jubeln gibt.»

Papa schon. Gut zu arbeiten, machte ihn stolz, aber er zahlte einen hohen Preis dafür. Seinetwegen wurden die übrigen Verkäufer kritisiert, wenn sie ihre Quote nicht erfüllten, ihr Geschäft stundenlang schlossen, um Kaffee zu trinken, ihre Waren nicht gut präsentierten und unverschämt zu den Kunden waren, die bis zu Papas Bretterbude gingen, um gut bedient zu werden. Die Verkäufer waren böse auf ihn. Und auch die Fahrer und die Lagerverwalter …

Papa ging ihnen auf die Nerven. Zum Schulanfang im September hatte er innerhalb von einer Woche alle karierten Hefte verkauft, die man ihm für den Monat geliefert hatte; er musste neue bestellen.

Im Materiallager tranken drei Frauen Kaffee und rauchten eine Zigarette. Als sie meinen Vater sahen, runzelten sie die Stirn. Papa wartete ein paar Minuten draußen, um sie in diesem kostbaren Moment nicht zu stören. Dann ging er wieder hinein und setzte eine unterwürfige Miene auf.

«Ich hätte gern karierte Hefte.»

«Die hat man Ihnen schon geliefert.»

«Sie sind alle verkauft, ich habe keine mehr.»

«Warten Sie bis zum nächsten Monat, dann kriegen Sie wieder welche.»

«Aber die Kinder kommen zu mir und fragen nach karierten Heften, und dann gehen sie traurig wieder weg, weil sie keine bekommen haben.»

«Dann sollen sie eben linierte Hefte benutzen!»

«Aber die karierten Hefte braucht man unbedingt für die Mathematikstunden.»

Eine der drei Frauen, die am meisten verärgerte, zündete sich noch eine Zigarette an. Sie war gerade dabei gewesen zu erzählen, dass ihr Mann sie betrog, als dieser lästige Verkäufer sie auf dem Höhepunkt ihres Berichtes unterbrochen hatte: Sie hatte blonde Haare auf der schwarzen Jacke ihres Mannes gefunden. Ausgerechnet jetzt sollte sie Rechnungen für eine zusätzliche Materialausgabe heraussuchen, dabei hatte sie doch wirklich andere Sorgen … Warum wartete er nicht auf den nächsten Monat wie alle anderen auch? Ständig machte ihnen dieser eigenwillige Verkäufer zusätzliche Arbeit. Sie hatte es satt! Sie würde ihm keine Rechnung ausstellen! Zwei Monate zuvor war er gekommen, um schwarze Schnürsenkel zu bestellen. Sollten die Leute doch dunkelbraune benutzen. Man hatte sie zu sehr verwöhnt!

Doch die älteste der Frauen schien etwas einfühlsamer zu sein: Ihre Enkelkinder gingen zur Schule. Sie würde sich die Mühe schon machen, eine Rechnung auszustellen, vorausgesetzt, Papa fand den Fahrer, um das Material zu transportieren.

«Und wo finde ich den?»

«In einem der Bistros um die Ecke.»

Papa ging auf die Suche nach dem Fahrer. Im dritten Bistro der Straße entdeckte er ihn an einem Tisch in Begleitung dreier Männer: seinem Schwager, der mit dem Lastwagen nur für wenige Stunden aus dem Norden heruntergekommen war, und zwei anderen Fahrern. Nein, er konnte den Ehemann seiner Schwester doch nicht wegen dieser lächerlichen karierten Hefte allein lassen! Und sowieso, er hatte zu viel getrunken und Angst, einen Unfall zu bauen. Papa kehrte in dem Augenblick zum Lager zurück, als sich die erregten Kommentare der fatalen Blonden zugewandt hatten.

«Ohne Fahrer kann ich Ihnen das Material nicht aushändigen», erklärte die älteste der Frauen, die es eilig hatte, ihn loszuwerden, um der grausam betrogenen jungen Ehefrau weitere Ratschläge zu erteilen.

«Ich kann es ja selber tragen.»

Die drei Frauen sahen einander verblüfft an.

«Das ist ziemlich schwer!»

«Nicht schwerer als ein Versprechen. Ich habe den Kindern versprochen, dass die Hefte am Nachmittag vorrätig sind.»

Nachdem Papa alle belästigt hatte, kam er, beladen mit zwei Kisten voller Hefte, erschöpft zu Hause an. Dort musste er aber noch seiner Frau gegenübertreten:

«Puh, puh, puh! Jetzt bist du also auch noch Lastenträger! Die Ärzte haben völlig recht, du musst verrückt sein!»

Und unter fortgesetzten Vorwürfen servierte sie ihm das sorgfältig aufgewärmte Essen. Jeder kritisierte Papa für seinen Arbeitseifer, obwohl doch das Gegenteil der Fall hätte sein müssen. Wenn ich gut arbeitete, wurde ich gelobt. Papa wurde ausgeschimpft. Er aber fand die Situation ebenso absurd wie komisch. Als er uns seine Missgeschicke mit den karierten Heften erzählte, lachte er. Für ihn zählte nur das Ergebnis: Er hatte das Versprechen gehalten, das er den Kindern seines Viertels am Fluss gegeben hatte. Ich hatte den Eindruck, dass selbst ein so einfaches Ereignis Papa die Gelegenheit gab, sich als heldenhaften Streiter auf dem Feld der Gerechtigkeit zu sehen. Man hatte ihm seine Ausdrucksmöglichkeit als Lehrer und seine Schriftstellermetaphern genommen, aber die Bretterbude bot ihm neue Möglichkeiten, sich – stets gegen den Strom schwimmend – in den Dienst des Guten zu stellen. Übrigens antwortete Papa jedes Mal, wenn Mama ihn bedauerte, weil er eine unqualifizierte Arbeit tat:

«Achtzig Prozent des albanischen Volkes arbeiten auf den Feldern und in den Fabriken.»

Dann fügte er stolz hinzu:

«Ich bin kein Opfer, ich habe mein Schicksal gewählt.»

Aber Mama glaubte nicht, dass die Menschen unter einer Regierung wie der unseren ihr Schicksal selbst wählten; sie befürchtete das Schlimmste. Engagiert und rührig, wie es ihre Art war, verpasste sie nicht eine einzige Versammlung des Viertels und war an der Schule, an der sie unterrichtete, Vorsitzende der Lehrerschaft. Tatsächlich war sie hundertmal regimekritischer als ihr Mann, zeigte es aber nur in der Familie, im Geheimen und Privaten. In den Augen der Gesellschaft repräsentierte meine Mutter die Sozialistin, die das Pech gehabt hatte, einen geistesgestörten Dissidenten zu heiraten. Glücklicherweise zählte die Wahrheit für sie weniger als ihre Kinder. Mama erlaubte sich nicht den Luxus, ihre Meinung laut auszusprechen, selbst wenn man am Eingang jeder Grundschule Enver Hoxhas Parole lesen konnte: «Jeder muss in Großbuchstaben schreiben, was er über das Volk, die Arbeit und das Leben denkt.» Niemand kam auf die abwegige

Idee, diese Maxime wörtlich zu nehmen, mit Ausnahme einiger Einfaltspinsel und Pechvögel, unter denen sich mein Vater noch zu den Glücklichsten zählen konnte: Die Übrigen verrotteten in den Gefängnissen. Wieder andere wie Anitas Vater vegetierten in ihrem Zimmer dahin. Von ihnen gab es ganze Heerscharen. Vor wem hatten sie Angst?

«Vor dem Parteisekretär», antwortete Anita mir knapp.

Sie wollte nicht über Politik sprechen, ihr Vater hatte es ihr verboten. Im Übrigen hatte sie mir sehr viel interessantere Dinge zu erzählen. Seit Beni das Haus links von meinem verlassen hatte, spielten wir nicht mehr auf der Straße. Am Tag nach seiner Abfahrt waren wir seltsamerweise reifer geworden: Wir diskutierten. Nicht in der Gruppe, sondern unter vier Augen.

«Ich habe den schönsten Jungen meiner Schule kennengelernt», sagte Anita mir eines Tages. «Er trägt eine rote Strickweste mit schwarzen Karos, die einen weißen Punkt in der Mitte haben. Seine Hose ist auch weiß, aber etwas weniger, eher cremefarben.»

«Und die Augen, welche Farbe haben seine Augen?»

Anita dachte einen Moment nach.

«Blau», antwortete sie, nicht sehr sicher. «Und auch ein bisschen grün. Aber das Grün ist mit einem Grau vermischt, das ins Schwarze geht.»

Ich stellte mir diesen Jungen mit den berückenden Augen vor, und mir wurde eng ums Herz.

«Er hat einen Schulranzen mit drei Reißverschlüssen, aus dem Ausland mitgebracht.»

«Hat er Locken?»

«Ja!», versetzte Anita prompt, um gleich darauf hinzuzufügen, dass er keine wirklichen Locken hatte, weil seine Haare sehr kurz und eher glatt waren, aber dass er, wenn er sie sich wachsen ließe, sicherlich herrliche Locken hätte.

«Ist er blond oder dunkelhaarig?»

«Er ist blond und dunkelhaarig.»

«Wie das?»

«Na, er ist braunhaarig!»

«Ach so! Und wie heißt er?»

«Edmond», antwortete Anita, diesmal ohne zu zögern.

Ihre Mutter kam, um sie abzuholen, denn es war bald Zeit für das Abendessen. Ich hatte keinen Appetit. In meinem Herzen hallte ein einziger Name wider: Edmond! Noch geheimnisvoller als Edmond Dantès, der Graf von Monte Christo. Anitas Beschreibung hatte meine Fantasie beflügelt, die nun durch sanfte und unbekannte Gefilde irrte. Selbst Mamas äußerst überzeugender Rede gelang es nicht, mich zu bewegen, den Löffel in die Hand zu nehmen. Nachdem ihre Bemühungen, die Vorzüge der Zwiebel mithilfe botanischer Überlegungen herauszustellen, gescheitert waren, nahm sie die Volksweisheit zu Hilfe:

«Ein sehr geiziger Reicher kam in die Hölle. Er wurde aufgefordert, sich an eine gute Tat, die er getan hatte, zu erinnern, damit man ihn ins Fegefeuer überführen konnte. Tagelang dachte er nach, und endlich fiel ihm ein, dass er einmal einem armen Nachbarn eine Zwiebel geschenkt hatte. Man ließ den Nachbarn als Zeugen aus dem Paradies kommen. ‹Ja›, antwortete jener, ‹dieser Mann hat mir einmal eine frische, grüne Frühlingszwiebel geschenkt.› Und er gab ihm die Zwiebel zurück; der geizige Reiche nahm sie und konnte die Hölle verlassen. Diese eine Zwiebel hatte seinem Nachbarn nämlich tatsächlich das Leben gerettet, wegen ihrer vielen Vitamine.»

Obwohl Mamas Zwiebelsuppe von dieser moralisierenden Erzählung, die die guten Eigenschaften des Gemüses beweisen sollte, gewürzt wurde, blieb sie unberührt in meinem Teller. Ungeduldig wartete ich auf die Nacht, um mich mit Edmond fortzustehlen, ohne irgendetwas über Rüben, Tomaten und Spinat hören zu müssen, und noch weniger über

Zwiebeln. Im Bett träumte ich mit offenen Augen: Ich hatte Edmond kennengelernt, und die ganze Nacht lang diskutierten wir über unsere Lieblingsbücher und über italienische Lieder, für die wir die gleiche Vorliebe hatten.

Als Anita am nächsten Tag kam, hatte ich schwarze Ringe unter den Augen und verging fast vor Neugier:

«Hast du ihn heute gesehen?»

«Natürlich. Wir sind zwar nicht in derselben Klasse, aber er kommt jede Pause, um mich anzuschauen. Jeder weiß, dass er in mich verliebt ist. Logisch: Er ist der schönste Junge der Schule, und ich bin das schönste Mädchen. Heute hat er mir sogar einen Handkuss zugeworfen.»

Wenn Edmond Anita jeden Tag kleine Botschaften der Zärtlichkeit zukommen ließ, so riskierte er für mich jede Nacht sein Leben. In meinen Träumen kletterte er auf das Dach eines brennenden Hauses, auf dem ich nur zu dem Zweck saß, um von ihm gerettet zu werden. Er entriss mich dem sicheren Tod auf See. Er wanderte durch den Schnee, um mich in einer verlassenen Hütte zu finden. Jeden Tag kam Anita direkt nach der Schule zu mir, um mir von Edmond zu berichten; jedes kleinste Detail lieferte mir Stoff für meine nächtlichen Erlebnisse. Ich hatte meinen eigenen Edmond. Er war schöner, mutiger und intelligenter als der Anitas. Er kleidete sich in Schwarz wie die Dichter vergangener Zeiten. Niemand wusste von seiner Existenz ... Ich selbst hatte ihn nie gesehen, aber welche Rolle spielte das schon? Ich traf ihn jeden Abend, wann und wo ich wollte, wenn ich wollte. Ich wusste nicht, wo er wohnte. Und selbst wenn er aus seinem Haus oder dem Viertel wegziehen sollte, würde er doch nie verschwinden können wie Beni.

Trauerte ich um meine erste Liebe? Bestimmt, aber bei uns findet die Trauer während der neuen Hochzeit statt: Sie ist nicht auf die Vergangenheit gerichtet, sie ist mit den Wunschbildern der Zukunft vermischt. Bei uns nimmt der

Liebesschmerz das Gesicht einer neuen Liebe an. Das hätte ich niemals entdeckt, wenn Anita mich nicht dazu gezwungen hätte.

«Du musst ihn sehen! Er wohnt ganz in der Nähe, in einem Haus an deinem Schulweg. Dann kannst du ihn dir besser vorstellen, wenn ich dir von ihm erzähle.»

Freundschaft verpflichtet. Eines Nachmittags schlenderten wir durch Edmonds Straße, die fünf Minuten von mir daheim entfernt liegt. In einem riesigen, mit Tannen geschmückten Hof erhob sich ein majestätischer Wohnsitz im römischen Stil, der zur Zeit des Faschismus von einem Italiener erbaut worden war – und heute durch eine riesige Verkaufs- und Reparaturwerkstatt für Autos ersetzt ist, natürlich nachdem man die Tannen ausgerissen hat. Dort wohnten mehrere Familien, und der Hof mit dem stets offenen Tor war voller Kinder. Anita brauchte mir Edmond nicht zu zeigen: Ich erkannte ihn sofort an der von meiner Freundin minutiös beschriebenen Strickweste. Ein plötzliches heftiges Gefühl ließ mich wie angewurzelt stehen bleiben, aber Anita zog mich am Arm fort, damit man uns nicht entdeckte.

«Wie findest du ihn?»

Klein, glatte Haare, etwas großer Kopf, etwas magere Beine, kurze Hose – der Held meiner Träume spielte Fußball und wusste nichts von seiner erhabenen Größe.

«Geht so.»

«Wie, geht so? Er ist überragend!»

Tatsächlich war ich enttäuscht. Ich hatte nur einen kurzen Blick auf ihn erhaschen können, aber dieser Junge konnte sich in keinster Weise mit jenem Edmond messen, von dem Anita mir erzählt hatte, und noch weniger mit meinem.

«Morgen, wenn du in die Schule gehst, vergiss nicht, in den Hof reinzuschauen. Du wirst Edmond dann schöner finden, da bin ich mir sicher.»

Anita hatte recht. Während der großen Pause zwischen

halb elf und elf ging ich heim, um Edmond noch einmal zu sehen, wie er inmitten einer Schar von Kindern in dem riesigen Hof hinter seinem Ball herjagte. Ich fand ihn weniger enttäuschend. Und auf dem Nachhauseweg erschien er mir fast hübsch. Am nächsten Tag bemerkte ich sein elegantes Profil, dann seine breiten Schultern. Jeden Tag wurde er etwas anmutiger, und seine Schwächen, die mich auf den ersten Blick abgeschreckt hatten, verwandelten sich in Vorzüge: Der große Kopf ließ auf einen nachdenklichen Charakter schließen und die muskulösen Beine auf ein echtes Talent als Fußballspieler.

Mein Edmond hatte von nun an ein Gesicht, das herrlichste der Welt. Immer zwischen halb elf und elf rannte er mit seiner kurzen Hose und der denkwürdigen Strickweste hinter dem Ball her, ohne müde zu werden und ohne zu ahnen, dass ein kleines Mädchen von elf Jahren während der großen Pause auf Essen und Freundinnen verzichtete, nur um ihn zu sehen. Ein Jahr lang verpasste ich kein einziges dieser einseitigen Treffen: Nur an Regentagen blieb Edmond für mich unsichtbar. Bei Sonnenschein und Nebel war er dem Ball immerzu treu und bot mir die Gelegenheit, ihn für die Dauer einiger Schritte zu betrachten. Wenn ich in der Schule die vom Lehrer aufgegebene Übung beendet hatte, rief ich mir sein Bild in Erinnerung, und mein Herz wurde vor Glück weit. Etwas kitzelte mich in der Magengrube: Wie angenehm sich das anfühlte! Um diese Momente der Flucht in die Gefilde der Liebe zu verewigen, schrieb ich in meinen kleinen Notizblock, den ich für gewöhnlich meinen Zeichnungen vorbehielt: «Edmond, ich liebe dich!» Ich faltete die Seite, um sie leichter wiederzufinden, wenn ich das Kribbeln in der Magengrube hervorrufen wollte. Dann kam der Sommer.

Und mit ihm die Schulferien. Jetzt würde ich also nicht mehr in die Schule gehen und hätte keinen Vorwand mehr, um zweimal am Tag an Edmonds Haus vorbeizulaufen. Statt mich darauf zu freuen, ans Meer zu fahren, war ich über das Ende des Unterrichts bekümmert. Anita dagegen freute sich: Im nächsten Schuljahr würde sie in dieselbe Klasse kommen wie ihr Geliebter, denn die beiden vierten Klassen würden in einer einzigen fünften zusammengefasst. Der Unterricht würde morgens stattfinden, und damit wäre es mir unmöglich, Edmond zwischen halb elf und elf zu sehen. Ich war traurig. Ich erzählte Anita, dass ich in den Ferien einen Roman voller Toter schreiben wollte. Derweil blätterte sie in meinem Zeichenblock herum. Plötzlich stieß sie einen Schrei aus.

«Was ist denn los? Findest du meine Idee für den Roman nicht interessant?»

«Du liebst Edmond?» Sie hatte meinen verhängnisvollen Satz auf dem sorgfältig gefalteten Papier gelesen.

Ich lief rot an. Auch das Zimmer wurde rot vor Scham. Blutige Schmach floss über mein Bett und verteilte sich auf dem Teppich. Ein einziger weißer Fleck leuchtete in dieser übergroßen Schande auf: Anita. Sie hatte mir mein Geheimnis gestohlen.

«Du hast mir ja auch meine Liebe gestohlen», konterte Anita.

Ich ging auf den Balkon, mein einziger Trost in Momenten der Hoffnungslosigkeit.

«Spring nicht!», schrie Anita. «Ich habe nichts gelesen. Ich habe alles vergessen, ich schwöre es dir!»

«Schwörst du es? Du wirst es nie irgendjemandem sagen?»

«Was denn? Ich weiß von nichts.»

«Wenn du irgendjemandem etwas erzählst, dann wirst du wissen, warum ich gestorben bin.»

Feierlich kehrte ich in mein Zimmer zurück, das von nun an zu meinem Sarg geworden war. Alle Abende starb ich darin an einer tiefen, mit Lächerlichkeit vermischten Schmach. Ich zerriss das Blatt mit meinem schändlichen Liebesschwur in kleine Fetzen. Doch in meinen Albträumen setzte es sich wieder zusammen und breitete sich vor meinen Augen aus, gänzlich unbeschädigt. Am Strand, am Meer und sogar in den Bergen. Zu hören, wie jemand Edmond gerufen wurde, erfüllte mich mit Grauen. Wie hatte ich es wagen können, meiner Freundin den Geliebten zu rauben und aus ihm meinen Traum zu gestalten? War es möglich, ein Jahr lächerliches Hin und Her zwischen Schule und Daheim auszulöschen, das einem kleinen Jungen galt, der zwei Jahre jünger war als ich und mich nicht einmal kannte? Ich begrub meine groteske Liebesgeschichte, doch von Zeit zu Zeit lüpfte sie die Grabplatte, um mich vor Scham erschauern zu lassen. Ich schlief schlecht und wartete ungeduldig auf den Schulanfang.

Am 1. September ging ich mit geschlossenen Augen an dem Haus meiner Schande vorbei zur Schule. Nach dem Unterricht wollte ich sogar durch eine andere Straße gehen, aber diese geänderte Route wäre ein Umweg gewesen. Deshalb entschied ich mich für Gleichgültigkeit. Ich würde es nie schaffen, ein Haus von seinem Standort fortzuzaubern: Ich musste mich an es gewöhnen. Schon von Weitem sah ich es, und mein Herz schlug langsamer. Verächtlich schritt ich an dem großen, offenen Tor vorbei und setzte meinen Weg fort, ein geringschätziges Lächeln auf den Lippen, weil ich eine so schmerzliche Prüfung bestanden hatte. Ich war noch keine zehn Meter weit gekommen, als ich plötzlich Anita und Edmond gegenüberstand. Sie sprachen und lachten laut miteinander. Anita grüßte mich freundlich, und ich erwiderte ihren Gruß, ohne stehen zu bleiben und ohne Edmond auch nur des geringsten Blickes zu würdigen. Taumelnd ging ich weiter. Kaum hatte ich ein paar Schritte getan, als ich spürte, dass mir ein Steinchen gegen das rechte Bein schlug. Ich drehte den Kopf: Edmond lehnte mit verschränkten Armen gegen einen Baum am Straßenrand, sah mir direkt in die Augen und lächelte mich an.

Ich legte einen Schritt zu, um so schnell wie möglich nach Hause zu kommen und mich über die unliebsamen Wendungen des Schicksals zu wundern. Doch dazu blieb mir keine Zeit. Tränenüberströmt kam Anita, von Edmond mitten auf der Straße stehen und mitten im Glück fallen gelassen, auf mich zu und riss mich aus meiner Grübelei über die Unabwendbarkeit des Zufalls. Sie konnte es nicht begreifen: Warum hatte ich einen solchen Eindruck auf Edmond gemacht?

Die Last des Geheimnisses und die Faszination des Leidens haben magische Kräfte: Am nächsten Tag saß Edmond den ganzen Nachmittag auf dem Gehsteig vor unserem Tor. Ich ging hinaus, um Reis zu kaufen, dann unraffiniertes Öl und schließlich braunen Zucker, ohne ihn auch nur einmal anzusehen. Die ganze Woche über tat ich so, als würde ich ihn nicht bemerken, fest entschlossen, einen Schlussstrich unter diese groteske Geschichte zu ziehen. Anita hatte mir versprochen, das Geheimnis des gefalteten Zeichenblockblattes niemals zu verraten, und ich vertraute ihr.

Sie litt unter Edmonds Verrat, und ich tröstete sie, so gut ich konnte: Nächstes Jahr wäre vielleicht ein anderer der schönste Junge der Schule, und er würde sich ohne Zögern für Anita entscheiden, denn sie würde immer die Schönste bleiben. Pech für Edmond!

Ich versuchte, ihn zu ignorieren, aber seine Anwesenheit rief bei mir ständig dieses Kribbeln in der Magengrube hervor. Er dagegen sprach nicht mit mir, er starrte mich an. Trotz meines festen Entschlusses, völlig gleichgültig zu sein, warf ich ihm einen ersten schüchtern stolzen Blick zu. Er wartete. Er hatte es nicht eilig. Er pflegte den Stil der großen Verführer. Seine braunen Augen unter den sehr dichten Brauen durchbohrten jedes Mal meinen Körper, wenn ich das Tor aufstieß, um auf die Straße zu treten. Ich hoffte, dass er mir etwas sagen würde, aber er schwieg. Mit zehn Jahren wusste er bereits alles über die Frauen: Man muss sie warten lassen.

Und an dem Tag, als ich es am wenigsten erwartete, überrumpelte er mich auf der Straße und stellte mir mit tiefer und tragischer Stimme eine einzige Frage:

«Stimmt es, dass du in der Siebten bist?»

«Ja», antwortete ich, still den Tag meiner Geburt verfluchend, und lief schluchzend nach Hause.

«Warum weinst du?», fragte meine Mutter besorgt.

«Weil ich alt bin.»

«Wie kann man denn mit zwölf Jahren alt sein?»

Man kann, natürlich, wenn der Geliebte zehn ist. In meinem Land sind nicht einmal Verbindungen zwischen Gleichaltrigen gern gesehen. Und dass eine Frau älter ist als ihr Mann, gilt als Schande, als Skandal. Die Frau muss schön sein – also jung, wenigstens jünger als er –, sonst wird er sie betrügen und hätte damit auch recht. Da ist es besser, diese Art von Beziehungen von Anfang an zu unterbinden. Denn jede Liebesgeschichte ist ein Versprechen an die Zukunft – deshalb verschlingen zwölfjährige Mädchen mit den Augen Jungen, die vierzehn oder älter sind. Leider schaffe ich es nicht, sie zu bewundern, denn sie haben Haare im Gesicht. Edmond nicht, und ihn finde ich schön; schön und unerreichbar. Ich weine. Mama nervt mich mit ihren Fragen und noch mehr mit ihren Antworten. Sie versteht das nicht: Ich brauche überhaupt nicht vierzig zu werden, um mich alt zu fühlen. Ich weiß schon mit zwölf, dass ich für meinen Geliebten immer zu alt sein werde. Und ich möchte weiterweinen, aber nicht in meinem Zimmer. Um in aller Ruhe meine Tränen zu vergießen, ohne von dem Gedanken an Selbstmord in Versuchung geführt zu werden, schließe ich mich

IM ZIMMER DER ELTERN

ein, das keinen Balkon hat. Dafür aber drei Fenster, zwei Betten, eine große Truhe, einen Schrank, einen Arbeitstisch neben dem Bücherregal und den schwarzen Koffer, in dem die für die künftigen Generationen geschriebenen Bücher meines Vaters vor sich hin dämmern. Ein einziges, «Der Guerillero», ist den Zeitgenossen noch zugänglich, obwohl es in den Bibliotheken der Stadt nicht erhältlich ist: Papa steht auf der Liste der verbotenen Schriftsteller. Seine Lieblingsschwester, meine Patentante, hat den «Guerillero» nicht zu Ende gelesen. Sie hat auf Seite 34 abgebrochen, an der Stelle, als mein Vater eine weibliche Figur schildert, die sich unschlüssig ist, ob sie zu den Partisanen in den Bergen stoßen soll. Trotz des geänderten Vornamens hat meine Tante sich wiedererkannt und sich tief verletzt gefühlt. Sie nimmt es meinem Vater übel, dass er sie in einem Moment der Schwäche beschrieben hat, und auch, dass er seine Erzählung nicht fortgeführt hat: Die weibliche Figur ist schließlich trotz ihres durchaus verständlichen Zögerns und der harten Zurechtweisungen ihrer Mutter zu den Partisanen gegangen. Vergeblich hat Papa ihr erklärt, dass es sich um ein literarisches Werk handelt, und dass die Schriftsteller der Wirklichkeit nur isolierte Elemente entnehmen, die sie dann, um ihre Figuren zu erschaffen, nach eigenem Gutdünken kombinieren. Meine Tante bleibt von der Böswilligkeit des Autors überzeugt: Er hat sie nicht als das beschrieben, was sie in Wirklichkeit war – eine Heldin –, sich selbst dagegen zum Helden gemacht.

Dabei ist es nicht Papas Schuld, wenn sein eigenes Leben ihm ganz und gar künstlerische Elemente geliefert hat, die sich nur schwer abändern lassen. Es war ihm unmöglich, rührendere Szenen zu erfinden als gewisse erlebte Situationen. Als ich den «Guerillero» las, dachte ich, dass Papa vom literarischen Standpunkt aus Glück gehabt hatte: Ein gutes Gedächtnis reichte aus, um ein großer Schriftsteller zu werden. Die Szene, als Papa mit zwölf Jahren in einem Konzentrationslager der Hinrichtung entkommt, habe ich fast auswendig gelernt. Der Nazichef verliest eine Liste mit Namen, die aufgerufenen Häftlinge treten vor und verschwinden in einem Nebenraum. Als Papa drankommt, fragt der Nazi ihn nach seinem Alter, um ihn daraufhin in die Reihe zurückzustoßen. Papa versucht, in den Raum zu gelangen, denn seine besten Freunde sind darin, darunter auch Xhevdet, sein vierzehnjähriger Spielkamerad, der viel älter aussieht. Entnervt packt der Nazi Papa an den Schultern und wirft ihn zu Boden. Als Papa zum dritten Mal versucht, in das Zimmer zu fliehen, versetzt der Nazi ihm einen Schlag mit dem Gewehrkolben. Papa wird ohnmächtig.

Schüsse holen ihn in die Wirklichkeit zurück: Sie kommen aus dem Zimmer, in dem seine Freunde eingesperrt sind. Alle werden hingerichtet! Durch ein Wunder gelingt es einigen, die Deckenbretter beiseitezuschieben, um sich unter die Gefangenen zu mischen, deren Namen nicht auf der Todesliste stehen. Doch die Nazis entdecken das Loch und wollen die Flüchtigen zurückholen. Doch da niemand sie verrät, fangen die Wärter an, die Gefangenen nach dem Zufallsprinzip abzuführen. Ein SS-Mann richtet seine elektrische Lampe auf Papas Gesicht. Er ist dem Tod einmal entkommen, wird es ihm ein zweites Mal gelingen? Innerhalb weniger Sekunden sieht Papa sein ganzes kurzes Leben von zwölf Jahren an sich vorüberziehen. Ein zweites Mal spürt er die Traurigkeit seines Vaters, wenn dieser die Nachricht von der Hinrichtung erfährt, die Tränen seiner Mütter und Sadias stumme Schreie. In dem Augenblick, da Papa sich seine Brüder und Schwestern vorstellt und auch eine kleine Nachbarin, in die er sich im Alter von fünf Jahren verliebt hat, schweift das Licht der Lampe von seinem Gesicht ab. Der SS-Mann wählt als Opfer einen anderen Gefangenen direkt hinter Papa aus, obwohl dieser in gutem Deutsch protestiert: «Ich stehe nicht auf der Liste!» Papa schon, trotzdem will man ihn nicht töten. Er stürzt sich nicht mehr vor, um in das Todeszimmer zu gelangen; er weicht davor zurück, das Herz gebrochen. Am nächsten Tag meint er, einen schlechten Traum gehabt zu haben, aber mehr als fünfzig leere Betten zu seiner Rechten und ebenso viele zu seiner Linken bestätigen ihm die bittere Wahrheit: Hundertvierundzwanzig Menschen sind hingerichtet worden! Als ihn die Nachricht von der Zerstörung des Konzentrationslagers erreicht, lässt ihn das kalt: Er hätte sie mit seinen Freunden teilen wollen, doch die liegen allesamt verscharrt in einem Massengrab. Allein und zu Fuß macht Papa sich auf den Weg nach Tirana. Zwei Monate wird er brauchen, um anzukommen.

Gerne hätte ich diese Geschichte geschrieben – Papas Ankunft vor der Tür des HAUSES, die Tränen der ganzen Familie, die es nicht wagt, ihn zu umarmen, die Freude des alten Halim –, aber ich habe kein Glück: Mein Vater hat sie selbst geschrieben. Was kann ich noch dazukritzeln? Mein Leben hat nichts Außergewöhnliches. Ich werde nicht einmal geschlagen: Maxim Gorki hatte wenigstens einen grausamen Großvater, ich dagegen bin von lieben Menschen umgeben. Die Bösen sind ausschließlich für Papa reserviert. Doch unter seiner Feder sind sie nicht so böse wie in Mamas Mund. Der große Bruder beispielsweise, der im «Guerillero» als ein Mann voller Güte beschrieben wird, ist für Mama ein Ungeheuer: Er arbeitet an Enver Hoxhas Seite und hat jeden Kontakt mit unserer Familie abgebrochen, mit der Begründung, wir seien Dissidenten. Er ist nicht einmal zu Großmutters Beerdigung gekommen, um den Fuß nicht in das Haus des Reaktionärs zu setzen. Trotzdem versucht er, einen Teil des Hauses als Erbteil zu bekommen. Ruhig antwortet Papa meiner Mutter, die vor Wut schäumt:

«Wir werden ihm diesen Anteil geben; man muss Mitleid mit ihm haben. Die Natur hat ihn nicht so intelligent und großzügig gemacht wie mich.»

Papa kann sich über seine eigene Großzügigkeit begeistern, und das genügt ihm, um sich gut zu fühlen. Die Bösen verlieren ihre Kraft ... und werden zu Unglücklichen. So habe ich sie in dem großen Buch mit dem blauen Einband kennengelernt, das ich aufschlage, seit ich angefangen habe, Buchstaben zu Silben und Silben zu Wörtern zu verbinden.

Ich hatte es eilig, lesen zu lernen, um dieses Buch, das Papas Leben vollständig verändert hatte, entziffern zu können. Was stand darin? Welche Beleidigung, welcher Fluch? Wie sollte ein einziges Buch dazu in der Lage sein, Kriegsmedaillen und Literaturpreise für null und nichtig zu erklären? Ich habe lange gebraucht, bis ich verstand, dass das Buch von Papa erzählte, und ich habe lange gebraucht, um es ganz zu lesen. Jedes Mal wartete ich, bis meine Eltern aus dem Haus waren, um ungestört ein paar Seiten des verbotenen Buches zu überfliegen. Ich kramte es aus der Tiefe des schwarzen Koffers hervor, schlug es auf der Seite auf, die ich mir eingeprägt hatte – ich durfte ja keine Spuren hinterlassen –, und beim geringsten Geräusch vom Hoftor beeilte ich mich, es an seinen Platz zurückzulegen. Hastig legte ich die anderen Dokumente darüber, bevor ich den Koffer wieder zumachte, der früher mit einem Schlüssel abgeschlossen war. Glücklicherweise hatte mein Vater den Schlüssel verloren und das Schloss so stark beschädigt, dass es nicht mehr repariert werden konnte.

Das Buch erzählte von einem jungen Mann mit antikommunistischen Ideen. «Auch der Kommunismus ist Opium für das Volk», sagt der Held. Schauer der Angst und Lust überliefen meinen Körper. Ab neun Jahren war ich in der Lage, die regierungskritischen Sätze zu genießen. Wenn Österreich unter Kaiser Joseph II. ein einziges musikalisch frühreifes Kind, nämlich Mozart, hervorgebracht hatte, so hatte das sozialistische Albanien eine ganze Generation politisch frühreifer Sprösslinge produziert. Ich war da keine Ausnahme: Zusammen mit Mara, die ein Jahr jünger war als ich, machte ich mich über die Parteimitglieder lustig, während wir in ihrem Garten gezuckerte Zitronen aßen. Wir sangen nie auf Albanisch. Unser Repertoire bestand aus italienischen Ritornellen. Die nationalen Festivals interessierten uns nicht, das «San Remo» dagegen verpassten wir nie, selbst wenn wir bis ans andere Ende der Stadt laufen mussten, um ein Fernsehgerät ausfindig zu machen. Wir empfanden tiefe Verachtung für alles, was die albanische Kultur ausmachte: die Liebeslieder à la «Ich liebe dich, weil du den Sozialismus errichtest», die Kinderlieder «Onkel Enver, Onkel Enver, zuckersüß, das bist du durch und durch», die grell bunten Gemälde mit den dümmlich lächelnden, glücklichen Arbeitern ... Ehrlich gesagt, war mein Vater ein ausgesprochen sanftmütiger Dissident – ihm gegenüber waren wir wilde, aber feige Tiere.

Papa dagegen war mutig. «Wie kannst du es wagen, so zu sprechen?», sagte eine Figur zu dem Helden des verfluchten Romans, «jetzt fehlt nur noch, dass du deine glorreiche Vergangenheit leugnest, ich erkenne dich nicht wieder.» – «In gewisser Hinsicht leugne ich sie tatsächlich», antwortete der Held. «Ich klage die Leute an, die mir mit zwölf Jahren eine Waffe in die Hand gegeben haben, damit ich töte, und so aus mir einen Verbrecher gemacht haben.» An dieser Stelle wurde mir klar, dass der Held Salim niemand anderer war als mein Vater. Ich war verwirrt, sehr verwirrt. Salim war in eine große Brünette verliebt, die Eminescu rezitierte, einen Autor, den Mama nie gelesen hatte. Später erlag er dem Charme einer Blonden, die schließlich in dem Augenblick, als er mit Tuberkulose im Krankenhaus lag, nach Moskau gehen würde. Daraufhin nahm eine Musikerin den Platz der Blonden ein. Warum all diese Frauen? Und Mama, wo war sie? Musste ich vielleicht auf den zweiten Teil des Romans warten?

Im zweiten Teil lernt Salim eine Studentin kennen, die mit einem anderen verlobt ist. Unter dem Druck ihrer Familie verlässt sie Salim, um zu ihrem Verlobten zu gehen. Das konnte also unmöglich Mama sein. Ich las ein paar Seiten weiter und kam zu der Stelle, als Salim im selben Büro wie die Frau von Enver Hoxha arbeitet. Er hat sie während des Krieges kennengelernt und mag sie. Aber er ist nicht einverstanden mit ihr, als es um die Verhaftung eines Dichters geht, der traurige Verse ohne eine Spur von sozialistischem Optimismus geschrieben hat. «Wir haben nicht gekämpft, um die Leute daran zu hindern zu schreiben, was sie fühlen», sagt er zu Envers Frau, die später vom Volk die Schwarze Pantherin getauft werden sollte. Und er verfasst einen Protestbrief an die Regierung. Mit Tränen in den Augen fleht die Frau des Diktators ihn an, den Brief zu vernichten. Aber Salim ist eigensinnig. Er lässt der Regierung keine andere Wahl, als ihn in ein Arbeitslager zu schicken, in dem die Antikommunisten ihre Strafe verbüßen! Ich schaffe es nicht, diese Erschütterung allein zu tragen: Ich muss sie mit Mara teilen.

«Weißt du, dass mein Vater interniert war?»

«Ja», antwortet sie. «Ich habe einmal gehört, wie Papa es Mama sagte, als sie ihn fragte, warum ein so gebildeter Mann als Zigarettenverkäufer arbeitet. Papa fügte hinzu, er habe ein Buch geschrieben …»

«Willst du es sehen?»

«Ja, sicher!»

«Ich sage dir Bescheid, wenn meine Eltern nicht zu Hause sind.»

Den Rest des Romans lese ich zusammen mit Mara: Im

Arbeitslager entdeckt Salim erstaunt, dass die «Feinde des Volkes», gegen die er während des Krieges gekämpft hat, menschliche Wesen sind. Einer von ihnen, ein äußerst gebildeter Feldmarschall, erzählt ihm von Goethe. Ein anderer, ein ehemaliger Bürgerlicher, bei dem ich Jahre später umsonst Französischstunden bekam, redet immerzu von Paris und den hübschen Pariserinnen. Einige von ihnen sind beinahe Analphabeten, die während der faschistischen Herrschaft jedoch wichtige Posten innehatten. Im Lager werden sie zur Zielscheibe des Spottes: «Ich bin dem kommunistischen Regime dankbar, dass es mir die Gelegenheit gegeben hat, meine ehemaligen Chefs kennenzulernen. Jetzt weiß ich, wer die Dreckskerle waren, unter deren Befehlen ich dem Tod entgegengegangen bin», höhnt ein sehr gelehrter Häftling.

Als Salim aus dem Arbeitslager entlassen wird, erhält er einen Brief von der Studentin, die inzwischen geschieden und Mutter einer kleinen Tochter ist. Ich zittere. Rasch überblättere ich die Seiten, um das Ende dieser Brieffreundschaft zu erfahren: Sie wird von einer Hochzeit gekrönt! Ich muss mich sehr anstrengen, das dicke Buch in den Händen zu halten. Ich sage mir, dass diese Hochzeit vielleicht erfunden ist und nichts mit der Realität zu tun hat. Aber auch wenn der Vorname ein anderer ist, erkenne ich doch Großmutter Nadires Ausdrücke wieder:

«Wenn nicht einmal Enver Hoxha dich von deiner Meinung abbringen kann … was soll ich dann tun, eine arme, alte Frau? Wir wollen diese Heirat nicht, aber du gehst ja doch nur nach deinem eigenen Kopf, das weiß ich schon!»

Zudem ähnelt dieses schüchterne kleine Mädchen von vier Jahren mit seiner großen musikalischen Begabung allzu sehr meiner Schwester. Ich bin erschüttert, gehe hinunter in die Küche, wo sie gerade ihre Hausaufgaben macht, und stelle ihr eine Frage, eigens, um sie das Wort «Papa» aussprechen zu hören. In ihrer Antwort ist nichts Ungewöhnliches. Kennt sie die Wahrheit? Ich selbst bin nicht hundertprozentig sicher: Schließlich handelt es sich um einen Roman, aber … der Briefwechsel meiner Eltern, den ich durch Zufall gefunden habe, als ich die Schmuckkiste in Mamas Truhe suchte, könnte mir Aufschluss geben. Ich muss schnellstens darin nachsehen.

Pech, meine Eltern kommen zurück. In panischer Angst laufe ich zurück in den ersten Stock, um das Buch wieder an seinen Platz zu räumen und den Koffer leise zu schließen. Ich habe gerade noch Zeit, alles wieder in Ordnung zu bringen, als Papa auch schon nach oben kommt, um sich umzuziehen. Ich mache ihm weis, dass ich Blätter zum Zeichnen suche. Papa glaubt mir. Papa ist sehr naiv. Meine Schwester hinters Licht zu führen, schaffe ich nie, aber Papa schluckt alles. Sogar mein fünfjähriger Bruder ist in der Lage, meine Lügen aufzudecken, Papa nicht. Er deckt dafür die Lügen der Regierung auf – sein Buch bestätigt das.

Im Augenblick interessiert es mich weniger als der Briefwechsel zwischen Mama und Papa. Aber die nächsten Tage habe ich keine Gelegenheit, allein im Haus zu bleiben. Darüber werde ich krank. Was für eine noble Entschädigung! Während Mama in der Schule ist, werde ich alles lesen können! Trotz des hohen Fiebers frohlocke ich.

Mama bringt mir Kräuter aus dem Garten und ermahnt mich, im Bett zu bleiben, denn sie werde einen Vogel ans Fenster schicken, um mich zu überwachen. Der werde ihr dann berichten, ob ich aufgestanden und in den Hof hinuntergegangen bin. Meine Mutter lügt, und ich glaube ihr. Schon mit zehn Jahren habe ich Witze über die kommunistischen Parolen gerissen, nicht aber über die magischen Kräfte eines wundersamen Vogels. In der Nacht hocke ich hinter dem Radio, um die kleinen Männer zu überrumpeln, die sich zwischen den Röhren verstecken. Mein fünfjähriger Bruder macht sich darüber lustig. Was den Vogel betrifft, hat er seine

Zweifel. Wenn er krank ist, traut er sich nicht aus dem Bett: Der Vogel irrt nie. Lange habe ich über seine Tüchtigkeit gestaunt, und als ich älter wurde, bat ich Mama einmal, das Geheimnis zu lüften: Es gab keines. Sie las auf unserem Gesicht ab, ob wir brav gewesen waren.

Damals aber zwang mich der unsichtbare Vogel, das Bett zu hüten. Solange ich nicht in den Hof hinunterging, konnte ich lesen, was ich wollte, hatte Mama mir gesagt, der Vogel war nicht beauftragt, sie über meine Lektüre zu unterrichten. Daher griff ich auf gut Glück ein paar Briefe aus der Korrespondenz meiner Eltern heraus, die in einer Mappe links von der enttäuschenden Schmuckkiste verstaut war, und legte mich wieder ins Bett. Mama hatte mir die wildseidene, rosa Decke gegeben, die ausschließlich Gästen vorbehalten war, und Kranken, weil diese Besuch empfingen.

Meine Schulfreundinnen waren von meiner Decke hellauf begeistert, ich aber wartete nur darauf, dass sie weggingen, damit ich weiterlesen konnte. Ich hatte nichts wirklich Wichtiges entdeckt. Papa schrieb kurze Nachrichten, in denen er von seinen literarischen Ambitionen erzählte. Mama antwortete in langen Liebesbriefen, schön und betörend. Man hätte meinen können, sie sei die Schriftstellerin von beiden. Plötzlich stieß ich auf die Information, die ich suchte: Mama erzählte von einem Erdbeben in ihrer Heimatstadt. Äußerst kunstfertig beschrieb sie das Geräusch mitten in der Nacht, das Schwanken der Wände. «Ich ging zu meiner Tochter, und in dem Augenblick, da ich sie auf den Arm nahm, fiel ein großer Stein auf ihr Bett …»

Es war kein Zweifel mehr möglich. Jeder einzelne der folgenden Briefe bestätigte die unglaubliche Wahrheit: Jedem lag eine kleine Zeichnung bei, die mein Vater meiner Schwester geschickt hatte. Auch sie widmete ihm ungeschickt gemalte Blumen und Hunde. Mama schrieb manchmal für Papa bestimmte Sätze des kleinen Mädchens auf, das neugierig darauf war, ihn kennenzulernen. Während meiner drei Krankheitstage las ich den Briefwechsel meiner Eltern ohne Unterbrechung weiter, nicht, um noch mehr Informationen zu finden, sondern zu meinem Vergnügen. Ich erzählte Mara davon, aber sie glaubte mir nicht. Ich versprach, ihr die rührenden Briefe zu zeigen, die sich auch viel leichter verstecken ließen als der Roman: Wenn Mama ihre Truhe öffnete, würde sie gar nicht bemerken, dass von zweihundert Umschlägen zwanzig verschwunden waren. Papas großes Buch dagegen nahm die Hälfte des Koffers ein: Es war unmöglich, sein Fehlen nicht zu entdecken.

Mara und ich waren gerade dabei, die Veilchen auf einer Postkarte und Papas mit Sorgfalt geschriebene Worte zu bewundern: «Meine Liebe! Ich weiß nichts von Dir und Deiner Tochter. Ich wünsche, dass das neue Jahr Euch alles bescheren wird, was das Schicksal Euch auf dem Weg genommen hat.» Ich hörte Mamas Schritte auf der Treppe. Schleunigst bedeckte ich die Briefe und die Postkarte mit der kostbaren Decke. Mama trat ein. Sie grüßte Mara, kam plötzlich auf mein Bett zu und zog an der rosa Decke:

«Jetzt, wo du wieder gesund bist, bekommst du deine eigene Decke zurück.»

Sie erstarrte, als unversehens der Stapel Briefe auftauchte. Unfähig, auch nur ein klares Wort von sich zu geben, stammelte Mama, zitternd und rot im Gesicht:

«Warum … Was tust du da? Meine Briefe … Was für eine Schande!»

Noch erschütterter als an jenem Tag, da man Papa in die Psychiatrie gesperrt hatte, sammelte sie die Briefe ein, wobei sie zusammenhanglose Wörter ausstieß. Nie mehr habe ich die Briefe in der Mappe links neben der Schmuckkiste gesehen. Jahre später erklärte Mama mir, sie habe sie verbrannt, aber ich glaubte ihr nicht. Sie fürchtete, nach ihrem Tod könnten andere diese mit ihrem Herzblut geschriebenen

Briefe lesen und über ihre Naivität und ihre maßlose Liebe lachen. Vergeblich versuchte ich, sie vom Gegenteil zu überzeugen: Ich hatte überhaupt nicht gelacht, im Gegenteil, ich hatte vor Bewunderung geweint. In Sachen Liebesliteratur hielt ich Mama für begabter als Papa. Bestimmt, weil sie nur für ihn schrieb, während Papas Texte sich an Unbekannte richten, die noch nicht geboren sind.

Wie verschieden meine Eltern doch sind! Als Papa damals im Gefängnis von Tirana von den Faschisten gefoltert wurde, putzte Mama zusammen mit ihrem Bruder den in ihrer Stadt untergebrachten italienischen Soldaten für ein paar Groschen die Schuhe.

«Wir wollten essen», erklärte sie leichthin.

Papa wollte nicht essen: Er nährte sich von Idealen. Von jener Art Idealen, die immer ins Gefängnis führen. Deswegen liebt Mama ihn, auch wenn sie sich über die übertriebene Rechtschaffenheit ihres Ehemannes beklagt. Da Mama es mit den Prinzipien nicht so genau nimmt, macht sie uns das Leben leichter. Sie arrangiert sich, damit wir jedes Jahr zwei Monate in die Ferien fahren können. Papa kann nur anderthalb Monate mitkommen – er hat als Zigarettenverkäufer Anspruch auf fünfzehn Tage Urlaub und als psychisch Kranker auf einen Monat zusätzlich. Ich habe den Eindruck, dass Papas Geisteskrankheit Mama gut gefällt – sie bewahrt ihn vor dem Gefängnis –, aber dass sie die Tuberkulose hasst: Jeden Sommer fahren wir nach Pogradec, weil das Klima im Gebirge ehemaligen Tuberkulosepatienten guttut.

Diesen Sommer bin ich nicht mehr dieselbe. Der verfluchte Roman und die Briefe meiner Eltern haben meinen Horizont erweitert. Es scheint mir, dass die Luft in den Bergen frischer ist und der See tiefer. Meine Mutter – die ich immer als Mama gekannt hatte – ist eine junge Frau geworden, deren Träume von der Liebe durch ihre Familie und ihren Mangel an Heroismus zerstört wurden. Meine Schwester, die gebildeter ist als ich, ist auf jenes Alter «zusammengeschrumpft», in dem man bloß Quadrate und Kreise statt Blumen und Hunde zeichnet. Gerade eben hört sie klassische Musik im Radio, und ich lese Stefan Zweig. Mama ist mit unserem Bruder am See spazieren gegangen. Papa ist noch in Tirana, wird aber morgen zu uns stoßen. Die Abenddämmerung breitet sich langsam im Zimmer aus, aber ich kann mich nicht durchringen, das Licht einzuschalten. Meine Schwester dreht das Radio aus. Wir sitzen schweigend im Halbdunkel, betrachten durchs Fenster die grüne Linie der Berge.

«Ich werde dir ein Geheimnis erzählen», sagt meine Schwester plötzlich.

«Ich weiß es schon.»

«Dass Papa nicht mein Papa ist?»

Ich nicke.

«Neris Frau hat es mir gesagt», fährt sie fort. «Und auf einmal habe ich mich wie durch einen Nebel hindurch an einen Mann erinnert, der mich sehen wollte, als ich fünf war, eben in Neris Haus. Es hieß, er sei mein richtiger Vater. Und du, woher weißt du es?»

«Ich habe es in Papas Buch gelesen und dann in Mamas Briefen.»

Meine Schwester überlegt einige Momente.

«Aber er ist doch trotzdem mein Papa, was denkst du?»

«Ja, ich denke schon.»

«Du wirst es deinen Freundinnen nicht sagen ...»

«Nein», lüge ich. «Keiner.»

Wir hören Mamas Schritte.

«Was macht ihr denn im Dunkeln?»

Mama schaltet das Licht ein und kommt auf mich zu, um mir mit vertrauter Geste das Buch aus den Händen zu nehmen.

«Du hast genug gelesen.»

Ich habe nicht wie meine Freundinnen das Glück, von

meinen Eltern angefleht zu werden, ein Buch aufzuschlagen. Meine Mutter meint, dass das ganze Unglück unserer Familie vom übermäßigen Lesen herrührt. Jedes Mal, wenn sie mich lesen sieht, ermahnt sie mich, ich solle lieber spielen, schwimmen, spazieren gehen oder tanzen. Ich bin zum Vergnügen verdammt! Ich soll nicht das Denken trainieren, sondern Spaß haben: Mama zufolge ist das für den Geist sehr viel gesünder.

«Aber ich bin nicht krank wie Papa.»

«Das wirst du aber, wenn du weiterliest.»

Die Angst vor der Geisteskrankheit schwebt über mir. Man hat mich sogar zu einem Nervenarzt gebracht. Der hat Papa erklärt, ich sei einerseits krank, andererseits aber auch nicht: Meine Krankheit hieß «Charakter». Es bestand zwar keine Gefahr eines Nervenzusammenbruchs, aber auch keine Hoffnung auf Besserung: Ich würde weiterhin sonderbar, ungesellig, verträumt und störrisch bleiben. Kein Medikament würde mein Wesen ändern können …

Nun scheint es, dass der Anteil an Leiden, die dem Jugendalter eigen sind, meine anfängliche Charakterstörung letztlich gelindert hat. War ich intelligenter geworden? Sicher nicht. Lediglich durchtriebener und gewöhnlicher. Doch Reste von Originalität und eine Spur Heldenmut hatte ich noch im Alter von vierzehn Jahren in mir. Deswegen zitierte Papa mich eines Tages in das ZIMMER DER ELTERN, um mir feierlich ein siebzehn Seiten starkes, maschinengeschriebenes Dokument auszuhändigen.

«Ich möchte wissen, was du darüber denkst», sagte er mit tragischer Stimme.

Ich war seine Lieblingsleserin geworden und versteckte mich nicht mehr, um in dem verfluchten Roman mit dem blauen Einband zu blättern. Wie stolz ich ihm verkündet hatte: «Ich habe ihn schon gelesen», als er ihn mir hinhielt, weil er der Ansicht war, ich hätte das Alter erreicht, um das berühmte

Buch zu verstehen. Er tadelte mich nicht, im Gegenteil, er lobte mich für meine Auflehnung und meine Ungeduld. Wissensdurst ist noch wichtiger als Folgsamkeit, schlussfolgerte ich. Und las weiterhin alles, was Vater in seinen freien Stunden auf der alten mechanischen Maschine tippte. Doch ich fand nichts, was dem verfluchten Buch ebenbürtig gewesen wäre. Weder die Kurzgeschichten noch die Theaterstücke noch der zweite Roman. Bei dem siebzehnseitigen Dokument aber …

… stand das Haus Kopf. Tanten und Onkel kamen und gingen in einem fort, tranken Kaffee und rauchten mit rotem Gesicht und klopfendem Herzen Zigaretten. Solange Vater Literatur, sei es auch schlechte, geschrieben hatte, ließen sie ihn in Ruhe. Das siebzehnseitige Dokument dagegen hatte alle in Angst und Schrecken versetzt. Es ging nicht um ein Buch. Vater hatte unserem Diktator Enver Hoxha einen Brief geschrieben, um seine Meinung über den Kommunismus in Albanien darzulegen. Bezug nehmend auf die Werke von Marx und Lenin, kritisierte Vater die unterschiedlichen Gehälter von hohen Funktionären und Arbeitern.

«Kümmere dich um dein eigenes Geld und deine eigenen Angelegenheiten! Was hast du mit den Gehältern der Regierung zu schaffen, wo du selber keine Unterhose am Arsch hast!», klagte meine Mutter, Bezug nehmend auf ein albanisches Sprichwort über die bittere Armut.

Die Verwendung des Wortes «Arsch», das in ihrem Wortschatz häufig vorkam, rechtfertigte sie stets mit ihrem Beruf als Biologielehrerin. Aber würde sie den nach dem verhängnisvollen Brief an Enver Hoxha behalten?

«Nicht um mich mache ich mir Sorgen, sondern um die Kinder. Sie sind hervorragend in der Schule; sie werden zur Universität gehen können. Wie sollen sie in einem Internierungsdorf überleben?»

«Ich habe es dir schon vor unserer Hochzeit gesagt: zuerst die Wahrheit, dann die Kinder.»

«Niemand braucht deine Wahrheit.»

«Aber ich, ich muss sie sagen.»

«Dann sag sie uns, diese Wahrheit. Wenn du willst, von morgens bis abends. Aber warum musst du sie Enver Hoxha sagen?»

«Weil er der Einzige ist, der die Politik des Landes ändern kann.»

«Und du glaubst, er hat nur auf deine Ratschläge gewartet?»

Im Grunde glaubte Papa schon ein wenig daran, trotz seiner vorgetäuschten Skepsis. Er glaubte sogar sehr daran, sonst hätte er nicht schreiben können: «Ich leide seit zehn Jahren, zögere, analysiere. Und stehe jetzt vor der folgenden Alternative: Wenn ich der Ansicht bin, dass das, was ich weiter oben geschrieben habe, die Wahrheit über unsere Zeit ist, dann muss ich sie sagen. Aber wem, wenn nicht Ihnen? Vielleicht sind meine Überlegungen unrealistisch und utopisch, aber ich spreche offen, wie ich empfinde. Im Grunde genommen möchte ich mein Gewissen erleichtern. Ich sage zu mir selbst: Damals haben die Nazis vor deinen Augen deine besten Freunde hingerichtet. Hast du alles getan, um ihren Weg fortzusetzen, oder begnügst du dich damit, am Leben zu bleiben, nicht wie sie tot zu sein? In solchen Momenten erzittere ich bis ins Mark und finde den Mut, mein Gewissen zu entlasten …»

Ich finde den Brief fabelhaft und verstehe Mamas Sorge nicht. Sicher wird Enver Hoxha begeistert sein! Ich träume sogar davon, dass mein Vater wenigstens zum Ministerpräsidenten ernannt wird. Es ist unmöglich, seinen gesunden Menschenverstand, seine Intelligenz, seine tiefgehende Kenntnis von Marx und Lenin zu übersehen.

«Du weißt nicht, wozu sie fähig sind», sagt meine Mutter und richtet die Augen zur Decke, wie die alten Griechen sie zum Himmel richteten, wenn sie von den Göttern sprachen. «Sie schicken dir einen Lastwagen und dann leb wohl, Hauptstadt!»

«Wenn das so ist, gehe ich mit Papa», erkläre ich voller Inbrunst, und Papa ist stolz auf mich und lächelt.

«Hör nicht auf sie, sie ist ein Kind, sie will die Heldin spielen!», fleht Mama.

Aber Vater hört auf mich. Ich bin die Einzige in der Familie, unter den Verwandten und im Freundeskreis, die ihn darin bestärkt, den Brief abzuschicken. Die anderen sind alle dagegen. Meine Tanten haben Angst vor den möglichen Folgen, meine Onkel befürchten, dass ihre Kinder nicht studieren können. Bei uns muss man über drei Generationen hinweg eine politisch einwandfreie Lebensgeschichte vorweisen, um zur Universität gehen zu können. Papa beschmutzt ihren Lebenslauf. Und Mama weint, nicht um die Onkel und Tanten, sondern um uns.

«Du kannst dich ja scheiden lassen, wenn du mit meinen Ideen nicht einverstanden bist», rät Papa ihr. «So schützt du die Kinder.»

«Ich, ich brauche nicht geschützt zu werden. Ich werde mit dir gehen, Papa. Wir werden mit der Wahrheit leben.»

Ich sage Lora, meiner besten Freundin von der Oberschule, über meinen baldigen Schulwechsel Bescheid. Ich stelle mir den Lastwagen vor, der uns abholen kommt, das neue Leben voller Entsagungen und neuer, interessanter und «nicht konformer» Menschen, das faszinierende Landleben. Endlich passiert etwas Außergewöhnliches mit mir! Ein richtiges Abenteuer! Papa, der sich als Atheist bezeichnet, aber ein wenig abergläubisch bleibt, bringt den Brief am 17. Januar, dem Todestag unseres Nationalhelden Skanderbeg, zur Post. Zwei Tage später zitiert er mich in das ZIMMER DER ELTERN:

«Ich werde mich von deiner Mutter trennen. Sie hat mich zum dritten Mal angelogen: Die erste Lüge hat sie mir erzählt, als wir frisch verliebt waren, die zweite in unserem ersten Ehejahr und die dritte heute Morgen ...»

Arme Mama! Papa verurteilt sie wegen einer Lüge alle fünf

Jahre, dabei belügen die anderen Frauen ihren Mann mindestens dreimal am Tag!

«Dein Bruder ist noch zu jung: Er wird sicher bei Mama bleiben. Deine Schwester ist volljährig, das Problem mit dem Sorgerecht stellt sich also nicht. Was dich betrifft, so musst du dich entscheiden, bei wem du wohnen möchtest, ich werde deine Entscheidung respektieren.»

Ich lächle. Ich bin froh, weil meine Eltern mich beide anflehen werden, bei ihnen zu bleiben. Ich bin auch froh, weil ich keine Lust mehr habe auf eine Familie, das ist zu banal. Ich stelle mir ein etwas unkonventionelleres Leben vor: Mama, die mich bei Papa besuchen kommt und ihm Blumen mitbringt. Papa, der sie küsst und sie ins Kino einlädt. Ich bleibe allein zu Hause, um in aller Ruhe zu lesen. Ich werde bei Papa wohnen, nicht, weil ich ihn mehr liebe als Mama, sondern weil er allein ist. In Wirklichkeit habe ich bei Mama mehr Freiheit, ich kann tun und lassen, was ich will. Papa macht mir manchmal Angst; er will, dass ich ihm immer die Wahrheit sage. Mama hat keine so absurden Ansprüche. Eine schwierige Wahl!

«Du brauchst nicht gleich zu antworten.»

Ich gehe in die Küche hinunter und rechne damit, eine strahlende Frau an der Schwelle zu einem neuen Leben anzutreffen. Aber Mama ist sehr traurig. Ich merke schließlich, dass alle unglücklich sind, außer mir. Niemand hat Lust, ein neues Leben anzufangen. Das kleinste Anzeichen von Veränderung jagt den Menschen Angst ein. Sie denken nie an das, was sie dazugewinnen, sondern nur an das, was sie verlieren. Warum sollen wir fünf die ganze Zeit wie aneinandergeschweißt zusammenleben? Ein wenig Distanz würde allen mehr Raum geben. Aber meine Familie liebt die Monotonie, die jetzt durch die Lüge meiner Mutter in Gefahr gebracht wird. Sie ist beleidigt und besteht darauf, dass sie nicht gelogen hat. Sie nennt ihre Lüge eine notwendige Schutzmaßnahme. Sie bezeichnet sie sogar als heroische und äußerst intelligente Tat. Was aber war passiert? In meiner Begeisterung darüber, dass meine Eltern sich scheiden lassen, hatte ich ganz vergessen, nach dem Grund zu fragen. Was ist das für eine Lüge, die zugleich schützend, heroisch, intelligent und niederträchtig ist?

Um zehn Uhr morgens war Vater einen Freund besuchen gegangen, der wegen einer kranken Niere im Spital lag. Unglücklicherweise überraschte er meine Mutter im Spitalhof.

«Was machst du denn hier?»

«Einer von meinen Schülern liegt hier.»

Vater bemerkte sofort, dass sie log. Natürlich, sie hat ja auch keine Übung: Papa lässt ihr keine andere Gelegenheit, es zu lernen, als einmal alle fünf Jahre!

«Wie heißt dein Schüler?»

Nachdem sie ihm eine falsche Auskunft gegeben hatte, ging Mama heim. Sie glaubte nicht, dass Papa ihre Aussagen überprüfen würde. Sie kennt ihn nicht gut. Wenn Papa die Wahrheit will, stellt er ihr unermüdlich nach. Der zweite Akt des Dramas spielte sich zu Hause ab, im ZIMMER DER ELTERN.

«Dein Schüler wurde vor einer Woche aus dem Spital entlassen. Wo warst du?»

Aus der Fassung gebracht, antwortete Mama leise:

«Bei Gezim, deinem Psychiater.»

«Wozu?»

«Um ihm zu sagen, dass du in letzter Zeit Anfälle hattest.»

«Was für Anfälle?»

Mama zögerte einen Moment, in der Absicht, noch eine kleine Lüge hinterherzuschieben, so in der Art: «Du hast so unruhig geschlafen, dass ich Angst vor einer Nervenkrise hatte, deshalb bin ich zum Psychiater gegangen.» Sie fürchtete aber, das Verhör noch komplizierter zu machen, und antwortete freimütig:

«Du hattest zwar keinen, aber … für den Fall, dass sie mit dem Lastwagen kommen, um uns abzuholen und in ein Dorf abzutransportieren, könnte der Arzt bezeugen, dass ich zu ihm in die Sprechstunde gegangen bin, weil du dich nicht gut gefühlt hast. Ich habe das getan, um die Kinder zu retten, um uns alle vor der Deportation zu retten.»

«Aber warum sagst du es mir nicht? Warum lügst du mich an?»

«Ich wollte dir nicht wehtun.»

Papa lächelte verbittert.

«Du tust mir mehr weh, indem du mir Lügen erzählst.»

Dann drehte er sich jäh zu Mama, um ihr eine provozierende Frage zu stellen.

«Glaubst du wirklich, dass ich krank bin?»

«Nein.»

«Sag es mir, du kannst es mir sagen: ‹Ich glaube, dass du verrückt bist!› Aber lüg mich nicht an, wenn ich dir eine Frage stelle. Ich verabscheue das. Ich hindere dich nicht, die anderen zu belügen – den Arzt, die Kollegen, die Freunde, deine Kinder –, aber mir schuldest du die Wahrheit. Ich verdiene sie, die Wahrheit. Ich brauche eine Frau, der ich vertrauen kann. Jetzt mehr denn je …»

«Ja, jetzt müssen wir zusammenhalten», murmelt Mama mit einem hoffnungsvollen Lächeln.

Am selben Abend hält Papa bei Tisch eine Rede, bevor er den Löffel nimmt und in einen Teller voll Spinat taucht:

«Angesichts eurer Traurigkeit …»

«Aber ich bin überhaupt nicht traurig!», fahre ich hoch.

«Angesichts der Traurigkeit der übrigen Familienmitglieder», berichtigt er sich, «und der edlen Absicht, die hinter Mamas Lüge stand, habe ich beschlossen, ihr zu verzeihen, unter der Voraussetzung, dass das nicht mehr vorkommt. Wir werden uns nicht trennen. Wir werden gemeinsam die Schläge des Schicksals hinnehmen.»

Diese Schläge sind nie gekommen. Auf Papas übermenschlichen Mut folgte ein verächtliches Schweigen. Niemand beachtete seinen Schrei nach Gerechtigkeit. Man drängte ihn schändlich von der politischen Bühne, ohne sich die Mühe zu machen, ihn zu deportieren. Ich war enttäuscht. Zufällig fasste die Regierung zwei Monate, nachdem der Brief abgeschickt war, genau am 17. März, den Beschluss, die Gehälter der hohen Staatsbeamten zu senken. Papa war stolz darauf. Wenn er schon keine Funktion als Berater innehatte, so fühlte er sich doch als Visionär.

Was mich betraf, ich verlor meine letzten politischen Illusionen und mein letztes Quäntchen Heldentum. Ich träumte nicht mehr von äußersten Opfern im Dienste der Wahrheit. Im Gegenteil, ich fand sie unglaublich komisch. Von oben herab betrachtete ich das armselige Treiben der Menschen und flüchtete mich in um andere Sphären des Denkens zu erreichen. Einst hatte Großvater Halim dort Zuflucht gesucht, wenn die Geister von ihm Besitz ergriffen. Ich spürte ihre Gegenwart noch auf den Wänden, die an manchen Stellen von unsichtbarer Zauberkraft gekrümmt waren, und an der verzierten Holzdecke mit den seltsamen Zeichnungen, die jeden Abend ihre Form zu ändern vermochten, um einem neuen Märchen Leben einzuhauchen. Das KLEINE ZIMMER war mein Königreich und sein Balkon meine Aussicht auf die Welt. Vollständig von Weinreben umrankt, hatte dieser winzige Balkon den Charme jener unerreichbaren Landstriche jenseits des Universums: Obwohl ich sehen konnte, wie Neri gerade mit dem Gürtel seine Töchter schlug und Hatibe auf einem Schemel saß und sich anschickte, ihr langes Haar zu bürsten, schien nichts konkret, alles schwamm in einem irrealen Meer von imaginären Dimensionen. Sobald sich die Tür des KLEINEN ZIMMERS schloss, blieb der Tumult der Welt draußen. Man stand sich selbst gegenüber.

In diesem Zimmer habe ich gelernt zu träumen, nichts weiter als zu träumen. Vom Morgen bis zum Abend träumte ich und gönnte mir auch andere Arten des Träumens: das Lesen und Schreiben. Ich denke nicht, dass ich eines Tages imstande gewesen wäre, literarische Meisterwerke zu genießen, wenn ich das KLEINE ZIMMER nicht gehabt hätte. Das fehlt allen Kindern, die nicht lesen: ein ganz kleines, magisches Zimmer, in dem man an das Unglaubliche glaubt. In dem man entsetzlich allein ist und gezwungen, Freunde am Ende der geschriebenen Zeilen zu suchen. In dem man sich genötigt fühlt, von innen heraus zu wachsen, um draußen nicht unterzugehen. In dem man in Regionen entfliehen kann, die fruchtbarer sind als unsere eigene Epoche, unsere Familie, unser Land. Ein kleines Zimmer – ein großes Universum! Vieles hat mir im Leben gefehlt, aber das Wesentliche habe ich im KLEINEN ZIMMER erhalten.

Zwischen seinen Wänden fühlte ich mich unangreifbar, und ich lernte, das Unglück nicht tragisch zu nehmen. Als Freunde suchte ich mir die großen Helden, Wesen, die die Zeit durchschritten hatten, unendlich reich trotz eines schwierigen Lebens. Sagt nicht Prometheus zu Merkur: «Nie wollte ich meine Schmerzen gegen deine Sklaverei eintauschen.»

Zwischen den Wänden des KLEINEN ZIMMERS habe ich, inspiriert durch die Lektüre von Anne Frank, mein erstes Tagebuch geschrieben. Es fing mit dem Satz an: «Gott gebe, dass mein Vater mein Tagebuch nicht liest», was Papa natürlich durchaus nicht daran gehindert hat, es nicht nur zu verschlingen, sondern Erklärungen über die Jungen zu verlangen, die darin erwähnt waren. Das unselige Tagebuch endete mit dem Satz: «Vater hat es also gelesen!»

Wir litten beide an derselben Krankheit: Wir schnüffelten in den intimen Schriften der anderen. Eine Krankheit aus Leidenschaft. Sobald wir einen Fetzen beschriebenen Papiers fanden, lasen wir ihn voller Ungeduld, um uns einer großen Erregung hinzugeben. Die banalsten Sätze erhielten, weil sie geschrieben waren, eine besondere Bedeutung. Für mich blieb der Schriftsteller immer abstrakt: Sein Text – ein Stückchen Unbewusstes, aus einem Zeit-Raum hervorgebrochen, in dem der Mensch sich nicht ganz selbst gehört – überragte ihn. Der Text stellte eine Einheit in sich dar, ein Kind: Wenn er seinem Erzeuger glich, dann ganz und gar durch Zufall.

Vater hatte eine ähnliche Beziehung zum Geschriebenen …

wenn es nicht um meines ging. Meine Texte, selbst die leidenschaftlichsten, machten ihn zum Spürhund. Und ich musste ihm über meine auf weißem Papier enthüllten Vergehen Rede und Antwort stehen. Für gewöhnlich zitierte er mich mit verlegener, aber entschlossener Miene in das ZIMMER DER ELTERN.

«Ich habe deinen Brief an Amil gelesen. Du hast mir nicht gesagt, dass du mit ihm gehst.»

«Ich gehe ja auch nicht mit ihm.»

«Und was soll dann der Brief?»

«Den habe ich mir ausgedacht. Das würde ich ihm schreiben, wenn er mein Freund wäre.»

«Da ist es letzten Endes noch besser, mit ihm zu gehen, als so von ihm zu träumen», antwortete Papa mit einer Spur von Abscheu.

Er hatte meine Lüge komplett geschluckt: Seiner Meinung nach war Amil zu schön für mich, Marisa dagegen nicht außergewöhnlich genug, um meine frei erfundenen Verse zu rechtfertigen.

«Dieses Gedicht hast du Marisa gewidmet?»

«Ja.»

«Seltsam. Es klingt wie ein Liebesgedicht.»

«Nein, es ist ein Freundschaftsgedicht.»

Und dieses Mal log ich nicht, höchstens auf dem Papier.

Das Schlimmste war, dass ich sie überall liegen ließ, diese vollgeschriebenen Seiten. Es war gar nicht nötig, in meinen Sachen zu schnüffeln, um sie zu finden. Und wieder wurde ich in das ZIMMER DER ELTERN zitiert. Papa fragte mich traurig:

«Warum lügst du? Ich habe dich überhaupt nicht geschlagen.»

«Ich habe auch nicht behauptet, dass du mich geschlagen hast.»

«Doch, du hast es in einem Brief geschrieben.»

«Wann denn?»

Und Papa zog einen Zettel hervor, der aus meinem Schulranzen gefallen war: Meine Freundin Tefta hatte ihn mir gegeben, damit ich ihn korrigiere und verbessere, bevor sie ihn an ihren Schatz schickt!

«Dieser Brief gehört Tefta.»

Und ich lachte, als Papa ihn mir beschämt und verwirrt zurückgab. Bei anderen Gelegenheiten hielt er mir wegen meines Betragens beim Briefeschreiben leidenschaftliche und mit literarischen Zitaten gewürzte Moralpredigten. Dass Papas Moral beispiellos war, versteht sich von selbst.

«Ich bedaure wirklich, dass du meine Meinung brauchst, um jemanden zu schätzen: ‹Ich werde dich meinem Vater vorstellen, er ist ein Mann, der sich nie irrt. Ich vertraue ihm voll, und wenn du ihm nicht gefällst …› Es ist eine Schande, so etwas zu schreiben. Ich habe dich als freies Wesen erzogen! Und du … du wirst die Sklavin meiner Meinung! Wie sagt Nietzsche? ‹Ich ziehe es vor, mich hundertmal auf meine eigene Weise zu irren, als Eure Wahrheit zu akzeptieren.› Das sind die großen Seelen! Deine Abhängigkeit dagegen macht mir Angst … Wenn du heute den, den du liebst, auf ein Wort von mir verlässt, wen wirst du morgen nicht alles verlassen?»

Es kam auch vor, dass Papa meine Briefe schweigend genoss. Ich hatte einen neben seinem Bett gefunden, in dem ich einen Jungen aus meiner Klasse warnte, dass er jetzt, da wir ein Paar waren, nicht mehr zu uns ins HAUS kommen sollte, da ich die Regel meines Vaters respektieren würde: Freunde im Haus, Geliebte außer Haus. Papa fühlte sich, nehme ich an, so geschmeichelt, dass ich seine Gebote achtete, dass er mich nie über den Empfänger dieses Briefes ausgefragt hat. Eine erstaunliche Ausnahme.

Auch wenn seine Freunde und Bekannten ihn, was seine Haltung gegenüber seinen Töchtern betraf, für einen eingefleischten Liberalen hielten, auch wenn man im ganzen Viertel – und vielleicht sogar in der ganzen Stadt – keinen in Fragen der weiblichen Ehre toleranteren Mann ausfindig machen konnte, so verkörperte Papa für mich doch den unerbittlichsten Moralkodex. Verglichen mit anderen war er ein Gott, doch verglichen mit meinem Ideal ein armseliger Mensch, denn er zwang mich zum Lügen. Papa, der die Lüge so hasste, provozierte sie regelrecht. Nie habe ich mich in meinem Leben vor etwas gefürchtet, außer vor Papa. Deswegen waren meine schönsten Lügen, die ausgefeiltesten, poetischsten und überraschendsten, ihm gewidmet. Ganz besonders unglaublich wurden sie, wenn es um Männer ging, mit denen ich zusammenkam.

Seit ich zehn war, machte Papa sich Sorgen um meine Heirat. Er hatte Angst, dass niemand mich würde heiraten wollen: Er meinte, ich sei zu unerschrocken für unsere machistische Welt. Kaum also, dass er bei einem Jungen einen Funken Interesse für mich bemerkte, stürzte er sich Hals über Kopf in Verlobungspläne. Papa wollte mich unbedingt an den Mann bringen. Mit fünfzehn hatte ich einem Jungen aus der Elften einen schönen Liebesbrief geschickt, der mit dem Satz endete: «Artan, ich werde Euch bis an die Schwelle des Todes lieben.» Papa hatte die Kopie, die ich wie üblich auf der Treppe hatte liegen lassen, gefunden und mit diesem Schüler aus der Elften Kontakt aufgenommen, während ich im Jugendlager war und im Meer badete. Als ich aus den Ferien heimkam, empfing Papa mich mit verschwörerischem Lächeln und schlammverschmierten Händen. Er war gerade dabei, die Gartenmauer zu reparieren, die beim Gewitter kaputtgegangen war.

«Artan hat auf mich wirklich den Eindruck eines anständigen Jungen gemacht. Wir haben miteinander gesprochen und uns darauf geeinigt, dass du mir, bis du achtzehn bist, jedes Mal Bescheid sagst, wenn du ihn triffst, weil du noch nicht volljährig bist ...»

«Aber ich, ich habe Artan vergessen ...»

«Wie bitte?», rief mein Vater, und der Schlamm lief ihm auf die Hose.

«Wie, weiß ich nicht. Am ersten Ferientag habe ich noch an ihn gedacht, am zweiten auch, aber dann habe ich andere interessante Leute kennengelernt, bin geschwommen, habe Gedichte über das Meer geschrieben, und ich habe ihn vergessen.»

Papa wischte sich mit dem Handrücken den Schweiß von der Stirn, und der Schlamm rann ihm fast bis in die Augen.

«Aber du hast doch geschrieben, dass du ihn bis in den Tod hinein lieben würdest!»

«Wenn du liest, was Byron an Caroline geschrieben hat, glaubst du, dass er nie mehr einen Blick auf eine andere Frau werfen wird, aber die folgenden Gedichte beweisen das Gegenteil. Und ich, ich habe einen schönen Brief geschrieben, weil ich Lust hatte, ihn zu schreiben. Keiner glaubt heutzutage noch an Liebesbriefe! Das ist eine literarische Form, man macht sich selbst eine Freude, und gelegentlich auch dem Empfänger.»

Papa verstand das nicht. Papa hatte in mir immer die Tugenden der mythischen Frauen aus der griechischen Tragödie oder wenigstens aus Shakespeares Dramen vermutet. Wie kam es, dass kein Tropfen Blut einer Penelope oder Desdemona in meinen Adern floss? Papa erzählte mir von der absoluten Wahrheit, der absoluten Literatur, der absoluten Liebe. Mit dem Schlamm auf seinem Gesicht sah er aus wie ein Clown. Und er war auch so traurig wie ein Clown. Meine Heirat wurde immer fragwürdiger. Ich war nicht nur eine unerschrockene Frau, ich war eine Frau mit lockerer Moral.

In Wirklichkeit war ich eine Frau, die es liebte, Briefe zu schreiben. Papa wusste nicht, dass Artan mich nicht einmal geküsst hatte, und die Männer, die ich am Strand kennengelernt hatte, auch nicht. Meine größten Leidenschaften erfüllten sich im KLEINEN ZIMMER, das kein Verehrer je betreten hatte.

Nur meine Freundinnen hatten dort Zutritt. Im Winter hockten wir um das Kohlebecken herum, im Sommer lagen wir auf dem Bett und lasen Poesie. Stellvertretend erlebten wir die großen Amouren bedeutender Dichter ... sowie meine eigenen, die sich auf manchmal mit scheußlichen Zeichnungen verzierten Notizzetteln ausbreiteten. Bevor wir mit den Physikhausaufgaben anfingen und uns an Mathematik und Biologie machten, lasen wir zum Aufwärmen ein paar sorgfältig von mir ausgewählte Strophen. Sobald wir uns von der schulischen Bürde befreit hatten, setzten wir unsere Lektüre fort – das heißt, ich setzte sie fort, und meine Freundin Lora hörte zu. Nach einem Jahr poetischer Ertüchtigung wollte ich einen kleinen Test mit ihr machen.

«Von wem sind die Verse, die ich zitiert habe?»

«Von Puschkin.»

«Nein.»

«Von Alfred de Musset.»

«Nein.»

«Von dir.»

«Ja.»

Die literarischen Essays waren einfacher zu raten: Es gab nur von zwei Autoren welche, Brecht und Belinski. Aber Lora orientierte sich an den Namen der Figuren und nicht am Stil, um sie auseinanderzuhalten. Trotzdem hatte ich sie schrecklich gern. Es war nichts Außergewöhnliches an ihr, außer ihrer Geduld, mir zuzuhören. Interessierte die Poesie sie? Ich weiß es nicht. Es kam mir nie in den Sinn, man könne die Dichter nicht lieben. Ich kannte in meiner Umgebung nur eine einzige Person, die sich vom Kreis der Literatur fernhielt: meine Mutter. Diese Ungerechtigkeit des Schicksals schnürte mir das Herz ein, aber ich hatte ihr trotzdem verziehen, wenn auch mit einer Spur Verachtung in der Seele. Denn ihr so leicht zu vergeben, fiel mir nach der Begegnung mit Mirelas Mutter schwer. Groß, blond, geschminkt und mit einem himmelblauen Morgenmantel in exakt der Farbe ihrer Augen, bat sie mich mit einem betörenden Lächeln herein. Mirela holte gerade ihren Bruder von der Krippe ab, ich musste auf sie warten. Ich ging zum Bücherregal.

«Liest du gern?», fragte Mirelas Mutter, indem sie ihre Zeichnungen zur Seite legte.

Sofort begannen wir ein Gespräch über Literatur, und ich trug ihr sogar meine Verse vor. Als Mirela heimkehrte, wurde sie mit einer Flut von Vorwürfen empfangen.

«Deine Freundin hat alle Bücher, die sich in diesem Zimmer befinden, gelesen, was sagst du dazu? Manche sind begeisterte Leser und schreiben, nicht so wie du.»

«Den da habe ich nicht gelesen», sagte ich und zeigte mit dem Finger auf ein kleines Buch mit grünem Einband.

«Du kennst Jessenin nicht?», rief Mirelas Mutter aus. «Er ist der größte russische Dichter! Noch heute Abend werden wir ihn lesen.»

Und aus dem Mund dieser schönen Frau hörte ich zum ersten Mal eines der Meisterwerke der Dichtung, «Brief an die Mutter», in einer überragenden Übersetzung von Ismail Kadare. Draußen regnete es, Mirelas Bruder spielte in seiner Ecke mit drei Puppen. Wir saßen um das Feuer herum, und die Zeit war in der Isba des russischen Dichters stehen geblieben, in der seine schwarz gekleidete alte Mutter auf ihn wartete: «Das, was ausgeträumt ist, lass es ruhen. […] // Und belehr mich nicht, ich solle beten! / Sinnlos! Dorthin führt kein Weg zurück. / Du nur bist mein Schutz und Trost in Nöten, / Du nur bist mein abendliches Licht.»

Jemand klopfte an die Tür und riss uns aus dieser von russischer Schönheit bevölkerten Welt: meine eigene Mutter. Besorgt und nass platzte sie in den Raum und mit ihr die ganze Banalität des Lebens:

«Ich war bei allen deinen Freundinnen! Was treibst du hier noch? Weißt du eigentlich, wie spät es ist?»

«Verzeihen Sie ihr, wir haben Wunderwerke gelesen», erklärte Mirelas Mutter ihr, wahrscheinlich, um sie milde zu stimmen.

Literarische Wunderwerke aber hatte Mama schon seit einer Ewigkeit satt. Sie warf einen Blick auf den drei Tage alten Geschirrberg, auf den Kleinen, der sich ganz allein beschäftigte, und bildete sich ihre eigene Meinung über die Herrin des Hauses. Wieder bei uns daheim, war ich meiner Mutter böse, weil sie nicht auch das Geschirr dreckig stehen ließ, um Jessenin zu genießen. Aber Mamas Argumentation blieb unermüdlich dieselbe:

«Du willst doch essen, oder?»

Ja, leider, essen wollte ich! Wir alle wollten essen, vor allem Papa, der vor einem guten Gericht jedes Mal in Verzückung geriet. Deswegen hatte Mama keine Zeit für sentimentales Gerede. Wir waren Kannibalen, die sich vom energiereichen Blut meiner Mutter nährten. Ich betrachtete sie mitleidig. Während sie den Tisch deckte und über den Preis des Fleisches klagte, hallte in meinem Kopf eine andere Stimme wider, die Jessenin las.

«War Mirelas Mutter zu deiner Zeit im literarischen Zirkel bekannt?», fragte ich meinen Vater.

«Ja, vor allem für ihren Leichtsinn», antwortete er.

«Sie hat dreimal geheiratet», fügte Mama hinzu, «und ihr letzter Ehemann ist sogar jünger als sie.»

Ich stellte keine Fragen mehr. Ich wollte meine eigene Wahrheit behalten: Jedes Mal, wenn ich eine fand, schritt Vater ein, um sie abzuändern. Und dann verlangte er, ich solle meine eigene Meinung haben! Aber dieses Mal würde ich mich seinem Einfluss widersetzen. Wenn Vater die leichtsinnige Frau nicht mochte, sein Pech! Ich fand sie faszinierend. Eine Frau, leichtsinnig und leicht wie Blütenpollen – ein Luxus der Menschheit. Eine Frau, die sich von der Schönheit der Verse hinreißen lässt und zum Klang der Musik malt, ist ein Wesen, das erst einmal erschaffen werden muss, selbst wenn es zwei verlassene Ehemänner kostet!

Ungeduldig wartete ich auf meinen nächsten Besuch bei Mirela. Ihre Mutter empfing mich mit einem Freudenschrei:

«Da bist du ja! Du hast mir wirklich gefehlt!»

Dann wandte sie sich ihren Gästen zu, die im Wohnraum saßen, und sagte zu ihnen:

«Ihr werdet es mir nicht glauben, aber sie hat Karl Marx gelesen. Ein außergewöhnliches Kind!»

Ich flüchtete in Mirelas Zimmer, aus Angst, die Gäste könnten mir Fragen über meine angebliche Lektüre stellen.

«Warum zitterst du denn?», fragte mich meine Freundin, die keine Ahnung hatte, dass ich nichts wusste.

Ich zitterte vor Scham. Obwohl ich nie behauptet hatte, Marx gelesen zu haben, beschloss ich, ihn in einer Woche ganz durchzugehen, damit ich das nächste Mal nicht unvorbereitet war. Doch bei unserem Wiedersehen war Marx bereits vergessen. Die Gäste des Tages sprachen nicht über Philosophie, sondern lauschten klassischer Musik. In dem Moment, als ich mich in Mirelas Zimmer verkriechen wollte, schlug jemand der Hausherrin vor:

«Leg die ‹Kinderszenen› ein!»

Zehn Minuten später rief Mirelas Mutter mich in den Wohnraum.

«Ich stelle euch ein Wunderkind vor», sagte sie zu den Gästen, dann wandte sie sich zu mir: «Konzentrier dich auf diese Musik und sag uns, wovon sie spricht, wie du sie fühlst.»

Ich fühlte nichts, aber ohne zu zögern, antwortete ich:

«Mir scheint, der Komponist drückt die Sehnsucht nach seiner Kindheit aus.»

«Genial!», rief Mirelas Mutter, und die Gäste sahen einander beifällig an.

Ich hatte fürchterliche Angst, sie würden die Kassette wechseln, um mein Können weiter zu testen, aber ich hatte die Musikprüfung einwandfrei bestanden. Die Jurymitglieder, denen die Tränen in den Augen standen, konnten ihre Ergriffenheit nicht zurückzuhalten.

«Sie hat sich wirklich in das Herz des Komponisten geschlichen», sagte eine Dame.

«Ich glaube, sie ist auch in seinem Geist», fügte ein anderer hinzu.

Niemand kam auf die Idee, dass ich, als der Titel des klassischen Stückes genannt wurde, einfach hinter der Tür gestanden hatte. Aufgeregt wartete ich auf die Fortsetzung der Prüfung. In meiner Verwirrung vergaß ich sogar die Marx-Zitate, die ich zu diesem Anlass sorgfältig vorbereitet hatte. Aber Marx interessierte sie nicht. Diese Gäste waren Freunde der Lyrik.

«Und wenn ihr ihre Gedichte lesen würdet: der reinste Lermontov!», fuhr Mirelas Mutter fort.

Als meine Literaturlehrerin die Gedichte gelesen hatte, erklärte sie:

«Du bist ein Genie! Ich habe dir nichts mehr beizubringen.»

Enthusiastisch hatte ich meinem Vater diese wohltuenden Sätze anvertraut, er aber antwortete mir lachend:

«Gib nicht so viel auf die überspannten Worte einer unreifen, jungen Lehrerin. Wenn du ein Genie wärst, wüsste ich es schon lange.»

Trotz meiner unwiderstehlichen Lust, der Lehrerin zu glauben, war ich sicher, dass Papa recht hatte. Unglücklicherweise irrte er nie. Ich versuchte, nicht mehr von seiner Meinung abhängig zu sein, wie er selbst es sehnlichst wünschte, doch stets bestätigten sich seine Worte, sobald sich das Schicksalsrad weiterdrehte. Trotz der leichten Ironie, die Papa Mirelas Mutter gegenüber an den Tag legte, wollte ich daran glauben, dass sie den anderen Frauen überlegen war. Einmal aber wollte es der Zufall, dass ich die Haustür bei meiner Freundin offen vorfand und ausgerechnet während eines Ehestreits unbemerkt eintrat. Vom Ende des Ganges aus hörte ich, wie der dritte Ehemann Mirelas Mutter voller Verachtung anschrie:

«Du bist eine Kuh, nichts weiter als eine ordinäre Kuh!»

Entsetzt floh ich, ohne die Tür zu schließen. Auf der Straße brach ich in Tränen aus: Man hatte meine Pollenfrau getötet. Ich bin nicht mehr in Mirelas Haus zurückgekehrt. Im KLEINEN ZIMMER erschuf ich ihre Mutter neu: schön und verletzt, ein Kind, vom Leben und der Plumpheit der Männer überrascht. Ich lernte Jessenins «Brief an die Mutter», den sie mir geschenkt hatte, auswendig, um ihn jeder neuen Freundin, die die Schwelle meines Königreichs überschritt, vorzutragen. Aber es ist mir nie gelungen, die magische Atmosphäre jenes fernen und unsterblichen Abends wieder heraufzubeschwören, an dem ich das Gedicht im Murmeln des Winterregens entdeckt hatte. Das KLEINE ZIMMER eignete sich nicht fürs Wiederholen, es blieb unendlich eigenständig. Es besaß seine eigene, unvergleichliche Magie, die bei Sonnenuntergang besonders unwiderstehlich war. Die roten Strahlen, die vom Balkon her einfielen, durchquerten den Raum und wurden von den Wänden zurückgeworfen, die Decke wurde dunkler, und noch der gewöhnlichste meiner Liebesbriefe erschien mir endlich vollkommen. Ich passte auf, dass mir jeder einzelne nach der Lektüre zurückgegeben wurde.

Ich sortierte ihn in einen speziellen Ordner ein, mit dem Namen der Person, die ihn inspiriert hatte. Darin befanden sich auch Gedichte, Sinnsprüche und, ganz selten einmal, eine Reaktion auf einen meiner Briefe von dessen Adressaten, zusammen mit seinen Versen oder Zeichnungen. Aber für gewöhnlich waren meine Briefe sich selbst genug und eine Antwort nicht nötig. Sie, die in der Einsamkeit der Dämmerung geboren und in der Atmosphäre des KLEINEN ZIMMERS genährt worden waren, baten um nichts, sie gaben etwas. Ich betrachtete sie als literarische Schriften, die besten, zu denen ich fähig war. Der jeweilige Empfänger war Zufall und doch ein Auserwählter, unentbehrlich wie die Luft und das Licht, unentbehrlich wie das KLEINE ZIMMER. Was wäre jenes ohne diese fremde Knabenseele, die es durchwirkte, es erschütterte und ihm einen Existenzgrund verlieh? Für wen würden Goethes Verse erklingen? Wie sollte ich mit meinen Freundinnen von der Liebe sprechen ohne ein lebendes Subjekt, ohne den Ritter des großen Gefühls?

Die Männer blieben unser Hauptgesprächsthema. Alles drehte sich um sie, aber alles spielte sich unter Frauen ab. Ich war der Meinung, die Männer seien allein dazu da, damit wir Frauen uns Träume erschaffen und, wenn sie sich zerschlugen, tiefe Freundschaften begründen konnten. Was haben wir über unser Idol von gestern gelacht, um keine blutigen Tränen zu vergießen! Mit wie viel Nostalgie an einer alten Liebesgeschichte gehangen, um, ohne zusammenzubrechen, die Armseligkeit der Gegenwart zu ertragen! Mit Gedichten, Lachen und Freundschaft gewappnet, trugen wir stets den Sieg davon. Aus der Asche der zerstörten Illusionen erschufen wir neue, ohne Angst vor Enttäuschung. In unserem Elend hatten wir das Glück zu träumen …

Im KLEINEN ZIMMER sammelte ich tief in meiner Seele verborgene Träume, die auszugraben nur ein Mann die Macht hatte. Abstrakt, wie er war, hätte er Gott sein können. Unglücklicherweise war ich in einem Land geboren, in dem Gott nicht existierte. Darüber hinaus passte ein allmächtiger, gelehrter und wohltuender Gesprächspartner schlecht zu meiner leichtfertigen, unvollkommenen Natur, die es nach charmanten menschlichen Fehlern dürstete. Außerdem war Gott meinem Vater zu ähnlich, und ich hatte überhaupt keine Lust, ihm meine Gedichte oder Briefe zu widmen. Im Gegenteil, ich war auf der Hut, dass er mein zweites Tagebuch nicht fand, das selbstverständlich von einem Mann inspiriert war. «Für mich habt ihr Männer nur den einen Wert: Durch euer Interesse an mir kann ich mich schön und intelligent fühlen», stand auf der ersten Seite geschrieben.

«Ich glaube nicht mehr an die charmanten und von Grund auf guten Helden und Prinzen», fuhr ich fort. Mit fünfzehn war ich von den Männern bereits enttäuscht, ohne sie je gekannt zu haben, und erlaubte mir, es auch von den Künstlern zu sein: «Die Künstler sind am ehesten der Lüge fähig, denn sie besitzen die Fähigkeit, sich selbst zu belügen. Die Lüge bleibt das Fundament der Kunst, ebenso wie die Entdeckung der Wahrheit.» Vater hätte mir sicher keinen Beifall gespendet. Aber schrieb ich denn, um zu gefallen? Nein, eher um zu missfallen: «Es ist ein gutes Vorzeichen für eine harmonische Beziehung, wenn nur einer der beiden Partner Intellektueller ist: Der eine spricht, der andere hört zu; der eine erzählt, der andere fragt; der eine philosophiert, der andere staunt; der eine geht, der andere leidet. Aber da wir beide Intellektuelle sind, ist das Schema folgendes: Der eine spricht und der andere auch; der eine erzählt, der andere korrigiert; der eine philosophiert, der andere ironisiert; der eine geht, der andere sucht Ersatz.» Dem jungen Mann, der mich zu dieser Textpassage inspiriert hatte, die ich selbst für sehr gelungen hielt, gefiel sie gar nicht. Auch gut: «Der Verlust kostbarer Dinge ist für mich wie für Dostojewski eine Freude an sich.» Ich hatte offenbar eine sehr hohe Meinung von mir selbst, dass ich mich auf diese Weise mit dem berühmten russischen Autor verglich …

Meine Freundinnen weinten vor Begeisterung. Als treue Leserinnen meiner düsteren Schriften und hartnäckige Bewunderinnen meiner scharfen Feder beauftragten sie mich sogar, an ihrer Stelle Liebesbriefe abzufassen. Dieses Unterfangen scheiterte auf sehr schmerzliche Weise. Obwohl wir fanden, dass die Briefe perfekt formuliert waren, wussten ihre Empfänger sie nicht zu schätzen: Jede von meiner Hand verfasste Zeile löste eine Trennung des Paares, zumindest aber einen heftigen Streit aus. Meine Freundinnen zogen daraus die Konsequenzen und vertrauten mir ihre Privatkorrespondenz nicht mehr an: Das angesprochene Publikum war meinem glühenden Feminismus nicht gewachsen. In der Theorie bewunderten sie meine Schreibkünste auch weiterhin, in der Praxis aber unterwarfen sie sich den Machos. Was tut man nicht aus Liebe? Man schluckt seine Schmach hinunter.

Ich dagegen spuckte sie aufs Papier. Bis ins Letzte ausgefeilt, wurde sie zum Witz. Und der Witz hat mich aus mancher misslichen Situation gerettet, insbesondere während des Militärdienstes. Alle albanischen Oberschüler, Mädchen und Jungen ab fünfzehn Jahren, waren verpflichtet, einen Monat im Schuljahr zu lernen, wie man Krieg macht. Ich war ein sehr schlechter Soldat. Ich verwechselte rechts und links, um plötzlich zu bemerken, dass ich ganz allein in die entgegengesetzte Richtung zur Gruppe lief. Die Befehle, die für die anderen klar und eindeutig waren, wurden für mich unverständlich. Das Gewehr schien mir kaum zu bändigen und schrecklich schwer. Der soldatische Querfeldeinlauf wurde zur Tortur, und selbst mein Gedächtnis, das sonst ausgezeichnet war, ließ mich im Stich, wenn es darum ging, Militärausdrücke zu behalten. Obwohl ich sonst immer unter den Klassenbesten war, sah ich mit Schrecken dem Monat Militärdienst entgegen, in dem ich das Schlusslicht wurde, die Begriffsstutzigste, der Klassenclown.

Am Tag x, dem Tag der Schießübungen, kam ich zu spät. Leise öffnete ich die Tür zum Klassenzimmer. Der Lehrer fragte mich streng:

«Warum kommst du an einem so wichtigen Tag zu spät?»

Ich hatte keine Lüge vorbereitet, und so sprudelte die Wahrheit von ganz allein aus meinem Mund:

«Mama hat vergessen, mich zu wecken.»

Die Klasse brach in schallendes Gelächter aus. Ich hatte bereits die Rolle des Clowns übernommen. Was ich auch tat, die anderen lachten. Mein Auftreten als lächerlicher Soldat rief unentwegt Heiterkeit hervor. Aber der Lehrer wollte nicht glauben, dass ich es nicht mit Absicht tat. Er wurde wütend:

«Du bist vom Militärdienst ausgeschlossen! Du wirst nicht am Schießen teilnehmen! Du wiederholst das Schuljahr.»

Ich wurde leichenblass. Nach dem Reglement war das Fehlen beim Schießen gleichbedeutend mit Sitzenbleiben. So saß ich allein auf einer Bank im Schulhof und suchte verzweifelt nach einer Lösung, nachdem die Klasse zum Schießstand aufgebrochen war. Welches andere Mittel zum Erfolg hatte ich schon, wenn nicht das Schreiben? Ich musste, um die Entscheidung des Lehrers abzumildern, ein Meisterwerk verfassen und zeigen, dass ich im Herzen Soldat war, auch wenn ich kein Gewehr hatte und vom Schießen ausgeschlossen war. Ich riss eine Seite aus meinem Notizblock heraus. Welche Form sollte ich wählen? Den Alexandriner natürlich! Ein Inhalt ohnegleichen verlangt nach einer vollkommenen Form! Mit zitternden Händen machte ich mich an die Abfassung meines merkwürdigen Bittgesuchs. Ich begann mit einem Loblied auf den Schlaf, höchster Entschuldigungsgrund und nach Shakespeare die zweite Speise der menschlichen Natur. Dann leitete ich elegant zu einer Episode aus dem trojanischen Krieg über: Um die Trojaner zu verhöhnen, sandten die Griechen ihnen einen Krüppel, der ihnen helfen sollte, die Schlacht zu gewinnen. Doch der miserable Soldat war ein Dichter, dessen Verse die trojanische Armee so sehr inspirierten, dass sie die Griechen tatsächlich besiegten. Nach diesen Verweisen auf Shakespeare und Homer war es an der Zeit, in meinem eigenen Namen zu sprechen: Ich hoffte darauf, dass der Lehrer mich auffordern würde, am Schießen teilzunehmen, wenn die Stürme des Zorns erst einmal die See seiner Augen verlassen hätten. Und sollten diese Verse mein dichterisches Talent bestätigen, so konnte ich – mochte ich als Soldat auch noch so schlecht sein – zum gefürchtetsten Feind werden, da ich die Gabe hatte, die Massen zu bewegen. Ich schloss mit gefühlvollen Versen, die mich auf einer Bank sitzend beschrieben, grüblerisch und traurig, doch voller Hoffnung …

Ich schrieb mein Gedicht ins Reine und steckte es in einen Umschlag, auf dem ich in roter Farbe «Dringend» vermerkte, dann machte ich einen Schüler mit Fahrrad ausfindig, der bereit war, dem Lehrer meinen Brief direkt zum Schießstand zu bringen. Ich setzte mich wieder auf die Bank. Ich war zufrieden mit meinen Versen und mir bewusst, dass ich vollkommen unfähig war, auch nur das mittelmäßigste Kriegslied zu verfassen.

Eine halbe Stunde später betrat die ganze Truppe, angeführt von unserem Lehrer, singend den Schulhof. Ich rührte mich nicht von meiner Bank. Die Truppe kam auf mich zu und flehte mich an, wieder zu ihnen zu stoßen. Der Lehrer hatte, als er meinen Umschlag erhielt, befohlen, die kaum begonnenen Schießübungen abzubrechen. Höchst erstaunt hatte er ihn in aller Eile geöffnet, da er dachte, es handle sich um einen Befehl von oben. Doch plötzlich sahen die Schüler, wie sich der Lehrer vor Lachen bog, bevor er sich, immer noch lauthals lachend, auf den Boden fallen ließ. Dann rief er sie zusammen und las ihnen mein Gedicht vor: Sie fanden es allesamt genial. Es verstand sich von selbst, dass sie mich vor der Schule abholen würden. Und obwohl keiner meiner drei Gewehrschüsse die Schießscheibe traf, wurde ich zur Heldin des Tages.

Niemand zweifelte mehr an meinen dichterischen Fähigkeiten, außer mir selbst. Ich hatte so viele große Autoren gelesen, dass ich den Abgrund erkannte, der mich von ihnen trennte. Diese klare Erkenntnis nahm jedoch äußerst schmerzliche Dimensionen an, als ich begann, Byron und Whitman aus dem Englischen zu übersetzen. Nachdem ich mich monatelang damit gequält hatte, Reime, Rhythmus und Melodie der Strophen miteinander in Einklang zu bringen, las ich in ekstatischer Bewunderung noch einmal die von mir übersetzten Verse. Dann wandte ich mich meinen eigenen Schöpfungen zu, und bittere Enttäuschung überkam mich. Wie hatte ich nur so mittelmäßige Gedichte schreiben können, obwohl ich doch fähig war, die erhabenen Poeme der anderen nachzudichten? Vater sagte mir immer, ich sei eine Stilistin: Nur fehlten mir die großen Botschaften, die den Dichtern eigen sind! Ihm zufolge konnte ich die Schönheit entdecken und sie sogar reproduzieren, sie aber nicht erschaffen. Mama dagegen riet mir, nicht auf Papa zu hören. Sie fand meine Gedichte, wenn schon nicht besser als die Schöpfungen der großen Autoren, so doch wenigstens auf gleichem Niveau. Ich war ihre Lieblingsdichterin, die einzige, die sie je gelesen und sogar auswendig gelernt hatte. Aber auch wenn ich ihre kulinarischen und medizinischen Talente außerordentlich schätzte, so ging es doch über meine Kräfte, ihr als Literaturkritikerin zu vertrauen. Ich fühlte mich noch immer genötigt, meinem unerbittlichen Vater recht zu geben. Es sei keine Kleinigkeit, Stil und Geschmack zu haben, pflegte er mir zu sagen, wahre Dichter würden nur einmal im Jahrhundert geboren. Ich hatte kein Glück, das Schicksal hatte bereits Ismail Kadare erwählt.

«Er war vierzehn Jahre alt», erzählte mein Vater. «Er kam aus der Provinz und trug kurze Hosen. Als ich bei meiner Arbeit als Redakteur der Zeitung ‹Die Jugend› seine Gedichte las, rief ich: ‹Ein Dichter ist geboren!›»

Ich hätte also im folgenden Jahrhundert geboren werden sollen, aber man sucht sich sein Jahrhundert ja nicht aus. Als Schöpferin zweiten Ranges tröstete ich mich mit Brecht:

«Man versteht nichts von der Literatur, wenn man nur die ganz Großen gelten lässt. Ein Himmel nur mit Sternen erster Größe ist kein Himmel.» Doch es gab noch einen besseren Trost: den sozialistischen Realismus, unlesbar und unverdaulich! Den Autoren jener öden Texte, die in den Buchhandlungen der Hauptstadt Staub fingen, fühlte ich mich unendlich überlegen. Sie waren es, die mich endgültig davon überzeugten, mich der Prosa zuzuwenden. Es ist erstaunlich, wie sehr ein schlechtes Beispiel zur Inspiration werden kann! Von mir selbst überzeugt, schrieb ich auf die erste Seite eines dicken Heftes den imposanten Titel: «Triumph über das Selbst». Dann ging ich wie üblich zu meinem Vater, voller Enthusiasmus und mir sicher, dass er an meinem Werk nichts zu kritisieren finden würde, da ja noch keine Seite existierte. Doch Papa entdeckte trotzdem etwas: den Titel. So, wie ich den Satz entworfen hatte, stellte «das Selbst» den schwächsten Teil des Menschen dar, da man ihn besiegen musste. Richtig müsste der Titel folglich heißen: «Triumph des Selbst». Mit einem Seufzen änderte ich den Titel und beschloss, Papa nichts mehr zu zeigen, bevor ich meinen Roman nicht beendet hatte. Ich hoffte, dieser würde mir die Türen zum Literaturstudium öffnen.

Bei uns war es unmöglich, die Studienrichtung, die man einschlagen wollte, selbst zu wählen, außer man hatte, was selten genug vorkam, ein allgemein anerkanntes Talent. Wenn ich also einen Roman schrieb, ihn veröffentlichte und damit Erfolg hätte, würde mir das ein Literaturstudium ermöglichen. Andernfalls bekäme ich das Recht auf ein Studium zur Tierärztin, Agrarwissenschaftlerin, Volkswirtin, Buchhalterin – oder sogar Offizierin! –, je nach den jeweiligen Bedürfnissen unserer sozialistischen Organisation. Auf die Frage «Welches Fach möchten Sie studieren?» gaben die Abiturienten durchweg die scheinheilige Antwort: «Das Fach, in welchem die Heimat uns am dringendsten braucht.» Die Heimat hatte ebenso grässliche wie seltsame Bedürfnisse, aufs Geratewohl befriedigt von Schülern, die im Durchschnitt 9,5 von 10 Punkten bekamen und Kinder von ideologisch korrekten Eltern ohne Gerichtsakte waren. Mein Vater hatte eine, aber ich dankte Gott, dass er mir – ungeachtet seiner Nichtexistenz in Albanien – eine Akrobatin als Mutter geschenkt hatte. Als es darum ging, dass meine Schwester studieren sollte, war meine Mutter zum Stadtteilkomitee marschiert:

«Meine Tochter hat ein Anrecht auf ein Universitätsstudium, weil ihr Vater vom Regime nicht verurteilt wurde. Mein Mann ist nicht ihr richtiger Vater.»

Und zum ersten Mal in ihrem Leben hatte Mama stolz die Geburtsurkunde meiner Schwester vorgezeigt. Die stets verschlossene Tür unseres Familiengeheimnisses sprang sperrangelweit auf, um meiner Schwester das Studium zu ermöglichen! Jetzt aber, da ich an die Reihe kam, spielte Mama, da die früheren Mitglieder des Komitees nicht mehr im Amt waren, einen anderen Trumpf aus:

«Es gibt keinen Grund, warum meine erste Tochter studieren darf, die zweite aber nicht. Die Mitglieder des Stadtteilkomitees haben das Problem mit der Verurteilung meines Mannes vor fünf Jahren geregelt. Wenn man damals der Meinung gewesen wäre, dass mein Mann vom Regime verurteilt wurde, hätte niemand meiner ältesten Tochter das Studium erlaubt!»

Einleuchtend, nicht? Das Stadtteilkomitee erteilte mir also das Recht, zur Universität zu gehen. Ich fing trotzdem mit meinem zweckgebundenen Roman an, brachte aber nichts Besseres zustande als die Autoren, deren Bücher in den Buchhandlungen vermoderten. Ich bin sogar davon überzeugt, dass ich schlechter war, und das einzige Verdienst des Romans besteht darin, dass er nie zu Ende geschrieben wurde. Das Thema könnte als Folie für die schlechteste Literatur des sozialistischen Realismus dienen: Eine Studentin verliebt sich in einen Arbeiter, der mit allen guten Eigenschaften des Proletariats ausgestattet ist. Er meldet sich freiwillig, um im Norden des Landes zu arbeiten. Um der sozialistischen Wirtschaft zu dienen, geht er aus der Hauptstadt fort und opfert sein Privatleben. Obwohl die Studentin in den Arbeiter verliebt ist, verlässt sie ihn für ein bequemes Leben: Sie heiratet einen Mediziner aus der Hauptstadt. So endete der erste Teil des Romans. Im zweiten, nie geschriebenen Teil erkennt die Studentin ihren Fehler und bricht auf, um zu ihrem Vorbildarbeiter zurückzukehren. Beim Kapitel «Die Scheidung» habe ich abgebrochen. Es wollte mir einfach nicht gelingen, auch nur den geringsten Anlass für einen Streit zu erfinden. Der Arzt war nett. Wie sollte ich aus ihm einen schäbigen Ehemann machen? Was hatte der Arbeiter, das er nicht hatte, von den blonden Locken einmal abgesehen? Trotz meiner unwiderstehlichen Lust, mit der Literaturwissenschaft anzufangen, blieb die Hälfte des dicken Heftes leer, und das war auch besser so. Denn unversehens änderte ich meine Zukunftspläne.

Ein Student der Kunstakademie kam an unsere Schule, um eine Aufführung zu organisieren. Er wollte eine originelle Vorstellung, die auf Texten der Schüler basierte, und fragte uns, ob wir beim Schreiben der Kurzszenen mitmachen wollten. Ich saß in der ersten Reihe und konnte die Augen nicht von ihm abwenden. Wie schön er war! Wie talentiert! Wie schick! Ich würde alles tun. Ich war an allem interessiert. Ich würde schreiben und spielen. Ich würde zur Akademie gehen!

«Ich werde Schauspielerin», verkündete ich meinen Eltern.

«Schauspielerin?», staunte mein Vater. «Hast du denn Talent?»

«Na sicher! Sie hat sich immer am hübschesten in Pose geworfen, als sie fünf war», antwortete Mama an meiner Stelle.

Eine Woche später verabredete Vater ein Treffen mit einem Freund aus seiner Jugendzeit, Vebi Velo, der früher ein berühmter Schauspieler gewesen war, damit er uns eine Einschätzung meiner dramatischen Fähigkeiten gab. Vebi, der seit Jahren vom Nationaltheater ausgeschlossen war, war den Leuten noch als der beste Interpret von Gogols «Revisor» und anderen Hauptrollen in Erinnerung. Sein Talent war so groß wie die Tragödie seines Schauspielerlebens. Auf dem Gipfel seines Ruhms hatte Vebi, damals verheiratet und Familienvater, eine Vorstellung an einer Oberschule organisiert und sich unglücklicherweise in die Hauptdarstellerin, eine Schülerin der zwölften Klasse, verliebt. Es folgte ein aufsehenerregender Skandal, der Vebi ein für alle Mal die Tore des Theaters verschloss: Die Bühne brauchte keine künstlerischen Talente, denen es an unserer gesunden kommunistischen Moral mangelte! Seine Frau reichte die Scheidung ein, seine Kinder verleugneten ihn. Ich hatte sagen hören, dass Vebi die Schülerin, die in der Zwischenzeit Literaturstudentin geworden war, zuletzt geheiratet hatte. Doch aufgrund ihrer unsittlichen Heirat schloss die Universität sie aus ihren Reihen aus. Seither verkaufte sie in einer Bäckerei des Viertels Brot. Die Leute mochten sie. Und sie mochten Vebi, der trotz seines Vergehens aus Leidenschaft die Sympathie des Volkes nicht verloren hatte, das noch immer auf seine Rückkehr zur Bühne wartete. Doch für die Theaterleitung war der Schauspieler Vebi gestorben. Vebi existierte nur noch als Arbeiter. In seiner Arbeiterkluft kam er manchmal vorbei und trank ein Gläschen mit ehemaligen Freunden, mittelmäßigen Darstellern, die sich seine Rollen teilen konnten, da Vebi nie mehr aus seinem Grab auferstehen würde, um die Bühne zu betreten. Papa und ich warteten im Klub auf ihn: ein gewaltiger Saal mit großen, bequemen Sesseln und schönen, von der Decke hängenden Lüstern, ein Geschenk aus der Zeit unserer Freundschaft mit den Russen. Die hohen Wände und die riesigen Fenster schufen eine ebenso luftige wie einladende Atmosphäre. Ich war beeindruckt. Während ich Papa in einem weichen, olivgrünen Sessel gegenübersaß, betrachtete ich den Raum. Um niedrige Tische herum saßen Schauspieler und Regisseure und tranken türkischen Kaffee und Kognak. Im Radio spielte klassische Musik.

Heute existiert der KLUB DER SCHAUSPIELER nicht mehr; der riesige Saal wurde an irgendeine Firma verkauft. Im Theaterhof ist plötzlich eine kleine Baracke aufgetaucht. Darin stehen drei Plastiktische und ein paar Stühle desselben Materials, ein ständig eingeschaltetes Fernsehgerät ist an der Mauer angebracht. Man kann dort nur Espresso trinken, türkischer Kaffee ist aus der Mode gekommen.

Papa und ich hatten Salep bestellt. Ich hatte gerade den ersten Schluck getrunken, als ein hochgewachsener Mann auf unseren Tisch zukam: Vebi Velo höchstpersönlich!

«Ich habe eben den neuen Direktor des Theaters getroffen», sagte er zu Papa, «er hat mir verboten, den Klub zu betreten. Gehen wir.»

Ich verschüttete die volle Tasse Salep über meine Hand, aber ich spürte den brennenden Schmerz nicht. Wie ein Automat stand ich auf, Papa auch. Vebi warf einen wehmütigen Blick umher, und ich entdeckte unsichtbare Tränen in seinen Augen.

«Mein ganzes Leben lasse ich hier zurück», murmelte er leise. Wir verließen den KLUB DER SCHAUSPIELER und gingen zu Vebis Wohnung.

Er lebte in einem Zwischengeschoss unter einem vierstöckigen Gebäude. Durch die winzigen Fenster betrachtete ich die Schuhe der Passanten über unseren Köpfen. Große Feuchtigkeitsflecken überzogen die Wände. Doch auf diesen Flecken leuchteten Fotos, Medaillen, Theaterpreise. Das Zimmer sah aus wie ein Museum und Vebi wie eine lebende Reliquie.

«Ich lebe in einem Keller, aber andere, die nicht weniger Talent haben, sind noch tiefer gefallen und verrotten in Gefängniszellen», sagte er zu uns. «Wir leben in einer Epoche von Mittelmaß und Bosheit. Wisst ihr, dass einer meiner Nachbarn vor einer Woche eingesperrt wurde, bloß weil er sich beschwert hat, dass man mitten in der Saison keinen Lauch auf dem Markt findet? Man hat ihn regierungsfeindlicher Agitation und Propaganda bezichtigt.»

Dann wandte er sich an mich:

«In der heutigen Zeit gibt es keine Ophelia und keine Hedda Gabler mehr zu spielen, nur noch Bäuerinnen und Arbeiterinnen, vorbildlich und schematisch, zum Heulen ist das. Willst du trotzdem Schauspielerin werden?»

«Ja.»

Ich erzählte ihm von dem großen Erfolg der Schulvorführung unter Leitung des Akademiestudenten. Ich hatte die Hauptrolle gespielt und alle Kurzszenen geschrieben.

«Schreiben tust du also auch noch! Noch schlimmer! Also fang an, ich höre zu.»

Auf meine Bitte hin ging Vater während meiner Rezitation draußen spazieren: Er hätte mich eingeschüchtert. Vebis Anwesenheit dagegen machte mir Mut. Er fand, ich hätte Talent, und riet mir dringend von der Akademie ab.

«Es wäre einfacher, dort ohne Talent zu überleben. Denn Talent bedeutet Sensibilität, Verletzlichkeit, Zerbrechlichkeit. Man wird dich kaputtmachen, und davon wirst du dich nie erholen!»

«Ich will Schauspielerin werden.»

Vebi ging hinaus, um meinen Vater zu holen, der auf dem Korridor des Gebäudes auf- und abging.

«Und?», fragte er.

«Ich habe eine schlechte Nachricht und eine gute. Zuerst die schlechte: Deine Tochter hat Talent. Die gute ist, ich bin einverstanden, mit ihr zu arbeiten.»

Gleich am nächsten Tag lief ich mit all meinen Texten, die ich für die Aufnahmeprüfung der Akademie ausgesucht hatte, zu Vebi. Es hatte mich viel Mühe gekostet, im nationalen Repertoire ein Stück mit einem Monolog aufzuspüren. Stundenlang hatte ich die Bibliothek nach veröffentlichten Dramen durchstöbert, ohne irgendetwas zu finden, das mir zugesagt hätte. Sollte ich Lezia, die erste Lastwagenfahrerin, interpretieren? Ausgeschlossen. Das einzige lustige Theaterstück, «Der Karneval von Korça», enthält keinen Monolog. Abgesehen davon ist es eine Komödie, ich dagegen sah mich als tragische Mimin, ganz in Schwarz gehüllt und in ein trauriges Schicksal ergeben. Doch für die Aufnahmeprüfung der Akademie war die Darstellung eines komischen Textes vorgeschrieben. In meiner Verzweiflung beschloss ich, auf der Grundlage des «Karnevals von Korça» einen Monolog zu entwerfen. Ich würde Afroviti spielen, eine Durchschnittsbürgerin der Dreißigerjahre. Während die Demonstrationen gegen die Armut die Stadt erfassen und sich die ersten kommunistischen Gruppen bilden, sucht diese alte Jungfer verzweifelt nach einem Ehemann: «Und wenn sich keiner findet, der bereit ist, mich noch in diesem Jahr zu heiraten, dann, das schwör ich euch, bring ich mich um! Dann nehm ich Blausäure!»

Vebi fand meine Wahl ausgezeichnet. Ich war achtzehn, und Mama sagte mir immer: «Du brauchst bloß mit dem Finger zu schnipsen, damit ein Mann gelaufen kommt, um dich zu heiraten.» Doch in meinem tiefsten Innern glaubte ich meinem Vater: Niemand würde mich heiraten, weder dieses Jahr noch in einem anderen. Deswegen war mir die Rolle der Afroviti, die für ein Mädchen meines Alters und meiner Art grotesk war, wie auf den Leib geschrieben, so sehr, dass ein weibliches Jurymitglied mich fünfzehn Jahre später wiedererkannte, als wir uns zufällig auf einer öffentlichen Toilette trafen: «Sie haben damals doch die Afroviti gespielt!»

Nachdem ich den ersten Satz des Monologs deklamiert hatte, sank ich auf einem Stuhl zusammen. Dann stand ich wieder auf, ging um den Stuhl herum und setzte mich erneut, ganz erschöpft, meine erfolglose Jagd auf die ständig davonlaufenden Männer zu erzählen. Vebi lachte, applaudierte und begann, einen seiner eigenen Lieblingsmonologe vorzutragen. Ich schämte mich, die einzige Zuschauerin seiner meisterhaften Darbietung zu sein. In der kellerartigen Wohnung mit den vor Feuchtigkeit fleckigen Wänden wohnte ich unter dem Geräusch vorübergehender Schritte den schönsten Vorführungen bei, die in Albanien gegeben wurden. Schweißbedeckt und von der Inspiration entflammt, sprang Vebi über den Teppich, stieg auf die Stühle und schenkte mir kostbare Momente, Perlen, die er als Zeugen einer vergangenen Epoche aus der Tiefe seiner Seele fischte. Einmal rieb er sich, um Othello zu verkörpern, sogar das Gesicht mit Kohle ein. Seine Frau blieb manchmal bewundernd an der Türschwelle stehen, trat am Ende des Monologs auf ihn zu und küsste ihn. Er strich ihr übers Haar, wobei er ergriffen murmelte:

«Eleonore, Kind, meinetwegen bist du gezwungen, hier zu verfaulen!»

«Ich liebe dich», antwortete sie.

Dann verschwand sie in der Küche und kümmerte sich um ihre gemeinsame Tochter.

«Ich wollte mich nicht scheiden lassen», erklärte Vebi mir. «Ich habe meine erste Frau geliebt. Aber als ich ihr gestand, dass ich mich verliebt hatte, machte sie einen großen Skandal und verlangte die Scheidung. Zwischen Eleonore und mir war nichts Schlimmes geschehen: Wir hatten uns zweimal geküsst. Ich wollte ihre Zukunft nicht zerstören, ich wollte nicht, dass sie als Brotverkäuferin endet; ich wollte, dass sie weiter Literatur studiert. Aber Eleonore hat alles aufgegeben, um mir in dieses Loch zu folgen. ‹Wenn du nicht einwilligst, mich zu heiraten, bringe ich mich um›, hat sie zu mir gesagt. Du siehst, unabhängig von Epoche und Lebensalter führen die Frauen in diesem Land alle das Wort ‹Selbstmord› im Mund, wenn es um ihre Heirat geht. Ich konnte ihr ihre Bitte nicht abschlagen. Ich war verliebt.»

Eleonore war fünfundzwanzig, man hätte sie für sechzehn halten können. Wenn es Engel gäbe, hätten sie ihr Gesicht. Sie sprächen mit ihrer sanften Stimme, ohne zu klagen, ohne Verbitterung. Sie wären in die großen, vom Theater verbannten Schauspieler verliebt.

«Liebe ist eine Privatangelegenheit. Überall auf der Welt sind die Menschen frei, zu lieben und zu heiraten, wen sie wollen. Warum muss man das Leben eines jungen Mädchens zerstören, weil sie sich in einen jämmerlichen Alten verliebt hat?»

Das war, was Vebi laut sagte, heimlich aber färbte er sich die Haare, um wie ein junger Bursche auszusehen. Vergebene Liebesmüh. Seine Anstrengungen, weniger alt zu wirken, machten ihn schlicht lächerlich. Ganz Tirana war über sein Täuschungsmanöver im Bilde. Bei uns hatten die Leute genügend Zeit, sich selbst über die Haarfarbe eines ehemaligen Schauspielers auszulassen, denn abgesehen von den Häftlingen und einigen wenigen Verrückten, unter ihnen mein Vater, widmete sich niemand ernsthaft der Arbeit, dem Tratsch aber sehr wohl. Man erzählte sich sogar, dass ein deutscher Wirtschaftsexperte nach einem Besuch in unserem Land erklärt hatte: «Da es den Albanern offensichtlich gelingt zu überleben, obwohl sie nur zwei Stunden am Tag arbeiten und sich tagtäglich an allen Arbeitsstätten die eigenen Taschen füllen, muss Albanien das reichste Land der Welt sein.»

Ja, wir waren reich … an Zeit. Überall im Land dauerten die Kaffeepausen eine halbe Ewigkeit, und die Mahlzeiten wurden während der Arbeitszeit verzehrt. Es war völlig normal, das Büro eines Beamten um ein Uhr mittags leer vorzufinden, selbst wenn auf dem Schild an seiner Tür stand, dass er bis um drei Uhr Sprechstunde hatte. Um ihn ganz bestimmt anzutreffen, musste man folgende Überlegung anstellen: Es brachte nichts, um acht Uhr morgens hinzugehen, weil es normal war, dass er zu spät kam; ebenso normal, dass er, bevor er mit der Arbeit anfing, einen Kaffee trank, ohne dass ihn jemand störte; um zehn stand die nationale Kaffeepause an; nach zwölf bekam der Beamte langsam Hunger und machte sich zum Heimgehen fertig. Der beste Moment, um ihn abzupassen, war demnach zwischen elf und Mittag – wenn er nicht gerade krank wurde oder in die Ferien fuhr.

Alle stahlen dem Staat so viel Zeit, wie sie es guten Gewissens konnten. Und nicht nur Zeit, sondern alles, was ihnen in die Hände fiel. Stand nicht geschrieben, dass das sozialistische Eigentum dem Volk gehörte? Also eignete sich das Volk das, was ihm zustand, bei jeder sich bietenden Gelegenheit an. Es gab unzählige Anekdoten darüber: «Unter dem Druck der Direktion haben die Arbeiter der Fabrik in einer zweistündigen Versammlung die Entscheidung getroffen, nicht mehr zu stehlen. Ein Kontrolleur postiert sich am Ausgang, um jeden Einzelnen von ihnen zu überprüfen, bevor er die Fabrik verlässt. In der Hosentasche des ersten Arbeiters findet er zwei Nägel: ‹Willst du deine Arbeit etwa wegen zwei Nägeln verlieren? Warum hast du dich nicht an die Entscheidung gehalten, die wir heute erst getroffen haben?› Der Arbeiter erwidert: ‹Ja, wie soll ich denn meiner Frau beweisen, dass ich bei der Arbeit war, wenn ich nichts mit nach Hause bringe?›»

Auch meine Schwester brachte aus dem Dorf, in dem sie eine Stelle als Buchhalterin hatte, Tomaten und Paprika mit. Sie packte sie auf dem Tisch aus, und Mama freute sich.

«Wo hast du das Gemüse her?», fragte Papa.

«Der Brigadier hat es mir gegeben.»

«Und der, wo hat der es her?»

«Vom Feld, alle holen sich da welches.»

«Dann hat er es also gestohlen. Ich will in meinem Haus keine gestohlenen Sachen.»

Meine Schwester lernte ihre Lektion. Von da an belog sie Papa, wenn sie Gemüse aus ihrer Tasche holte:

«Das habe ich gekauft.»

Papa gab ihr das Geld zurück, und es herrschte Friede im Haus. Wir ließen uns das gestohlene Gemüse schmecken: Es war frischer und viel besser als jenes, das wir auf dem Markt kauften. Ich brachte sogar Eleonore welches. Dass es nichts gekostet hatte, gab für sie den Ausschlag, es anzunehmen. Wir lachten über Papas Prinzipien, und Eleonore krönte unsere Unterhaltung mit dem Satz:

«Dein Vater ist ein anständiger Mann.»

Dann betrachtete sie die Fotos von Vebi, die an den Wänden hingen, und fügte mit einem Seufzen hinzu:

«Anständige Männer haben bei uns kein Glück.»

Nach dieser Schlussfolgerung begann die Probe: «Der Mond so bleich wie das Antlitz eines Toten …» Ich liebte diesen Text von Migjeni, dem tragischen Dichter der Dreißigerjahre. Vebi aber war der Ansicht, Afroviti würde mir die Türen der Akademie aufstoßen.

Am Tag der Prüfung zog ich mein schönstes Kleid an, ließ mir das Haar mit Lockenwicklern in Wellen legen und setzte mich, während ich darauf wartete, dass ich drankam, in den KLUB DER SCHAUSPIELER. Ich bestellte einen Kaffee, denn der Salep rief mir mein erstes Treffen mit Vebi – schön und bitter – in Erinnerung. Mama nahm mir gegenüber Platz. Sofort fing sie ein Gespräch mit den Leuten am Nachbartisch an.

«Nehmen Sie auch an der Prüfung teil?»

Ich versuchte, über sie hinwegzuhören und mich auf meine Texte zu konzentrieren. Ich musste sogar singen! Glücklicherweise saß meine Schwester nicht mit in der Jury: Sie meinte immer noch, dass ich falsch sang, trotz meiner riesigen Fortschritte in der Musik. Würde ich den Wettbewerb gewinnen? Ich wandte den Kopf zum Nachbartisch, um meine Rivalen in Augenschein zu nehmen. Ich hätte mich besser mit meinen Texten beschäftigt: Die außerordentliche Schönheit einer Brünetten mit herrlich strahlenden Augen nahm mir jeden Mut.

«Mama, ich werde diese Prüfung nie bestehen, wenn dieses göttliche Geschöpf auch daran teilnimmt.»

Doch Mama hatte sich bereits über den Status der Schönen erkundigt.

«Das Mädchen da ist schon an der Akademie, im dritten Jahr.»

Nach diesen beruhigenden Worten nahm sie ihre Diskussion mit den Jungen wieder auf. Sie sprachen in einem allzu vertrauten Ton mit ihr, der mir etwas eigenartig vorkam, schließlich hatten sie sich erst vor zehn Minuten kennengelernt.

«Du kannst auf meinen Rücken.»

«Kein Problem! Ich war früher in der Volleyball-Nationalmannschaft, ich bin kräftig, aber ich habe Angst, dass du schlappmachst.»

Was sollte denn das?

«Mama, wovon redest du?»

«Von dir.»

«Wie, von mir? Was willst du auf dem Rücken dieses Jungen?»

«Draufklettern und dann vom Fenster aus zusehen, wenn du vor der Jury vorsprichst. Die Fenster da sind sehr hoch!»

Ich hatte keine Zeit mehr herauszufinden, ob das ein Scherz sein sollte oder nicht: Ich wurde aufgerufen. Mit klopfendem Herzen betrat ich den Raum. Doch noch bevor einer der Juroren die Tür schließen konnte, war ein durchdringender Schrei zu hören:

«Viel Glück, mein kleiner Schatz!»

Unter den ebenso erstaunten wie gerührten Blicken der Jury begann ich meine Vorführung mit der Fabel. Dann suchte ich einen Stuhl. Man brachte mir einen aus dem hinteren Teil des Raumes. Nach dem ersten Satz von Afrovitis Monolog ließ ich mich darauf fallen. Der Stuhl brach krachend zusammen. Ich fand mich auf dem Boden sitzend wieder und starrte die Jurymitglieder an.

«Die Männer sind nicht die Einzigen, die mich verschmähen – nicht einmal die Stühle haben Mitleid mit mir», improvisierte ich, während ich mein Kleid abklopfte.

Die Jury lachte. Wenn diejenigen, die einen beurteilen sollen, lachen, ist das ein gutes Zeichen. Ich machte weiter. Das Lied ging einigermaßen daneben, aber ich hatte noch einen Trumpf: Migjenis poetische Prosa. Ich konzentrierte mich, legte so viel Tragik, wie ich konnte, in meine Stimme und wandte die Augen in Ermangelung des Himmels zum Fenster: «Der Mond so bleich wie das Antlitz eines Toten …» Und wen sah ich dort oben anstelle des Mondes am Fenster? Meine Mutter! Ihr Gesicht strahlte. Ich schlug die Augen nieder und starrte auf die dunkelbraunen Bodenfliesen. Es war also kein Witz gewesen! Meine Mutter war wirklich auf den Rücken dieses wildfremden Jungen gestiegen. Hatte sie wenigstens ihre Stöckelschuhe ausgezogen? Ihrer triumphierenden Miene nach zu urteilen, mussten da unten zwei stehen, die den Rücken krümmten, so pudelwohl schien sie sich zu fühlen. Vielleicht war sie ihnen auch kurz entschlossen auf die Schultern gestiegen? Die Fenster lagen wirklich sehr hoch. «Und findet ihr keinen, der befriedigende Verdienste hat, dann weiht die Statue dem, der sie am wenigsten verdient: Gott!» Ich war am Ende angelangt. Die Jury applaudierte, wie es Brauch war.

«Welchen Durchschnitt haben Sie?», fragte mich ein Jurymitglied.

«Zehn von zehn.»

«Und Sie wollen Schauspielerin werden?»

«Das ist mein sehnlichster Wunsch.»

Damals hatte man der Schauspielschule den Spitznamen «Schule der Kläffer» gegeben, weil es nicht unbedingt nötig war, einen guten Durchschnitt zu haben, um aufgenommen zu werden. Ich aber würde bereitwillig kläffen, Hauptsache, sie nahmen mich. Ich nickte der Jury zu und ging hinaus.

«Du warst wunderbar!», rief meine Mutter, die von einer Gruppe junger Leute eskortiert wurde.

«Ist deine Mutter Akrobatin?», fragte mich einer von ihnen.

Meine Mutter ist einzigartig, wollte ich ihm antworten, einfach einzigartig. Unvorstellbar, wie deplatziert sie sein kann.

«Mama, warum bist du denn ausgerechnet in dem Augenblick, als ich meinen tragischen Text aufsagen musste, am Fenster aufgetaucht?»

«Ich war doch von Anfang an da! Ich habe dich auch gesehen, als du den Moment abgepasst hast, um vom Stuhl zu fallen – das war so gelungen!»

Dieses Mal log sie nicht. Sicher, das Zusammenbrechen des Stuhls war das authentischste Element meiner Darbietung gewesen. Was die Jury vom Rest gehalten hatte, würden wir nach einem Monat erfahren.

Als ich aus den Ferien heimkam, stand mein Name auf der Liste der glücklichen Kandidaten, die ihr Studium an der Akademie beginnen konnten. Mama buk Vebi zu Ehren einen großen Kuchen, und ich kaufte Blumen. Trotz seiner Vorbehalte gegenüber der Schauspielkunst in Albanien weinte er vor Freude. Wie gerne hätte ich ihn als Professor gehabt! Ich konnte es kaum erwarten, mit den Stunden anzufangen, doch der Unterricht an der Akademie begann mit einem Monat Feldarbeit. Wir fuhren in den Norden des Landes, um Sonnenblumen zu pflücken. Ich hängte mein schönes Kleid zurück in den Schrank, besorgte mir Arbeitshosen und stieg in einen Bus voller Studenten.

Sie unterhielten sich, klopften sich auf die Schulter und lachten. Ich blieb in meiner Ecke sitzen. Ich kannte niemanden außer dem Studenten, der die Aufführung an unserer Schule organisiert hatte. Er lächelte mir zu, erstaunt und zufrieden darüber, dass ich da war. War ihm bewusst, dass er den Lauf meines Lebens verändert hatte? Er war es gewesen, der in mir den Wunsch geweckt hatte, an der Akademie zu studieren, und wie immer hatte es das Schicksal gewollt, dass ich allein weiterging. Ich wandte den Kopf zum Fenster. Nach vier Stunden Fahrt stieg ich aus dem Bus, in Begleitung meiner selbst.

Alle Studenten stürmten zu den Schlafsälen, um sich ein Bett neben ihren Kameraden auszusuchen. Ich sah mich um: Es war ziemlich egal, neben welchem Mädchen ich schlief, ich kannte sie alle nicht.

«He, du da!»

Ich drehte mich nach der Stimme um. Das schöne, braunhaarige Mädchen mit den außergewöhnlich strahlenden Augen, das ich im KLUB DER SCHAUSPIELER bemerkt hatte, rief mich. Ich ging auf sie zu.

«Willst du mit mir in der Küche arbeiten?»

Ich sah mich um, ob ihre Worte vielleicht an jemand anderen gerichtet waren. Aber außer uns zweien war da niemand.

«Ja», antwortete ich, ohne zu überlegen.

«Die Arbeit ist leichter als auf dem Feld», fuhr sie fort. «Ich bin gleich, als ich aus dem Bus draußen war, zum Küchenchef gegangen und habe mit ihm gesprochen. Für mich geht es klar, aber er braucht noch eine zweite Hilfe. Komm, ich stelle dich vor.»

Wir gingen also zum Küchenchef.

«Na, hast du deine beste Freundin mitgebracht?», fragte er.

«Ja», antwortete die braunhaarige Schöne und warf mir einen komplizenhaften Blick zu.

«Fein», schloss der Chef, «ich kann in meiner Küche keine streitenden Mädchen gebrauchen, weil diese Schauspielerinnen ... na, ihr wisst schon ... Kommt wieder, wenn ihr euch im Schlafsaal eingerichtet habt.»

Mit viel Mühe fanden wir zwei Betten nebeneinander. Als der Morgen graute, flüsterten wir immer noch:

«Weißt du, ich kenne meinen richtigen Vater nicht ...»

«Meine Schwester kennt ihren auch nicht. Aber du hast doch trotzdem einen Vater, der dich großgezogen hat?»

«Ja. Aber schon als kleines Mädchen habe ich gespürt, dass er nicht der richtige war. Eines Tages habe ich meiner Mutter meine Zweifel anvertraut, und sie fing an zu weinen. Da habe ich es begriffen. Von dem Moment an habe ich mich jeden Tag vor die Haustür gesetzt und alle vorbeigehenden Männer angestarrt. Ich erwartete, dass einer von ihnen auf mich zukommen und mir sagen würde: ‹Helena, ich bin dein Vater.› Aber dieser Vater ist nie gekommen.»

«Und dein anderer Vater, hattest du ihn lieb?»

«Ja, ich hatte ihn lieb. Er trank und schlug Mama, aber ich

hatte ihn trotzdem lieb. Er hat mich auch sehr geliebt, obwohl er Mama bei jedem Streit anschrie: ‹Ich habe dich mitsamt dem Bastard genommen!› Aber das sagte er nur, um ihr wehzutun, und nichts auf der Welt verletzte sie mehr als diese Worte. Mich hat er nie geschlagen, nie ein böses Wort an mich gerichtet, im Gegenteil. Er sagte, ich würde mich um ihn kümmern, wenn er einmal alt und krank wäre. Ich bin im Übrigen die Einzige, die ihn noch besucht! Meine Schwestern wollen ihn nicht mehr sehen, seit Mama sich hat scheiden lassen.» – «Wann hat sie sich scheiden lassen?»

«Als ich dreizehn war. Ich bin mit bloßen Füßen aus dem Fenster gesprungen und zur Polizei gerannt, um Papa anzuzeigen. Ich hatte solche Angst, dass er meine Mutter umbringt, er hatte getrunken und brüllte: ‹Für dich bin ich doch bloß ein Lückenbüßer! Den anderen, den liebst du immer noch, aber der hat dich sitzen lassen, meine Teuerste!› Außerdem weinte meine kleine Schwester, die erst ein Jahr alt war, und die anderen auch, aber lautlos. Papa hatte die Tür abgeschlossen, deshalb bin ich mitten in der Nacht ohne Sandalen zum Fenster gerannt …»

Eine Trommel verkündete den Sonnenaufgang. Alle Studentinnen gingen hinaus in den Speisesaal, Helena und ich begaben uns zur Küche.

«Morgen müsst ihr früher kommen», sagte uns der Küchenchef, «damit der Tee zum Frühstück schon fertig ist.»

Wir halfen ihm, so gut es ging, noch ganz zerschlagen von unserer durchschwatzten Nacht. Aber unserem Chef genügten Frauen, die sich nicht stritten, Müdigkeit tolerierte er.

«Ihr könnt euch nicht vorstellen, was es heißt, den ganzen Tag mit Weibsstücken zusammen zu sein, die sich ohne Unterlass zanken. Mit euch habe ich es ja gut getroffen. Schon an der Art, wie ihr euch anseht, erkennt man, was für gute Freundinnen ihr seid. Seit wann kennt ihr euch?»

«Seit gestern», antwortete ich, um ihn zu schockieren.

Doch einen alten Bauern aus dem Norden konnte nichts schockieren.

«Nicht die Zeit macht die Freundschaft», verkündete er, «sondern etwas, das noch stärker ist. Ich lasse euch allein, ich muss zum Lager. Ihr habt euch viel zu erzählen. Aber vergesst nicht, die Kartoffeln zu schälen!»

Mit Messern bewaffnet, saßen wir auf einer Bank und ließen uns von den Sonnenstrahlen liebkosen, während wir weiter unsere Vergangenheit durchforschten, umgeben von einem großen Topf und drei Säcken mit Kartoffeln. Helenas Großvater, der jetzt im Ruhestand lebte, war General gewesen. Sie kannte ihn nicht, er hatte ihre Geburt nie akzeptiert. Helena war ein Kind der Liebe. Ihre Mutter hatte sie empfangen, als sie beim Freiwilligendienst am Bau eines Wasserkraftwerks im Süden des Landes mitarbeitete. Sie war damals erst siebzehn, und der Mann, in den sie sich verliebt hatte, ein paar Jahre älter. Er war von ihrem Rang so beeindruckt, dass er es nicht wagte, ihr zu schreiben. Und sie in ihrem Stolz einer verliebten Frau so gekränkt, dass sie es nicht wagte, ihn zu suchen. Doch als die Tage vergingen, schwoll ihr Bauch an. Die Ärmste wusste nicht, wie ihr geschah. In Begleitung ihrer Mutter ging sie mit Bauchschmerzen zum Arzt und wurde ohnmächtig, als sie die Diagnose hörte: schwanger im dritten Monat! Die letzte Nacht des Freiwilligendienstes war ihr zum Verhängnis geworden. Im Zelt hatte sie sich in den Armen ihres Geliebten vergessen. An seine Gesten erinnerte sie sich nicht mehr, nur noch an den Schrecken der Trennung.

Der General hatte den Übeltäter in sein Arbeitszimmer zitiert: Dieser junge Provinzlehrer schien ihm unwürdig, sein Schwiegersohn zu werden. Ohne die Schwangerschaft zu erwähnen, kündigte er ihm an, dass er aufgrund unsittlichen Verhaltens an eine Dorfschule versetzt werde, und drohte ihm, ihn ins Gefängnis stecken zu lassen, sollte er Kontakt zu seiner Tochter aufnehmen. Ihr erzählte er eine andere Geschichte: Ihr Geliebter mache sich nichts aus ihr und habe die Gelegenheit, mit einer Generalstochter zu schlafen, ausgenutzt, obwohl er schon verheiratet war. Sie fiel ein zweites Mal in Ohnmacht. Nachdem ihr Vater ihr ein Glas Wasser gebracht und ihr übers Haar gestrichen hatte, schlug er ihr den einzig möglichen Ausweg aus dieser verzweifelten Situation vor: eine Abtreibung, ganz diskret. Niemand werde je etwas erfahren, und sie selbst werde diese Jugendsünde vergessen. Die Universität warte auf sie, viele Verehrer mit einer verheißungsvollen Zukunft würden ihr zu Füßen liegen. Sie schlug aus.

Wütend bot der Vater ihr eine letzte Chance: Wenn sie sich schon weigerte abzutreiben, brauchte sie ihr Kind nach der Geburt nur in einem Waisenhaus abzugeben, um wie jungfräulich und ohne Vergangenheit nach Tirana zurückzukehren. Er schickte sie in ein Dorf im Norden des Landes zu einem Paar, das über die Situation Bescheid wusste. Einige Monate später, während er noch auf seine geliebte, um ihre Last und ihren Fehltritt erleichterte Tochter wartete, erhielt er einen Brief: «Sobald du deine eigenen sieben Kinder ins Waisenhaus gebracht hast, werde ich meines abgeben.» Eine glänzende Zukunft für einen Bastard wegzuwerfen, erschien dem General als Akt der Selbstzerstörung. In seinem Herzen erklärte er seine Tochter für tot und schlug ihr endgültig die Tür seines Hauses zu: Sollte sie doch für immer und ewig im Dorf bleiben, damit niemand von ihrer Schande erfuhr! Zwanzig Jahre später hatte er, obwohl alt und ohne politische Macht, seine Meinung nicht geändert.

«Ich werde ihn zur Vorführung an der Jahresabschlussfeier einladen», sagte Helena, «ich spiele eine der Hauptrollen. Wenn er mich auf der Bühne sieht, wird er in mir vielleicht etwas anderes erkennen als den Bastard.»

Drei Mädchen aus Helenas Klasse kamen und störten unsere Zweisamkeit:

«Der Arzt hat uns eine Woche freigegeben!»

«Seid ihr denn krank?», fragte ich.

«Wir sind gute Schauspielerinnen», antwortete eine von ihnen lachend.

«Und schön», fügte die Nächste hinzu.

«Mit diesen Vorzügen wäre es doch idiotisch, den ganzen Tag Sonnenblumen zu pflücken», schloss die Dritte.

Und sie gingen strahlend und glücklich davon. Ich wollte unser Gespräch fortsetzen, aber Helena warnte mich mit gedämpfter Stimme:

«Siehst du den Mann, der da auf uns zukommt? Ich wette, er will zu dir. Das ist dein Professor. Seine Protegée hat eben ihr Studium abgeschlossen, und du siehst ihr ähnlich. Er wird dir den Hof machen.»

«Der Professor?»

Helena warf mir einen vielsagenden Blick zu. Der Mann trat auf uns zu.

«Schält ihr Kartoffeln oder enthüllt ihr die Geheimnisse eurer Seelen?», fragte er mit Verführermiene.

«Beides», antwortete Helena mit einem Lächeln.

«Ihr habt Glück», fuhr er fort, «aber ich auch. Man sagte mir, unter den Neuen sei kein einziges schönes Mädchen, aber soeben stelle ich fest, dass das nicht stimmt.»

«Und ich stelle soeben fest, dass ein Professor der Kunstakademie sich benimmt wie ein gewöhnlicher Aufreißer», versetzte ich.

«Hoffen wir mal, dass dein Talent mit deiner Dreistigkeit mithalten kann», sagte er, indem er mir direkt in die Augen sah. «Ich kann es kaum erwarten, das in Augenschein zu nehmen.»

Und er ging ohne ein weiteres Wort.

«Was ist denn in dich gefahren?», wies Helena mich zurecht. «Er ist Parteisekretär an der Kunstakademie.»

«Ich kann vulgäre Männer nicht ausstehen.»

«Jetzt pass mal auf: In diesem Metier haben die Leute ein etwas loseres Mundwerk als anderswo. Da muss man mitspielen, sich mit einem Witz, einem Bonmot herausreden oder so tun, als hätte man nicht verstanden. Dieser Mann wird es dir nicht verzeihen, dass du ihn beleidigt hast, noch dazu vor einer Zeugin. Er ist dein Professor. Mit ihm wirst du die Hälfte deines Tages und sogar noch mehr verbringen. Und er wird dir zum Jahresabschluss deine Note geben.»

Helena hatte sich nicht geirrt. Obwohl wir während des ersten Semesters keine Noten, sondern nur Beurteilungen bekamen, konnte ich die unfreundlichsten für mich verbuchen. Ständig wurden meine Kurzszenen wegen ihrer Merkwürdigkeit oder ihrer ideologischen Fehler abgelehnt. Immer häufiger dachte ich an Vebis Vorhersage, aber ich gab nicht klein bei. Ich wollte Schauspielerin werden. Papa versuchte, mir zu helfen: Er hatte zwei Theaterstücke geschrieben, aber sein Talent als Dramatiker reichte nicht aus, um ein einziges Stück von ein paar Minuten Dauer zu schreiben, das meinen Professor hätte zufriedenstellen können. Mama lief im ganzen Viertel herum, um Dinge aufzutreiben, die mir im Unterricht nützlich sein würden: zwei große Puppen und einen Spielzeugzug, als ich eine Kindergärtnerin spielte, einen weißen Kittel für eine Rolle als Krankenschwester. Ich versuchte mich sogar im Straßenkehren – eine Arbeit, die bei uns von den Zigeunerinnen getan wurde. Sie empfingen mich mit solch einer Freude, als ich mir bei ihnen eine Uniform und einen Besen ausleihen wollte! Es machte sie stolz, dass ihr Beruf auf der Bühne aufgewertet werden sollte! Sie suchten mir die neueste Uniform und einen unbenutzten Besen heraus. Zum Üben ging ich am Abend als Straßenkehrerin verkleidet vor das Hoftor und begann, ein Stück Straße zu fegen. Zwei Männer näherten sich mir.

«Sieh da, eine Neue», sagte einer der beiden.

«Eine Weiße!»

«Du bist wohl aus dem Internierungslager für Huren zurück? Keine Sorge, wir werden dir schon in dein Metier zurückhelfen.»

Entsetzt gelang es mir, eine Hand zurückstoßen, die sich auf meinen Po zubewegte.

«Ich bin Studentin der Kunstakademie, ich übe für meine Rolle!», konnte ich noch stammeln.

Sofort änderte sich ihre Haltung, und sie gaben sich beschützerisch:

«Geh nachts nicht draußen fegen, Schwester. Nicht, dass du noch Ärger bekommst. Entschuldige und viel Glück für die Rolle. Vielleicht sehen wir dich eines Tages im Kino?!»

Erschüttert ging ich zurück ins Haus. Ich schlief schlecht. Nichtsdestotrotz nahm ich am nächsten Morgen Uniform und Besen sowie einen Sack mit trockenem Laub und machte mich auf den Weg zur Schule.

Zwei Klassenkameraden mussten hinter einem Vorhang stehen und mit einem großen Stück Karton Wind machen. Ich fegte. Es war kalt. Ich, die Straßenkehrerin, hatte keine Handschuhe. Trotzdem fegte ich weiter. Plötzlich bemerkte ich ein vom Sturm zerschlagenes Schaufenster. Drinnen lagen Handschuhe, warme Pullover und sogar Wollschals. Ich sah auf meine steif gefrorenen Hände, meine durchlöcherte Strickjacke unter der Uniform und die menschenleere Straße: Niemand würde es erfahren, wenn ich ein Paar Handschuhe stahl! Ich probierte all die faszinierenden Artikel des Geschäfts aus. Zuletzt aber ließ ich sie seufzend an ihrem Platz liegen. Ich beschloss, die ganze Nacht lang Wache zu stehen, damit niemand sie entwendete. Ich fand meine Haltung heroisch, der Professor aber hielt sie für einen ideologischen Fehler. Alles musste eindeutig sein: Man denkt nicht mal ans Stehlen, selbst wenn einem kalt ist, selbst wenn man keine Handschuhe hat.

Auch mit der folgenden Szene hatte ich kein Glück. Dieses

Mal spielte ich eine Bäuerin, die von ihrer Familie verlobt worden war. Im traditionellen weißen Kleid und, wie es Brauch war, von einer Frau aus der Hauptstadt geschminkt, ging sie am Tag ihrer Hochzeit jedoch mit einem anderen, ihrem Herzallerliebsten, auf und davon. Dem Professor passte auch diese neue Idee nicht:

«Warum wartet das Mädchen ausgerechnet bis zum Tag ihrer Hochzeit, um in einem weißen Kleid mit ihrem Geliebten fortzugehen?»

«Weil man sie an diesem Tag weniger bewacht, vor allem aber, weil sie vor ihrem Geliebten schön aussehen will.»

Der Professor war der Ansicht, meine Figur leide an einer Eitelkeit, die den Bäuerinnen, die den Sozialismus aufbauten, fremd war. Ich schaffte es nicht, eine vorbildliche Heldin zu erfinden: ohne Zweifel, ohne Eitelkeit, ohne Schwächen. Ich verlor den Mut.

«Du musst weiter an dich glauben», riet Helena mir. «Das erste Jahr geht vorüber, und im zweiten bekommst du einen anderen Professor.»

Ihre Augen glitzerten, aber sie beeindruckten mich nicht mehr so sehr. Ich war hinter das Rätsel gekommen: Was sie so glänzen ließ, war der Hunger. Ja, sie hatte Hunger. Das Stipendium, das der Staat ihr bewilligte, war lächerlich gering, und sie gab es für Kleider aus, um vor ihrem Geliebten schön auszusehen, und für Geschenke an ihre Familie. Es blieb ihr gerade genug, um einmal alle zwei Tage zu essen.

«Meine Mutter ist sehr arm, sie muss mit ihrem Arbeitergehalt vier Kinder großziehen. Papa trinkt immer noch, und Mama will ihn nicht anzeigen, wenn er das Geld, das er seiner Familie schuldet, nicht zahlt: der Ärmste! Er ist ein wunderbarer Mann, wenn er nicht getrunken hat, aber die Flasche macht ihn zum Tier.»

Am Tag nach diesem Geständnis erklärte ich meiner Mutter, dass mich ein unwiderstehlicher Appetit gepackt hatte:

Sie sollte mir jeden Morgen ein riesiges belegtes Brot mit den besten Zutaten zubereiten. Mama freute sich, wie immer, wenn es darum ging, mich zu verköstigen. Käse, Eier, Salami, Tomaten, Gurken, Salatblätter und Oliven zierten zwei große Scheiben Schwarzbrot. Genug, um vier Leute satt zu bekommen! Sie wickelte das Ganze in Papier ein, verstaute es in einer Tasche und wünschte mir einen guten Appetit. In Wirklichkeit hatte ich beschlossen abzunehmen. Bis mittags nichts zu essen, würde mir keineswegs schaden. Und Helena würde ihren Hunger stillen können. Jeden Morgen übergab ich ihr das Paket meiner Mutter. Sie schaffte kaum die Hälfte, den Rest würde sie am Abend essen. Oft kam sie zum Nachtmahl zu uns, doch wegen ihrer Probenzeiten für die Vorstellung zum Jahresabschluss war das nicht jeden Abend möglich. Bei diesen Einladungen bemerkte ich, dass Helenas Augen, die bei ihrer Ankunft fürchterlich glitzerten, nach dem Essen einfach nur leuchteten.

Ich hatte in meinem Leben schon viele schöne Frauen gesehen, aber keine, die ein so vollkommen göttliches Aussehen hatte. Helenas Schönheit brachte mich aus der Fassung, und ihre Art zu lieben noch mehr. Ungeduldig wartete sie bis zwei Uhr morgens hinter einem Gebüsch, einzig und allein, um ihren Geliebten nach den Proben vor dem Theater vorbeigehen zu sehen. Ich sah sie, wie sie zu diesen Treffen ging, angespannt und blind, übermenschlich. Sie lief nicht über die Straße, sie schwebte über dem Gehsteig, den Passanten, den Fahrrädern. Ich machte ihr Vorwürfe.

«Du hast etwas Besseres verdient als einen Playboy, der gerade mal genug Talent hat, um den Frauen den Kopf zu verdrehen.»

«Du täuschst dich, er hat auch als Schauspieler Talent.»

«Vielleicht, aber er hat dich nicht verdient.»

Sie schwieg. Sie sagte einfach, dass ich es nicht verstehen könne.

«Natürlich kann ich das nicht verstehen: Wie kannst du jemanden, der dich nicht liebt, bis zum Wahnsinn lieben?!»

Eines Tages lautete ihre Antwort anders:

«Ich kann nicht verlangen, dass er mich liebt. Es genügt mir, dass er existiert, und dass er mich außerordentliche Gefühle empfinden lässt.»

«Und gleichzeitig mit anderen Frauen ausgeht?»

«Ich kann ihn nicht daran hindern.»

«Aber warum denn nicht?»

«Weil ich keine Frau bin!», schrie sie mir ins Gesicht.

«Was soll das heißen?»

Es überlief mich kalt: Vor mir erstrahlte die vollkommenste aller Frauen! Und doch begriff ich mit einem Schlag, dass es stimmte, was sie eben gesagt hatte, so absurd es auch scheinen mochte.

«Der Arzt hat gesagt, dass ein Kindheitstrauma meinen Körper an seiner Entwicklung gehindert hat. Ich bin zwar groß, aber ich habe keine Brüste.»

«Du hast doch welche!»

«Ich trage Büstenhalter mit Watte. Hast du nicht bemerkt, dass ich mich nie ausziehe, wenn andere Mädchen dabei sind?»

Sie nahm eine Zigarette und hielt mir auch eine hin.

«Das, was aus einem kleinen Mädchen eine Frau macht – Schamhaar, Monatsblutung –, das habe ich nicht. Der Arzt hat mir geraten, mich am Ende des Schuljahrs operieren zu lassen. Aber, was auch geschieht, Kinder werde ich keine bekommen können: Ich werde eine künstliche Frau sein. Begreifst du jetzt? Was habe ich meinem Geliebten schon zu bieten, außer meinem Herzen? Wie könnte ich ihm verwehren, eine Familie zu haben, und Erben? Wie könnte ich ihn daran hindern, mit anderen auszugehen? Nach der Behandlung werden wir Liebe machen können. Aber im Augenblick ist das unmöglich.»

Sie drückte ihre Zigarette aus und nahm eine neue.

«Wenn ich zu unseren Verabredungen gehe, verschränke ich ununterbrochen die Arme vor der Brust, damit er nichts merkt. Jedes Mal, wenn seine Hand unter meinen Bauch wandern will, mache ich mich los, so sehr schäme ich mich, dass er in mir keine Frau sehen wird! Ich überlasse ihm nur mein Gesicht. Wenn er jedoch weitergehen will, ziehe ich mich bestürzt zurück, stoße ihn von mir. Und in diesen Momenten, wenn der Mond sein halb im Schatten liegendes Gesicht erleuchtet, macht er mir Angst: Es ist, als hätte ich einen Wolf vor mir.»

Spürte er die Furcht dieses kleinen Mädchens, das Angst vor dem Wolf hatte und über alles Körperliche hinaus verliebt war?

«Begreifst du jetzt, warum ich dich nicht zum Strand begleiten wollte?»

Helena erschien mir nun noch erhabener: ein Symbol für die Lage der Frau in Albanien. Wir alle waren kleine Mädchen, von Wölfen verführt. Wir alle suchten die reine Liebe – Brüste und Schamhaar waren nur Mittel, um dieses Ziel zu erreichen. Man könne es sogar ohne sie erreichen, redeten unsere Väter uns ein, manche mithilfe von Gürtelschlägen, andere durch ihre beschützerische Zuneigung. Hin- und hergerissen zwischen unserem von der Natur geschenkten Körper und der Erziehung unserer Eltern, waren wir Mädchen unglücklicher als Helena. Wir trugen unseren Körper wie eine Last mit uns herum. In meiner Familie redete man nicht über ihn. Man redete über die Seele und die Gefühle, über Wahrheit und Lüge, aber nie über den Körper. Meine Mutter hatte mich in keinster Weise auf mein Leben als Frau vorbereitet, so sehr schämte sie sich, derlei Themen anzuschneiden. Über die Monatsblutung war ich schlicht entsetzt, und die Aussicht, Kinder zu bekommen, hielt ich für eine Ungerechtigkeit der Natur. Was konnte ich Helena sagen?

«Ich bin mir sicher, dass dem Professor deine neue Szene gefallen wird», wechselte sie das Thema.

«Meinst du?»

«Ja, sie ist sehr originell.»

Ich hatte mir bei der Konzeption viel Mühe gegeben, auch wenn die Idee ursprünglich von Papa stammte.

«Warum versuchst du nicht, dir etwas über das Partisanentheater auszudenken?», hatte er mir vorgeschlagen.

Genial! Sofort machte ich mich an die Arbeit: In meiner neuen Szene sollten die Partisanen des Widerstands eine Aufführung vor den Dorfbewohnern geben. Doch ihr Kurier, der die Rolle von Liu, dem Diener des faschistischen Bürgermeisters von Tirana, spielen sollte, war noch nicht zurück. Was nun? Da trat ich auf die Bühne. Ich war eine theaterbesessene Partisanin, doch das Stück sah nur Männerrollen vor. Da ich alle Proben zum Vergnügen mitverfolgt hatte, konnte ich den ganzen Text auswendig, auch die Rolle des Liu. Ich schlug vor, den abwesenden Boten zu ersetzen. Man lachte mich aus. Ich band mir die Haare zusammen, nahm Hut, Schnurrbart und Dienerkostüm und … alle staunten über meine Verwandlung. Dann begann ich, mit tonloser Dienerstimme den Liu zu spielen. Der Spielleiter war begeistert und gratulierte mir. Der Vorhang hob sich, das Partisanentheater begann mit der Vorstellung.

Trotz seiner Bissigkeit mir gegenüber nahm der Professor diese Szene für die Prüfung am Jahresabschluss an. Doch er fügte seinen Teil zum Text bei. Meinem Kommilitonen, der den Leiter der Vorstellung spielte, legte er Beleidigungen in den Mund nach der Art:

«Ihr Frauen habt zwar lange Haare, aber eine kurze Logik.»

Kommentarlos akzeptierte ich diese Änderungen. Der Professor griff mich an:

«Du glaubst wohl, dass das, was ich einfüge, banal ist, oder?»

Genau das glaubte ich.

«Ich denke, dass die Partisanen sich nicht über die in den Krieg gezogenen Frauen lustig gemacht haben, schließlich hatten sie wie die Männer ihre Familien verlassen, um gegen den faschistischen Besatzer zu kämpfen.»

«Diese kleine Bemerkung ist ja auch nicht böse gemeint, die Szene bekommt so nur ein wenig mehr Humor.»

Der Humor des Professors bestand darin, meine Rolle so klein wie möglich zu machen und die Texte aller anderen Figuren auszubauen, damit ich, beiseitegedrängt und herabgesetzt, möglichst selten auf die Bühne kam. Letztlich aber war er machtlos: Mütze und Schnurrbart standen mir ausgezeichnet, und auf seltsame Weise verwandelte ich mich in einen jungen Mann. Auch die anderen Mädchen der Klasse versuchten es, aber sie blieben Mädchen mit Schnurrbart. Ich war die einzige Androgyne in der Klasse. Es genügte, dass ich Lius Uniform anzog und seinen Schnurrbart anklebte, um die Bühne erstrahlen zu lassen und die ganze Aufmerksamkeit des Publikums auf mich zu ziehen. Die Vorführung wurde ein Triumph. Die Zuschauer spendeten mir großen Beifall, dreimal musste ich zurück auf die Bühne, um mich zu verbeugen. Meine Eltern waren sehr stolz, und Helena weinte vor Rührung. Ich fühlte mich erleichtert. Das Schuljahr war zu Ende und damit auch mein Albtraum. Eine Woche später erhielten wir die Prüfungsergebnisse. Ich wurde nicht versetzt.

Den ganzen Sommer über arbeitete ich hart, um mich im September noch einmal präsentieren zu können. Doch das Urteil meines Professors blieb unwiderruflich: Ich musste das Jahr wiederholen. Nein, ich würde nicht mehr in die «Schule der Kläffer» gehen! Ich hatte zu bellen versucht und es nicht gekonnt. Sogar das Sprechen hatte ich verlernt. Sie hatten meine menschliche Stimme verwundet und verwüstet! Und in meiner Seele selbst jenes natürliche Licht erstickt, das jedem menschlichen Wesen bei seiner Geburt mitgegeben wird. Ich hatte überhaupt kein Talent mehr. Was konnte ich jetzt noch verlieren?

Meine Mutter, die mich bislang leidenschaftlich unterstützt hatte, fand mit einem Mal, dass die Akademie die Mühe nicht wert war. Schauspielerin zu werden, hielt sie jetzt für dumm, und die «Schule der Kläffer» war in ihren Augen nur noch ein Ausweg für Schüler mit sehr schlechtem Notendurchschnitt.

«Für diesen Beruf braucht man kein Gehirn zu haben. Es reicht zu gehorchen, abzuwarten und so zu tun als ob. Du bist doch aus einem anderen Holz geschnitzt», sagte sie. «Mit deinem Durchschnitt kannst du überall anfangen.»

«Natürlich. Überall da, wo die Heimat mich braucht.»

«Wir werden zur Hochschulrektorin gehen, damit du die Fakultät wechseln kannst.»

Der Chauffeur der Rektorin war ein Schüler meiner Mutter gewesen, und sie richtete es ein, ihn zu treffen, damit er uns einen Termin im Ministerium arrangierte.

«Natürlich, Frau Lehrerin! Wie könnte ich dir einen Wunsch abschlagen? Wir zwei, wir haben zusammen gekickt, als ich in der Sechsten war», antwortete der Chauffeur.

Er brachte uns zur Hochschulrektorin, einer Frau, die während der Zeit, als bevorzugt Landfrauen befördert wurden, direkt aus der Provinz gekommen war.

«Warum wollen sie dich an der Kunstakademie denn nicht? Du siehst wirklich wie eine Filmschauspielerin aus!», rief sie.

«Sie sagen, ich kann nicht spielen.»

«Sie sollen es dir doch beibringen: Der Staat bezahlt sie dafür.»

«Ich habe kein Talent.»

«Bist du dir sicher?»

«Das haben sie mir jedenfalls gesagt. Und wenn ich dieses Jahr kein Talent habe, dann kann ich es auch im nächsten

Jahr nicht haben! Ich brauche nicht wieder hinzugehen. Ich möchte die Fakultät wechseln.»

«Das ist schade. Was möchtest du machen?»

«Literaturwissenschaft.»

Sie dachte einen Moment nach.

«Du weißt schon, dass das sehr schwierig ist. Alle wollen Literatur studieren.»

Sie öffnete einige Akten und schlug sie wieder zu, sah andere aufmerksam durch und stieß zuletzt einen Seufzer aus.

«Dann werden wir für unsere Schauspielerin eben eine Ausnahme machen», verkündete sie spitzbübisch. «Für das Literaturstudium braucht man kein Talent.»

Ich hätte sie umarmen mögen, schüttelte ihr aber zum Zeichen des Dankes lediglich die Hand. Mama wartete vor der Tür auf mich, in Begleitung des Chauffeurs, der uns nach Hause zurückfuhr. Wir sangen und scherzten, und langsam kehrte ich ins Leben zurück. Ich verabschiedete mich von meinem Akademietraum, an den meine Freundschaft zu Helena die einzige angenehme Erinnerung blieb. Ihr Großvater war zur Vorstellung gekommen, um seine Enkelin zu sehen, und war schließlich ihrem Charme erlegen. Von da an wich er nicht mehr von ihrer Seite. Er hatte sie sogar während ihrer Hormonbehandlung im Krankenhaus besucht und sie eingeladen, anschließend bei ihm zu wohnen. Am letzten Abend, bevor sie die Hauptstadt endgültig verließ, um in ihr Dorf im Norden heimzukehren, wo sie eine Stelle als Leiterin des Kulturzentrums antreten sollte, schlief sie bei mir im KLEINEN ZIMMER. Sie war erhaben, wie neu geboren und weniger dünn als früher, und als sie mich fest, ganz fest umarmte, schworen wir einander, uns immer lieb zu haben.

Am nächsten Morgen zeigte sie mir stolz ihre neue Brust:

«Siehst du, ich bin richtig schön und richtig künstlich.»

«Du bist die echteste Frau, die es gibt! Du hattest dieses neue Zubehör nicht einmal nötig.»

Ich begleitete sie bis zur Bushaltestelle, wo ihre ganze Familie versammelt war; der Großvater weinte. Nun, gegen Ende seines Lebens bedauerte er vielleicht seine frühere Grausamkeit, seine Unmenschlichkeit und Roheit.

Auf dem Heimweg begegnete ich auf dem großen Boulevard einem anderen Rohling: meinem Professor. Er ging mit seiner Frau spazieren. Ich grüßte nicht zurück. Noch Jahre später schaltete meine Mutter unter Verwünschungen den Fernseher aus, sobald er auf dem Bildschirm erschien. Mein Vater, der philosophischer und weniger nachtragend war, behauptete, das Schicksal habe mich nur durch die Akademie geschleust, um mir das Literaturstudium zu ermöglichen. Und der Professor, was dachte er darüber? Ich habe ihn eines Tages zufällig im KLUB DER SCHAUSPIELER getroffen, zu der Zeit, als Enver Hoxha bereits gestorben war: Die Sitten wurden liberaler. Er war nicht mehr Parteisekretär.

«Verzeih mir. Ich war jung, ich wusste nichts von der Kunst und nichts vom Leben», gestand er mir. «Ich war arrogant und selbstgefällig. Aber im Grunde habe ich dich immer geschätzt. Wenn du die Bühne betreten hast, sagte ich mir: Sie spielt nicht, sie ist. Ich will dir etwas gestehen: Über die Jahre hinweg habe ich unglaublich viele Kurzszenen gesehen, um die fünfzig pro Jahrgang. Ich habe alle vergessen, nur an deine erinnere ich mich noch.»

Er lud mich zum Essen ein, und ich bestellte die besten Gerichte, vor allem aber die teuersten: Ich wollte nicht, dass er so billig wegkam!

«Ich denke trotzdem, dass das Literaturstudium besser zu dir gepasst hat», rechtfertigte er sich.

Trotzdem fehlte mir das Theater. Wer einmal im Leben Bühnenluft geschnuppert hat, bleibt für immer davon gepackt. Der Geruch der Schminke, die Farben der Bühnenbilder, der Lärm der Maschinen beim Szenenwechsel faszinierten mich. Bis auf das Endprodukt liebte ich alles, was das Theater ausmacht: Schauspieler, Bühnenbildner, Spielleiter, Musiker. Die aufgeführten Stücke dagegen fand ich erbärmlich.

In meinem tiefsten Innern hatte ich den Wunsch, der Schauspielerei nahe zu bleiben. Deshalb machte ich nach dem Literaturstudium, das extrem geistlos war und tatsächlich keinerlei besonderes Talent verlangte, einen Aufbaukurs für Theaterkritik. Wenn ich zum Schauspielern nicht fähig war, kritisieren würde ich wenigstens können! Und der einzige Ort, an dem dieser Traum Wirklichkeit werden konnte, war

DIE REDAKTION DER ZEITSCHRIFT «BÜHNE UND BILDSCHIRM»

im Erdgeschoss des Bildungs- und Kulturministeriums. Diese Zeitschrift war in Albanien der einzige ausschließlich der Kunst geweihte Tempel. Das kurz vor Enver Hoxhas Tod gegründete Magazin enthielt nicht nur Artikel über albanische Theaterstücke und Filme, sondern auch eine Rubrik zur zeitgenössischen Kunst und zur internationalen Kunstszene. Ich beschloss, mein Glück zu versuchen. Der Kulturverantwortliche, dem die Zeitschrift direkt unterstellt war, hatte sein Studentenzimmer mit meinem Vater geteilt. Zudem war er, unmittelbar bevor er diesen Posten übernahm, mein Professor für Ästhetik gewesen.

«Glaubst du, er erinnert sich an mich?», fragte ich einen Freund, mit dem ich einige Literaturseminare besucht hatte.

«Darauf gebe ich dir Brief und Siegel», antwortete er mir. «Ich wette sogar, dass er nachts von dir geträumt hat. Keine Angst, geh einfach hin, du bekommst bei ‹Bühne und Bildschirm› bestimmt eine Stelle als Journalistin.»

Um selbige bemühten sich allerdings bereits achtzehn andere Bewerber, die sie alle sehr viel eher verdienten als ich. Aber ich hatte mich daran gewöhnt, das Unmögliche zu wagen. Um mir keine Chance zu vergeben, entschloss ich mich sogar, es mit suggestiver Telepathie zu versuchen. Nach Meinung eines Freundes, der sich für Parapsychologie begeisterte, war es möglich, seinem Gesprächspartner einen Gedanken zu übertragen, ohne dass er es bemerkte. Sobald ich das Büro des Verantwortlichen betreten hatte, fing ich daher an, mir wie besessen innerlich vorzubeten: ‹Frag mich nach dem Namen meines Vaters.› Ich hielt es für äußerst subtil, dass ich nicht versuchte, eine alte Freundschaft zwischen Papa und einem Mächtigen auszunutzen, und sie mir trotzdem zunutze zu machen.

«Sie waren meine Studentin», sagte der Kulturverantwortliche.

‹Frag mich: Wie heißt dein Vater?›, antwortete ich ihm innerlich.

«Ja, und alle Studenten bedauern, dass Sie keine Ästhetikseminare mehr geben.»

«Ich stand in der Pflicht, einem wichtigeren Ruf zu folgen. Aber sagen Sie, was führt Sie zu mir?»

‹Warum fragst du mich nicht, wer mein Vater ist?›

Laut erzählte ich ihm von meiner Leidenschaft für das Theater und meiner Lust, in diesem Bereich zu arbeiten, trotz meines Scheiterns an der Kunstakademie – ein Scheitern jedoch, das mir erlaubt hatte, das Schauspielmetier ein wenig von innen her kennenzulernen. Ich erklärte ihm, dass ich durch das Literaturstudium meine Bildung abgerundet hatte, obwohl ich während der vier Jahre in Wirklichkeit nur auf zwei Bücher gestoßen war, die man unbedingt kennen musste. In meiner Rede wurde der Aufbaukurs für Kunstkritik zur Schule des Jahrhunderts, die mir die Mittel an die Hand gegeben hatte, das zeitgenössische und sogar das Theater der Zukunft kritisch zu betrachten. Nach dieser langen Vorrede enthüllte ich endlich den Zweck meines Kommens: Ich wollte Journalistin bei der Zeitschrift «Bühne und Bildschirm» werden.

«Da kann ich leider nichts für Sie tun. Ich bedaure sehr. Für diese Stelle haben bereits mehrere anerkannte Bühnenautoren und Theaterkritiker ihre Bewerbung eingereicht. Sie sind noch sehr jung, Sie haben gerade erst Ihr Studium abgeschlossen …»

‹Du brauchst bloß im Terminkalender auf meinen Familiennamen zu schauen, um dich an meinen Vater zu erinnern …›

«Bitte verstehen Sie mich richtig, ich zweifle weder an Ihrem Enthusiasmus noch an Ihren intellektuellen Fähigkeiten im künstlerischen Bereich. Ich bin mir übrigens sicher, dass ich Ihnen in Ästhetik eine gute Note gegeben habe, oder?»

«Ja.»

‹Aber du musst mir eine andere Frage stellen: Wessen Tochter bist du?›

Das Vorstellungsgespräch schloss mit nicht enden wollendem Bedauern seitens des Kulturverantwortlichen. Ich ging zur Tür. Zum Teufel mit der suggestiven Telepathie!

«Warten Sie einen Augenblick! Ich sehe hier gerade Ihren Namen und … wie heißt Ihr Vater?»

Ich drehte mich zu ihm um, das Gesicht weiß vor Erregung. Ich nannte ihm den Namen meines Vaters.

«Weißt du, dass dein Vater und ich Freunde waren, und dass wir während unseres Literaturstudiums im selben Zimmer geschlafen haben?»

«Ja, das weiß ich.»

«Aber warum hast du mir das nicht gesagt?»

‹Hab' ich doch!›, dachte ich bei mir und erklärte:

«Weil ich nicht geglaubt habe, dass dieses Detail nützlich wäre.»

Ich spielte meine Rolle meisterhaft. Zuerst das bescheidene junge Mädchen, das sich nur in seinem eigenen Namen vorstellt. Dann die Stolze, die aus den Freunden ihres Papas keinen Profit schlagen will. Und zuletzt die Ernste: Ich mache mir keine Illusionen darüber, dass die Kommilitonen von einst noch Freunde sein können, wenn der eine Zigaretten verkauft und der andere einen Sessel im Ministerium besetzt. Solltest du das Unmögliche tun, um mich vom Gegenteil zu überzeugen?

«Ich werde dir helfen, und sei es auch nur, weil du die Tochter von Mohamed bist», sagte mir der Kulturverantwortliche verheißungsvoll. «Grüße ihn von mir. Ich habe diesen Gerechtigkeit liebenden und ehrlichen Mann, für den das Leben nicht einfach gewesen ist, in bester Erinnerung behalten.»

Der Ton seiner Worte sagte klar und deutlich: ‹Ich bin außerstande, das Schicksal meines Freundes zu beeinflussen, aber indem ich dir, seiner Tochter, helfe, entledige ich mich indirekt der Last meiner Schuld gegenüber einem Mann, der es gewagt hat, sich selbst treu zu bleiben.› Ich hatte die Gewissheit, die Stelle als Journalistin bekommen zu haben.

Zwei Tage später bestellte mich der Chef der REDAKTION zu einem Treffen ein, und keine Woche später begann ich die Arbeit in einem Büro im Erdgeschoss des Ministeriums, neben dem einzigen Fenster, das auf einen Innenhof voller Bäume und Blumen hinausging. Ob es sie wohl noch gibt? Vielleicht, die REDAKTION jedenfalls nicht. Sie ist mit der Demokratie geschlossen worden. Ich bin ausgewandert, um meine Pläne von einem Leben anderswo zu verwirklichen, und der Chefredakteur, Zef Murati, ist in sein Dorf im Norden zurückgekehrt, um seinen Traum zu leben: Er ist Schäfer geworden.

Zef wurde in eine Familie armer, analphabetischer Bauern geboren. Während seine Brüder die Schule hassten und nur die acht Pflichtjahre absolvierten, liebte Zef die Bücher und vor allem die Poesie. Schon als ganz kleiner Junge schrieb er Gedichte, während er die Schafe auf die Weide führte. Mit ein paar Blatt Papier in der rechten und einem Bleistift in der linken Tasche versteckte er sich vor den Blicken der anderen, um je nach Jahreszeit in der Nähe des Sees oder in den Bergen vor sich hinzukritzeln: Er schämte sich, nach den erledigten Hausaufgaben zu schreiben. Was sollte er seiner alten Mutter sagen, wenn sie ihn die ganze Nacht hindurch Seiten füllen sah?

«Brauchst du die für die Schule?», fragte sie ihn.
«Nein.»
«Aber warum schreibst du dann so viele Seiten voll? Warum überanstrengst du dich, anstatt zu schlafen?»
«Zu meinem Vergnügen», antwortete er seiner verblüfften Mutter.
Sie dachte, ihr Sohn werde verrückt: Zef war so anders als seine Brüder und Vettern, die ständig wegen Diebstahls, Raufereien und anderer kleiner Delikte im Gefängnis saßen. Sie hätte verstanden, dass man ein schönes Fahrrad mitgehen ließ oder seine Faust in eine allzu arrogante Visage schlug, selbst wenn man dabei eine Gefängnisstrafe riskierte. Doch dass ein menschliches Wesen stundenlang niederkauerte, um schwarze Buchstaben zu entziffern und daraufhin selbst welche zu produzieren, war ihr unbegreiflich. Nein, ihr Sohn musste krank sein. Sie war schon im Begriff, ihn zum Arzt zu schicken, als eine unglaubliche Nachricht das Dorf in Aufruhr versetzte: Zefs Name stand in der Zeitung! Der Oberschüler hatte einen Poesiewettbewerb gewonnen, für den es sogar ein Preisgeld gab. Von dem Augenblick an wurde Zef zum Helden des Dorfes, er war der einzige Bewohner, der in der Hauptstadt bekannt war. Seine Mutter hielt ihn nicht mehr für verrückt: Sie dachte einfach, ihr Sohn könne Geld scheffeln, ohne irgendetwas zu tun, indem er schwarze Buchstaben auf weißes Papier kritzelte, weil es in der Hauptstadt, wo der Wettbewerb stattgefunden hatte, keinen einzigen vernünftigen Menschen mehr gab. Ganz gewiss, sie waren alle geisteskrank. Umso besser für ihren Sohn. Sie schickte ihn nicht zum Arzt, denn sich von einer solchen Krankheit heilen zu lassen, war eine teure Angelegenheit. Daran zu leiden brachte dagegen durchaus süße Früchte. Dank seiner merkwürdigen Krankheit kam ihr Sohn jedenfalls in den Genuss eines staatlichen Stipendiums.
Seit er in Tirana studierte, stand sein Name immer häufi-

ger in den Zeitungen. Wie stolz seine Mutter war! Eines Tages bat sie einen ihrer Söhne, der vorübergehend aus dem Ortsgefängnis entlassen war, inständig, er solle ihr aus der Zeitung vorlesen. Mehr schlecht als recht käute er die Verse und Sätze wieder. Die Mutter weinte vor Rührung. Ihr Kleiner war kein Verrückter, sondern ein Heiliger. So schöne Sätze hatte sie nur in der Kirche gehört, bevor das kommunistische Regime sie alle zerstörte. Das war lange her, zu der Zeit, als sie noch ein kleines Mädchen gewesen war. Aber was für ein Glück, dass ihr Sohn schöne Verse schreiben konnte, während die Priester in den Kerkern verfaulten!

Er kritzelte weiter unverständliche Zeichen auf Papier, und als er nach dem Studium ins Dorf zurückkehrte, veröffentlichte er sogar ein Buch, ein richtiges Buch! Auch trieb er weiter die Schafe auf die Weide und schlief im Sommer in den Bergen, um die Sterne zu zählen. Man verzieh es ihm: Er war ein Poet. Das ganze Dorf hatte gelernt, dieses Wort voller Respekt auszusprechen. Die Mädchen hatten nur noch Augen für ihn. Doch aus Schüchternheit sprach er nicht mit ihnen, sah ihnen nicht hinterher. Eine einzige, die hinkte und hässlich war und in der Kantine der Genossenschaft die Teller wusch, weckte seine Aufmerksamkeit. Zef, der in seiner tiefsten Seele von diesem Wesen berührt war, das noch schüchterner war als er selbst, bedachte sie, der niemand Komplimente machte, stets mit ein paar herzlichen Worten. Vor Bewunderung überströmend, ging sie an der Schule vorbei, wo er unterrichtete, nur um den Poeten während der Pause im Schulhof nachdenken zu sehen. Sie, die über keinerlei Reize, weder Schönheit noch Bildung verfügte, hatte sein Buch gekauft und es mit der Ergebenheit einer schönen Seele auswendig gelernt. Eines Tages klopfte Zef an ihre Tür und hielt um ihre Hand an. Die Ärmste fiel in Ohnmacht! Sie glaubte nicht an Märchen und noch weniger an eine Wahrheit, die diese an Erfindungsgabe weit übertraf: Aschenputtel war wenigstens schön gewesen! Doch der Prinz aus dem Märchen besaß nicht die Zauberaugen des Poeten, der ein hinkendes und hässliches Mädchen zur Frau nehmen wollte.

Nach seiner Hochzeit schrieb Zef noch immer viel, veröffentlichte aber sehr selten. Es waren andere Zeiten angebrochen. In der Hauptstadt berauschte man sich nicht mehr an lyrischen Versen, der Kampfgeist wurde zur neuen Mode. Zef, der für die politische Dichtung wenig Talent besaß, wurde jahrzehntelang in seinem Dorf vergessen. Unter der Woche brachte er den Kleinen das Schreiben und den Größeren die Poesie bei, am Sonntag ging er hinaus auf die Felder. Er hätte bis an sein Lebensende so weiterleben können, umgeben von Schafen und Schülern und an der Seite einer Frau, die in der Kantine der Genossenschaft das Geschirr wusch, wenn ihn nicht eines Tages der Kulturverantwortliche ins Ministerium zitiert hätte, um ihm die Leitung einer neuen Kunstzeitschrift zu übertragen. Zef hatte abgelehnt, da er sich der Aufgabe nicht gewachsen fühlte. Doch der ehemalige Ästhetiker hatte darauf bestanden. Ihm zufolge war die Poesie die anspruchsvollste Form der Kunst, und ein wahrer Poet würde sich, was den Wert der anderen künstlerischen Ausdrucksformen betraf, nicht irren können. Das kleine Dorf im Norden des Landes wurde noch einmal in Aufruhr versetzt: Zef nahm die Stelle schließlich in aller Demut an.

Wenn ich ihn nicht gekannt hätte, wäre ich nicht in der Lage zu verstehen, was das Wort «demütig» bedeutet. Auf Albanisch existiert es übrigens nicht, denn meines Wissens ist Zef Murati der einzige Albaner, auf den dieses Adjektiv zutreffen würde, und das Volk ist nicht so verrückt, einen Begriff zu schaffen, der nur für einen einzigen Menschen gilt. Auf welche Weise Zef die Sprachgesetze eines ganzen Landes hatte umgehen können, ist mir bis heute ein Rätsel. Während wichtiger Besprechungen mit Direktoren, Ministern und Prominenten versteckte er sich ganz hinten im Saal, während ich armer Tropf vor Lust verging, sie kennenzulernen! Doch ich musste meinem Chef Gesellschaft leisten. Wenn eine dieser hochgestellten Persönlichkeiten an ihn herantrat, bemühte sich Zef trotz seiner Befangenheit, so freundlich wie möglich zu sein. Er versuchte aber nie, sich in ein gutes Licht zu stellen. Während jeder normale Albaner sich selbst für den Nabel der Welt hält, betrachtete Zef sich als Sandkorn in der Wüste.

Und wenn die – zumeist vom Größenwahn gepackten – Schauspieler in unser Büro platzten und mit pathetischen Phrasen um sich warfen, die sie aus ihren Erfolgsrollen gepickt hatten, vertiefte Zef sich in einen zu korrigierenden Text, so sehr schämte er sich. In seiner Feinfühligkeit und Unaufdringlichkeit war er nicht in der Lage, die Einwohner des Landes, dem auch er angehörte, zu verstehen. Ich hatte den Eindruck, dass er auf einem fernen Stern geboren war und das Albanische nur gelernt hatte, weil ein kosmischer Storch ihn zufällig auf unserer Erde abgesetzt hatte. Im Übrigen war seine Laune von den Sternen abhängig. Ohne irgendeinen greifbaren Grund konnte er fröhlich oder traurig sein. Stets war er um fünf Uhr morgens im Büro und sann, eine Zigarette rauchend, über das Schicksal der Zeitschrift. Es schien mir aber, als grüble er über ganz andere, ferne und unerreichbare Themen nach. Ich fing um neun Uhr an. Kam ich zu spät, drehte ich, wenn ich eine Hose trug, vor seinem Büro eine Pirouette, damit er mir verzieh, oder ich erfand eine lustige Anekdote im Falle, dass ich einen Rock anhatte. Manchmal log ich ihn an. Noch vom Bett aus ließ ich meine Mutter bei ihm anrufen und sich eine Ausrede für meine Verspätung ausdenken, was sie mit Vergnügen tat, wenn Papa nicht in der Nähe war. Immer hinderte er sie am Lügen! Die ganze Familie hatte unter Papas Ehrlichkeit zu leiden, vor allem im Winter. Wenn es mir zu kalt wurde, ging ich in der Küche schlafen, dem einzigen Raum im Haus, der mit einem großen Holzherd beheizt wurde. Meine Schwester tat es mir gleich. Am Morgen fragte sie mich von ihrem Bett aus:

«Was für Wetter ist draußen?»

Ich schaute durch das Fenster bei meiner Schlafstatt:

«Es regnet.»

«Ich gehe heute nicht zur Arbeit», entschied sie und drehte sich wieder zur Wand.

«Aber es ist Donnerstag, Papa hat frei», rief ich ihr barsch in Erinnerung.

Sofort sprang meine Schwester aus dem Bett und machte sich fertig zur Arbeit. Ich war zu faul. Nicht einmal die Schritte meines Vaters auf der Treppe brachten mich dazu, aus dem Warmen zu kriechen. Frisch und voller morgendlichem Schwung betrat er die Küche.

«Warum bist du denn noch nicht auf?», fragte er mich.

«Ich habe mich mit meinem Chef abgesprochen.»

«Ah! Wenn ich dein Chef wäre!»

Gott sei Dank war er es nicht! Während er frühstückte, setzte er seinen Monolog über das Gewissen des Arbeiters fort, bis er mich aus meiner Schläfrigkeit herausgeholt und mir die kostbaren Momente unter der Bettdecke vergällt hatte. Ich versuchte, ihm nicht zuzuhören. Mama erschien in der Küche, nachdem sie meinen Bruder geweckt hatte, der zur Universität musste. Sie fragte mich, ob ich Lust auf Eier, Käse oder Salami hatte, um mir ein Pausenbrot zuzubereiten. Ich antwortete ihr, dass ich mich lieber überraschen lassen wollte.

«Lass sie es doch selber machen», mischte Papa sich ein.

Er hatte ein neues Opfer gefunden.

«Dann hat sie keine Zeit und läuft mit leerem Magen herum», klagte meine Mutter.

«Das ist ihre Sache.»

Das nun sicher nicht: Meine Ernährung war im höchsten Grade Mamas Sache. Das ist auch der Grund, warum ich unter allen Arten von Komplikationen, die mit dem Essen verbunden sind, gelitten habe: Ekelgefühl, Magersucht, Naschsucht, Bulimie … Mama spielte weiter ihre Rolle als Ernährerin. Einmal schwang sie sich sogar aufs Rad, um mir das auf dem Küchentisch vergessene Butterbrot ins Ministerium hinterherzutragen. Mein Chef lachte:

«Du wirst wirklich verwöhnt!»

Er fügte hinzu, dass ich auch bei der Arbeit verwöhnt wurde, und hielt mir einen Vortrag, was für ein Glück ich hatte, in der REDAKTION von «Bühne und Bildschirm» mitzuarbeiten. Kein Journalist der Welt hatte drei Monate Zeit, um einen Artikel zu verfassen und ihn nach Herzenslust zu verschönern, zu veredeln und zu verfeinern. Als Verantwortliche für die Rubrik «Künstlerporträts» hatte ich wirklich viel Zeit zur Verfügung: zwei Wochen, um den Künstler, über den ich schreiben würde, auszuwählen, einen Monat, um ihn kennenzulernen, vierzehn Tage, um meinen Text zu verfassen, und schließlich einen ganzen Monat, um ihn noch weiter auszuschmücken.

Meine Vorliebe galt Schauspielern, die seit Langem im Ruhestand waren und fast vergessen und nur noch in der Erinnerung ihrer Zeitgenossen lebten – das Schicksal aller Theatermimen in einer Gesellschaft, die über keine audiovisuellen Mittel der Archivierung verfügt. Zuerst rief ich meinen Auserwählten an. Am anderen Ende der Leitung hob sich eine Grabplatte. Ich hatte den Eindruck, einen Toten wiederauferweckt zu haben, einen, der vom Leben nichts mehr erwartete, und von der Kunst noch weniger. Verblüffung, Misstrauen und schließlich Einwilligung zu einem Treffen. Stets in seinen eigenen vier Wänden. Ich kam immer pünktlich: Einen Schauspieler zu verärgern, indem ich ihn warten ließ, war ein Schnitzer, den ich mir nie erlaubte. Ein Schnitzer, der verhängnisvoll hätte werden können, als es sich um eine Schauspielerin handelte.

Als sie mich in ihrem Wohnzimmer voller Möbel mit dem undefinierbaren Geruch vergangener Zeiten empfing, sah sie aus wie eine Mumie. Dem Anlass entsprechend grell geschminkt, setzte sie sich mir in extravaganter Kleidung und mit ausgefallenem Schmuck gegenüber und wartete ängstlich auf den Beginn des Interviews. Ich sagte nichts. Ich betrachtete die rundherum aufgehängten Fotos.

«Sind Sie das hier?»

«Ja.»

Ich betrachtete abwechselnd das Foto und die Dame mir gegenüber und versuchte, im Gesicht der alten Frau die Züge des zum Sterben schönen jungen Mädchens wiederzuentdecken, das auf dem vergilbten Papier zu sehen war. Nichts erschien mir grausamer als die Zeit. Aus welcher Laune heraus hatte Gott gewollt, dass sich traumhafte Geschöpfe in Hexen verwandeln? Ich fand das Leben, die Hässlichkeit und sogar die Schönheit ungerecht.

«Und das andere junge Mädchen, das weniger schön ist als Sie?»

«Die da? Das ist Drita Zallo. Wir haben zusammen in ‹König Lear› gespielt.»

«Wer hat die Regie geführt?»

«Mihal Rada; er ist gestorben.»

Sie beginnt zu weinen.

«Denken Sie oft an ihn?»

«Jeden Tag», antwortet sie schluchzend.

Ich bin unverschämt – ich kann nicht anders:

«Waren Sie in ihn verliebt?»

Sie starrt mich an, zögert einen Augenblick und gesteht schließlich mit leiser Stimme:

«Ja.»

«Wie schön das gewesen sein muss!»

Sie lächelt:

«Herrlich!»

Sie richtet sich wieder auf, und Stolz leuchtet in ihrem faltendurchzogenen Gesicht auf.

«Alle Schauspielerinnen waren in ihn verliebt, aber mir hat er den Vorzug gegeben. Und diese Drita – du hast ja bemerkt, dass ihre Schönheit nichts taugt! –, alles Mögliche hat sie versucht, um ihn für sich zu gewinnen.»

«Was ist passiert?»

«Ich habe ihr eine Ohrfeige verpasst, und sie hat ihre Manöver sein lassen.»

«Wirklich?»

Wir kicherten wie zwei kleine Mädchen.

«Sie glaubte, er habe mir die Hauptrolle gegeben, weil er in mich verliebt war, und nicht, weil ich sie verdiente. Aber das Theater war mein Leben. Ich habe gegen den Widerstand meiner Eltern beschlossen, Schauspielerin zu werden. Sie hatten Angst, dass niemand mich heiraten würde, denn damals betrachtete man Schauspielerinnen, wie du weißt, als Huren.»

«Hast du darunter gelitten?»

«Ich werde dir alles erzählen, aber erst einmal machen wir uns einen kleinen Kaffee. Mit etwas Zucker, so wie ich?»

«Ja, so wie du.»

Sie reicht mir eine Zigarette und zündet sich selbst eine an.

«Ich gehe mich ein wenig frisch machen, mein Make-up ist von den Tränen verlaufen. Mit dem Alter wird man einfach zu sentimental», erklärt sie und verlässt das Wohnzimmer, um kurz darauf mit zwei Tassen türkischem Kaffee wiederzukommen.

Sie erzählt mir von ihrer Liebe zum Theater und zu dem Regisseur; sie erinnert sich an die Intrigen, jene unausweichlichen Begleiterinnen der Rollen. Mit jedem Satz verändert sich ihre Erscheinung ein wenig mehr. Je weiter sie durch ihre Erzählungen in der Zeit zurückgeht, desto weniger Falten hat sie. Als sie über ihr Erfolgsstück, Schillers «Kabale und Liebe», ins Schwärmen gerät, verwandelt sich ihr Gesicht, und es gelingt mir, unter den Falten die Züge des zum Sterben schönen, jungen Mädchens wiederzufinden, das auf dem vergilbten Foto verewigt ist. Ich bin erschüttert, bewegt, verzückt. In dem Maße, wie ich sie bewundere, wird sie zu einer anderen. Die Mumie, die ich bei meiner Ankunft angetroffen habe, ist tot, begraben und verschüttet. Eine von ihren Erlebnissen, von Weisheit und Enttäuschungen berauschte Frau hat ihren Platz eingenommen. Unvermittelt schlägt sie mir vor:

«Möchtest du, dass ich Ophelia spiele?»

Ich habe nicht den Mut, Nein zu sagen. Ich wohne der Darstellung einer Ophelia bei, die noch verrückter ist als die von Shakespeare erschaffene Heldin. Das Feuer, das aus ihren welken, mit schwarzen Resten ihrer Schminke umrandeten Augen sprüht, lässt mich im Innersten erstarren. Ich finde nicht einmal die Kraft, am Ende des Monologs zu applaudieren. Sie sinkt zu Boden.

«So hätte ich abschließen sollen», sagt sie, als sie wieder aufsteht. «Das ist das erste Mal, dass ich mich zu Boden fallen lasse, das erste Mal, dass ich Ophelias Schmerz bis in die Knochen spüre.»

Es ist Zeit zu gehen, aber ich kann nicht. Wie soll ich diese einsame Frau zurücklassen, nachdem ich so viele Erinnerungen in ihr wachgerufen habe? Ich fühle mich schuldig. Ich verfluche den Artikel und die Leichtigkeit, mit der ich das Leben der anderen betrete, um mich mit derselben Leichtigkeit wieder davonzustehlen.

«Ich bin so allein», murmelt sie. «Ich habe keine Kinder, keine Enkelkinder. Ich war mit der Bühne verheiratet.»

«Aber du hast ein sehr interessantes Leben gehabt …»

«Ja. Wenn ich von Neuem beginnen müsste, würde ich kein bisschen daran verändern. Aber jetzt ist alles vorbei.»

Einerseits hat sie recht: Wer würde schon eine achtzigjährige Ophelia wollen? Ich zermartere mir das Gehirn, um eine neue Arbeitsperspektive für sie zu finden.

«Warum schreibst du nicht deine Erinnerungen auf? Durch dich würden die künftigen Generationen erfahren, wie das Theater in Albanien entstanden ist.»

«Vielleicht werde ich das eines Tages tun», sagt sie und reicht mir die Fotos, die wir für den Artikel ausgesucht haben.

Sie hat nicht mehr die Zeit dazu gehabt. Sechs Tage später brachte ein Herzschlag sie in die andere Welt. Schluchzend schrieb ich den Artikel. Selbst die glühenden Komplimente meines Chefs konnten mich nicht trösten. Das Bild der achtzigjährigen Ophelia, wie sie auf dem karierten Teppich lag, verfolgte mich bis in meine Träume. Damit ich auf andere Gedanken kam, schlug mein Chef mir vor, eine Reportage über einen Komiker aus dem Norden zu machen, dessen Sketche sogar die Leute aus dem Süden zum Lachen brachten. Ich nahm den Zug, reservierte ein Hotel, und noch einmal wurde ich tief berührt. Dass mich ein Treffen mit einem Komiker so traurig machen könnte, hätte ich nie gedacht. Obwohl er ein behindertes Kind, Wohnungssorgen und Probleme mit seiner Familie hatte, beklagte er sich nur über die fehlende politische Freiheit bei der Erschaffung seiner Sketche: Worüber wir uns schieflachten, war nur der unwichtigste Teil seiner Arbeit. Ich schauderte: Er vertraute mir Wahrheiten an, die ihn ins Gefängnis bringen konnten.

«Da du gerne lachst, denke ich, dass du dich nicht um Happen gut gemachten Humors bringen willst. Nun ja, wenn du mich ins Kittchen beförderst, solltest du dir bewusst sein, dass ich da nicht mehr rauskäme: Die Häftlinge würden mich nicht gehen lassen. Schon im Krankenhaus musste ich einen Monat länger bleiben, bloß um den Kranken Freude zu machen, stell dir vor! Wie sollte ich das Herz haben, die Häftlinge ihrem Schicksal zu überlassen, nachdem ich sie an meine Späße gewöhnt habe? Das wäre doch ein Verbrechen!»

Nachdenklich kehrte ich nach Tirana zurück. Wieder erhielt ich für meine Reportage vom Chef Komplimente, aber auch Anregungen. Er wurde mein Rhetorikmeister.

«Was nicht unbedingt nötig ist, kann nicht schön sein.»

Kein Seminar an der Universität hatte mich in den Genuss solcher Unterweisungen kommen lassen. Ich befolgte sie fanatisch, aus Liebe zur Schönheit. Mein Chef war völlig von ihr durchdrungen. Oft legte er mir einen Text auf den Tisch und sagte:

«Hier sind acht schlecht geschriebene Seiten von einem Schauspieler. Mach vier gute daraus.»

Um dann hinzuzufügen:

«Der Leser ist faul und träge. Sieh zu, dass er den Artikel, wenn er den Titel gelesen hat, nicht mehr aus der Hand legen kann.»

Die Suche nach einem Titel war eine Arbeit an sich. Ich bereitete zehn vor und unterbreitete sie meinem Vorgesetzten mit dem unfehlbaren Geschmack. Um in Ruhe nachzudenken, trank er einen Kaffee, zündete sich eine Zigarette an, sah aus dem Fenster, streichelte die Katze der Cafeteria, die oft bis in sein Büro hochkam, und bestimmte daraufhin den passenden Titel. Ich tippte ihn auf der mechanischen Schreibmaschine an den Anfang der überarbeiteten Seiten. Sich einen schönen Titel auszudenken, reichte, um einen Arbeitstag auszufüllen. Wir verließen das Büro gegen dreizehn Uhr, manchmal zu zweit. Auf dem Weg summte ich kurze Passagen aus italienischen Liedern.

«Wenn die Leute, die aus dem Ministerium kommen, dich hören, werden sie denken: ‹Die versteht sich so gut mit ihrem Chef, dass sie singt›», meinte er zu mir, etwas besorgt über das Gerede im Ministerium.

Ich sagte nichts. Nach ein paar Minuten brach ich das Schweigen.

«Wenn wir nicht reden, werden die Leute, die aus dem

Ministerium kommen, denken: ‹Die verstehen sich so gut, dass sie nicht einmal mehr miteinander reden müssen.›»

Er lachte jenes einzigartige Lachen eines demütigen Mannes, der in die Sterne verliebt war. Wir hatten nichts, worüber wir hätten streiten können, mein morgendliches Zuspätkommen einmal ausgenommen. Wenn die Sterne ihn fröhlich gestimmt hatten, bemerkte er es nicht einmal. Dann nutzte ich die Gelegenheit, um ihm meine Ausrede von vor drei Tagen und die Lüge meiner Mutter am Telefon zu gestehen. Was für eine Verblüffung in seinen Augen! Er fühlte sich nur auf eine abstrakte Weise als Chef. In Wahrheit besetzte ein anderes Büromitglied diesen Posten: Nimette, Gattin eines Komponisten klassischer Musik und Parlamentsabgeordneten für die Partei.

Mit ihren fünfzig Jahren war Nimette noch schön, dazu willensstark und energisch, zur Führungspersönlichkeit geboren. Zu ihr kamen die Schauspieler, die sich ungerecht behandelt fühlten, auf der Suche nach Gerechtigkeit. Durch Nimettes Vermittlung erreichte ihr Gesuch das Ohr des Abgeordneten, ihres Mannes. Nimette zu gefallen, bedeutete mit größter Wahrscheinlichkeit eine Lösung des Problems auf Regierungsebene. Ihr zu missfallen, zog jedoch nicht weniger gewichtige Konsequenzen nach sich: Meine beiden Vorgänger hatten das Pech gehabt, ihr unsympathisch zu sein … Aus diesem Grund war der Journalistenposten am Ende meines Studiums unbesetzt gewesen.

Ich begriff also sofort, dass meine Zeit in der REDAKTION von Nimettes Sympathie für mich abhing. Aber ich machte mir keine Sorgen: Meine Faszination für mächtige Frauen in einem machistischen Land reichte vollauf, um zwischen uns eine Verständigungsgrundlage zu schaffen. Und der Zufall wollte es, dass ich sie gleich an meinem ersten Arbeitstag in der REDAKTION zu meiner Vertrauten machte. Ich war in den ersten Stock gegangen, um ein Formular zu holen. Bei meiner

Rückkehr ins Büro weckte das himmlische Lächeln in meinen Augen die Neugier meiner Kollegin.

«Was gibt es? Du strahlst ja so!»

Ich schwieg einen Augenblick, dann erklärte ich mit träumerischer Miene:

«Ich habe einen Mann getroffen.»

«Jetzt schon?»

«Es war tatsächlich eine seltsame Begegnung.»

«Erzähl!»

«Ich bin geistesabwesend mit dem Formular in der Hand die Treppe hinuntergerannt. Plötzlich stieß ich gegen jemanden, der auch rannte: ein sehr gut aussehender Mann, kindlich und verträumt.»

«Die Art Mann gibt es hier im Ministerium nicht.»

«Wart ab! Ich entschuldigte mich, und plötzlich fiel mir das Horoskop ein, das ich heute Morgen gehört hatte, auf Italienisch natürlich. ‹Welches Sternzeichen bist du?›, fragte ich den Mann auf der Treppe. ‹Ich glaube nicht an Astrologie›, antwortete er mir, ‹aber ich bin Fisch.› Ich war sehr überrascht: ‹Stell dir vor, das Horoskop hat mir vorhergesagt, dass ich heute einen Fisch treffen würde.› Er lachte. Bevor er weiterlief, stellte ich ihm eine ironische Frage: ‹Wohin läufst du so voller Elan?› – ‹In mein Büro›, antwortete er und wies mit dem Finger auf die Tür ganz oben an der Treppe. ‹Du bist doch wohl nicht der Minister?› – ‹Doch, seit einer Woche bin ich der Minister für Bildung.› Meine Überraschung überstieg jedes Maß. ‹Dann habe ich ja einen Goldfisch gefangen!›, rief ich begeistert. Er hat so arglos gelacht! ‹Kennst du das Märchen vom Fischer, der im Meer einen kleinen goldenen Fisch gefangen hat?› – ‹Nein, aber ich würde es gerne kennenlernen›, erwiderte er. Und ich erzählte ihm die Geschichte von dem Fisch, der dem Fischer versprach, ihm drei Wünsche zu erfüllen, wenn er ihn zurück ins Meer entließ. ‹Und was sind deine drei Wünsche, damit ich freikomme und zurück in mein Büro gehen kann?›, fragte er mich lachend. Ich dachte einen Augenblick nach: ‹Die spreche ich später aus. Jetzt genügt mir dein Ehrenwort, dass du sie erfüllen wirst.› – ‹Aber nur drei, nicht mehr.› Ich sah ihn ernsthaft an: ‹Du versprichst also, diese drei Wünsche zu erfüllen?› – ‹Ich verspreche es. Ich glaube zwar nicht an Horoskope, an Märchen aber schon.› Daraufhin trennten wir uns. Er ging nach oben, ich nach unten. Das war's. Was hältst du davon?»

«Ich denke, dass du ganz schön dreist bist.»

«Aber was hältst du vom Minister? Ist er nicht nett?»

«Wenn sie gerade erst angefangen haben, sind sie alle nett, aber Scheusale am Ende ihrer Karriere», schloss Nimette.

«Mit Ausnahme deines Mannes.»

«Mein Mann ist kein Beamter, sondern Künstler.»

Nimette betete ihn an und gehorchte ihm, das spürte ich gleich beim ersten Mal, als sie mich zu sich nach Hause einlud. Wir hatten es uns im Wohnzimmer bequem gemacht, einem großen, mit Gemälden bestückten Raum, in dessen Mitte ein Konzertflügel thronte. Nimettes Mann erkundigte sich nach Papa.

«Es freut mich, dass Mohameds Tochter eine gute Stelle gefunden hat», fügte er hinzu.

Man hätte fast meinen können, dass sich alle Mächtigen über meine Anstellung am Ministerium freuten. Fühlten sie sich dadurch weniger schuldig, von ihrer eigenen Feigheit befreit? Ich war der lebende Beweis ihres Großmuts und ihrer Redlichkeit. Mein Glück beruhte auf Papas Drama, aber ich hatte Letzteres aus zu großer Nähe erlebt, um es wiederholen zu wollen. Ich gehörte der Klasse der Reptilien an, obwohl ich von einem Adler gezeugt war. Und als ordentliches Reptil lächelte ich blöde, voller Dankbarkeit gegen jene, die vor dem Unrecht schwiegen – um ihren Posten und ihre Privilegien nicht zu verlieren. Um keine Zigaretten zu verkaufen. Um weiter zu schreiben und zu komponieren und Bilder zu malen, die vor Farben und falschem Enthusiasmus strotzten. Ich war wie sie, mir all dessen bewusst und heuchlerisch. Ich stieß mit dem Abgeordneten an.

Geschirrgeklapper drang aus der Küche und störte unseren Toast. Nimettes Sohn war heimgekehrt.

«Goni, möchtest du meine Freundin kennenlernen?», rief Nimette vom Wohnzimmer aus.

«Ich pfeif auf deine Freundinnen!»

Der Abgeordnete verließ das Wohnzimmer, um mit seinem Sohn zu sprechen, aber erfolglos: Der verdrückte sich, nachdem er etwas zu essen mitgenommen hatte. Nimette machte sich große Sorgen um ihn. Melancholisch und überheblich wie die meisten Kinder, deren Eltern wichtige Posten besetzen, besuchte er nur unregelmäßig die Geschichtsseminare an der Universität, gab sich dem Alkohol hin und schloss sich jugendlichen Herumtreibern an. Nimette wusste nicht mehr, wie sie dem jungen Mann, den nichts interessierte, gegenübertreten sollte. Wir diskutierten zwei Stunden lang darüber, und ich verließ meine Freundin mit dem Gedanken, dass jede Familie ihren Teil zu tragen hatte. Auf meinem Weg nach unten kam mir auf der Treppe ein junger Mann entgegen. Bei meinem Anblick pfiff er provozierend, und als wir nur noch zwei Stufen voneinander getrennt waren, sprach er mich draufgängerisch an:

«Sollten wir zwei uns nicht näher kennenlernen?»

«Mit dem größten Vergnügen, aber du warst es, der mich nicht kennenlernen wollte, als ich vorhin bei euch im Wohnzimmer saß», erwiderte ich spöttisch.

Er pfiff noch einmal, aber dieses Mal vor Erstaunen.

«Ist nicht wahr! Dann bist du die Freundin meiner Mutter?»

«Jawohl!»

«Schön blöd von mir! Und wann kommst du mal wieder zu uns?»

«Wenn deine Mutter mich mal wieder einlädt.»

Nimette beschloss sofort, Gonis Interesse an mir auszunutzen. Sie wollte, dass ich ihm einen Schubs in die richtige Richtung gab: hin zum Studium.

«Du könntest ihm Englischstunden geben», schlug sie vor. «Ich bin sicher, dass er einverstanden sein wird, sie bei dir zu nehmen.»

Und da das Wohlergehen meiner Kollegin eine Redaktionsangelegenheit war, würden die Englischstunden auf meine Arbeitszeit angerechnet! Eine Stunde täglich würde ich dem Englischunterricht widmen, allerdings hatte ich dabei ein sehr viel höheres Ziel anzustreben: Ich sollte bei Goni das Interesse am Lernen im Allgemeinen wecken, und die Liebe zur Geschichte im Besonderen.

Während der ersten Stunde habe ich ihm nichts beigebracht. Dafür aber viel erfahren: die Verlorenheit eines Menschen, dessen Zukunft bereits von seinen Eltern vorgezeichnet ist; seine Vorliebe für die Gesetzlosen; sein Unvermögen, Papa zu übertreffen, außer beim Trinken.

In der zweiten Stunde zeigte er mir ein Gedicht, das den Straßenkehrerinnen gewidmet war, jenen erniedrigten und gedemütigten Frauen. Wie staunte er, als er erfuhr, dass ich eine Kurzszene aufgeführt hatte, deren Heldin eine Straßenkehrerin war! Wir sprachen über Theater, Literatur, Film. Da hatte ich einen Geistesblitz:

«Goni, du schwänzt deine Seminare, weil Geschichte dich gar nicht interessiert.»

«Stimmt.»

«Du hast dieses Fach gewählt, weil es dir weniger zuwider ist als die anderen.»

«Du bist cool, du verstehst mich, im Gegensatz zu meinen Eltern. Die verstehen gar nichts.»

«Du musst also eine spannende Schule finden.»

«Nur, die gibt es nicht.»

Ich schwieg einen Augenblick, um meinen Worten mehr Gewicht zu verleihen, und verkündete dann feierlich:

«Goni, du wirst Filmregisseur!»

Er riss Mund und Nase auf.

«Würdest du gern Filme drehen?»

«Furchtbar gern!», stieß er verblüfft hervor.

«Dann wirf Geschichte hin und fang an, dich auf die Aufnahmeprüfung an der Akademie vorzubereiten. Du hast Glück: Letztes Jahr wurde ein Regiezweig eingerichtet, den es zu meiner Zeit noch nicht gab. Deine Mutter kennt sämtliche Regisseure, du wirst dich für die Aufnahmeprüfung bei den besten vorbereiten können. Und wer würde seine Stimme nicht dem Sohn des Abgeordneten geben? Alle Künstler sind auf die Dienste deines Vaters angewiesen!»

Goni stand von seinem Stuhl auf, schaltete Musik ein und fing an, vor Freude zu tanzen. Ich ging heim, da meine Arbeit laut offiziellem Dienstplan beendet war. Es war dreizehn Uhr. Eine halbe Stunde später erlebten Nimette und ihr Mann eine unvorhergesehene Szene.

«Ich höre mit Geschichte auf», verkündete Goni ihnen.

«Was?», riefen die Eltern einstimmig, das Stück Fleisch noch im Mund.

«Ich will Filmregisseur werden!»

Schweigen, Verblüffung, Empörung.

«Hat dir meine Freundin etwa diese Flausen in den Kopf gesetzt?», schrie Nimette.

«Sie hat mir geholfen, meine Leidenschaft zu finden.»

Die Eltern sahen sich an, wurden wütend auf mich, flehten die Götter um Hilfe an, sie vor dem bösen Schicksal zu bewahren, verfluchten den Tag, da ich in der REDAKTION angefangen hatte, und … kamen noch am selben Abend zu dem Schluss, ihr Sohn sei auf die Welt gekommen, um Künstler zu werden: Er würde ein großer Filmregisseur werden!

Alle Mittel, um die Aufnahmeprüfung an der Akademie zu

bestehen, wurden ihm zur Verfügung gestellt. Goni hörte mit den Englischstunden auf, um sich ins Theater und in die Inszenierung zu vertiefen. Er trank nicht mehr. Als er einmal in unserem Büro vorbeischaute, erkannte ich ihn fast nicht wieder: Die frühere Lässigkeit war einer freudigen Erregung gewichen. Den ganzen Sommer über arbeitete er mit Leidenschaft auf die Prüfung hin.

Am Tag x verkroch ich mich daheim, um gespannt auf einen Anruf von Nimette zu warten: Sie kannte drei Mitglieder der Jury und würde das Resultat umgehend erfahren. Doch das Telefon klingelte nicht. Um vier Uhr nachmittags blieb es immer noch stumm. Ich beschloss, selbst anzurufen. Niemand nahm ab. Daher ging ich zur Wohnung meiner Kollegin: Würde man mir die Tür öffnen? Ich klingelte.

Nimette erschien auf der Schwelle. Es war gar nicht mehr nötig, die schlechte Nachricht laut auszusprechen, sie stand ihr ins Gesicht geschrieben. Unter tödlichem Schweigen ging ich zum Wohnzimmer. Nimette sank in einem Sessel zusammen.

«Er hat es nicht geschafft», murmelte sie.

«Aber das ist doch nicht möglich! Und dein Mann, der Abgeordnete?»

«Er hat mit jedem, der uns eventuell hätte helfen können, Kontakt aufgenommen. Aber es war nichts zu machen. Nach den Punkten, die die einzelnen Juroren vergeben haben, ist Goni der Elfte auf der Liste. Der Minister hat beschlossen, nur noch zehn Kandidaten aufzunehmen, deshalb ...»

«Ich kann mit dem Minister sprechen!»

Nimette sah mich verächtlich an.

«Sei nicht naiv! Ich sage dir doch, selbst mein Mann hat nicht das Geringste ausrichten können, trotz seiner unzähligen Beziehungen. Wir haben immer allen geholfen, aber jetzt, da wir einmal etwas brauchen, will keiner uns helfen!»

Ich schwieg.

«Goni hat sich in seinem Zimmer eingeschlossen», fuhr sie fort. «Ich habe Angst, dass er sich etwas antut.»

Zitternd ging ich zur Haustür zurück.

«Ich werde trotzdem versuchen, mit dem Minister zu sprechen.»

Ich begegnete ihm manchmal im leeren Ministerium, wenn ich dort war, um meine Gedichte abzutippen. Jedes Mal wechselten wir mit einer Art doppeldeutiger Sympathie ein paar Worte. Eines Tages erinnerte er mich sogar an die drei Wünsche, die er mir noch zu erfüllen hatte. «Wenn die Zeit gekommen ist», antwortete ich und wurde rot. Am Abend zuvor hatte ich geträumt, dass er mich heiratete, und hatte meinen Bruder gefragt:

«Würde ein Minister meinetwegen seine Frau verlassen?»

«Die, die ihre Frau verlassen, werden nicht Minister», lautete seine lakonische Antwort.

Vielleicht hatte er recht. Ob Heiratskandidat oder nicht, der Bildungsminister gefiel mir außerordentlich gut, aber jedes Mal, wenn ich ihn von seinem Posten trennte, verlor er seine Aura. Einzigartig wurde er in meinen Augen durch diese Mischung aus Machthaber und Junge. Ich hatte ihm sogar einige Verse gewidmet, die er nie erhielt. Wenn ich die Menschenmenge sah, die auf ihn wartete, als sei er ein Gott, der in der Lage war, unlösbare Probleme zu lösen, war ich bei dem Gedanken ergriffen, dass er sich mir gegenüber wie ein Oberschüler benahm. Eines Tages hatte er mich auf der Treppe sogar gefragt: «Hast du heute das Horoskop gehört?» Ein ganz gewöhnlicher Satz, wenn er von einem anderen Mann gekommen wäre, im Mund eines Ministers aber einfach rührend! Ich empfand ihm gegenüber ein Gemisch seltsamer Gefühle. Doch was empfand er für mich?

Ich würde es bald erfahren. Von draußen betrachtete ich die Fenster seines Büros: Oben brannte Licht. Ich grüßte den Pförtner am Eingang und schlich mich wie eine Diebin in die erste Etage. Ich klopfte. Der Minister öffnete mir. Ich bemerkte kein Erstaunen auf seinem Gesicht.

«Komm rein.»

Schweigend setzte ich mich in einen Sessel.

«Du bist gekommen, um deine drei Wünsche auszusprechen?»

Er machte es mir leicht. Ich sah ihm direkt in die Augen.

«Ja, aber es ist ernst.»

Er lachte, dann nahm er mir gegenüber Platz.

«Du hast mir ein Versprechen gegeben. Gilt es noch?»

«Natürlich.»

Gleich wirst du Augen machen, aber das ist dein Pech, dachte ich. Und ich begann, ihm von Goni zu erzählen …

«Deinen Wunsch will ich erfüllen, nicht die der anderen», unterbrach er mich.

«Aber ich habe diese Suppe eingebrockt! Ich habe diesen Jungen zu einem Traum verführt, der jetzt in einem Albtraum endet. Wie soll ich da weiter in der REDAKTION arbeiten? Ich würde mich jeden Moment für alles verantwortlich fühlen. Ich werde dich nie um etwas anderes bitten. Nur, dass du mir jetzt aus dieser Notlage hilfst.»

«Was soll ich denn machen? Er ist der Elfte», seufzte der Minister und zog eine Namensliste aus seiner Schublade.

«Einer mehr oder weniger, für die Schule ändert das nicht viel, aber mein Leben wird es verändern, und auch das eines jungen Mannes.»

Er schloss die Schublade und setzte sich wieder.

«Ich kann nicht. Es ist das erste Mal, dass die Aufnahmekommission der Akademie korrekt abgestimmt hat, und da willst du, dass ich korrupt werde? Wir haben sogar die Jurymitglieder erst einen Tag vor der Prüfung ausgewählt, damit die Kandidaten keine Zeit hatten, mit ihnen Kontakt aufzunehmen! Wir haben beschlossen, die Ergebnisse noch heute Abend auszuhängen, damit niemand sie von außen manipulieren kann. Bitte mich, um was du willst, aber nicht, die Regeln zu brechen, die ich selbst aufgestellt habe. Das wäre zu schlimm.»

Ich sah ihn mitleidig an.

«Ich verstehe.»

Er wurde weicher:

«Ich hätte dir so gern geholfen, aber glaub mir, das übersteigt meine Befugnisse.»

«Das ist nicht wahr! Der Erste Sekretär Ramiz Alia hat dir freie Hand gegeben. Du kannst, wenn du nur willst.»

Er lächelte, in seiner Eitelkeit geschmeichelt. Das nutzte ich, um ihm einen Vorschlag zu unterbreiten:

«Und wenn du mir jetzt aus der Klemme hilfst, dann schneidert dir meine Schwester gratis eine Badehose!»

Er lachte schallend.

«Das ist kein Witz. Meine Schwester schneidert zu Hause. Siehst du mein Kleid? Gefällt es dir?»

Er bejahte.

«Das hat sie gemacht.»

Das war nicht gelogen. Meine Schwester arbeitete als Buchhalterin, spielte Klavier und hatte das Talent zum Schneidern.

«Hör zu», begann ich noch einmal ernsthaft. «Nimettes Sohn ist depressiv. Er wäre sogar imstande, eine Verzweiflungstat zu begehen. Dabei ist er nicht untalentiert, schließlich ist er von siebzig Bewerbern der Elfte. Im letzten Jahr habt ihr fünfzehn aufgenommen. Warum also dieses Jahr nicht elf?»

«Weil wir zehn vorgesehen haben.»

«Was für einen Unterschied würde einer mehr schon machen?»

«Alle Welt würde sagen, dass wir ihn dazugenommen haben, weil er der Sohn eines Abgeordneten ist. Das wäre wirklich hässlich. Ich will so was nicht. Du verlangst von mir, meine Prinzipien mit Füßen zu treten.»

«Alle Prinzipien erlauben Ausnahmen! Ich verlange nicht

von dir, jemanden umzubringen, ich bitte dich, ihm die Möglichkeit zu geben, das einzige Fach zu studieren, das ihn interessiert. Wenn er über die nicht bestandene Prüfung so deprimiert ist, dann bedeutet das doch, dass ihm unheimlich viel daran liegt – und der Wunsch, etwas zu tun, ist Teil des Talents. Momentan ist er so traurig … Es liegt an dir, ihn glücklich zu machen. Und mich gleich mit.»

Ich erhob mich aus dem Sessel und redete wie im Delirium weiter:

«Und ich hatte geglaubt … Was war ich naiv! Was für eine dumme Gans, dass ich dir Gedichte gewidmet habe!»

«Das ist nicht wahr!»

«Doch.»

Und ich deklamierte ihm die Verse, die ich ihm zu zeigen nie gewagt hätte: Der goldene Fisch begegnet mir im Meer, und wir tanzen gemeinsam über die Wellen; ein großes Verlangen nach Verbindung verwandelt ihn in einen Mann, doch im selben Augenblick werde ich zur Meerjungfrau; jeder von uns tut das Unmögliche, um zum anderen zu gelangen, doch durch ein Spiel des Zufalls führen unsere Anstrengungen zu immer neuen Hindernissen. Am Ende meiner Darbietung standen dem Minister Tränen in den Augen.

«Du bist die verrückteste und schönste Person, die ich kenne», sagte er ergriffen.

«Ich weiß aber nicht, ob dir diese Verse noch gehören. Ich hatte sie geschrieben, weil ich dachte, dass du deine Versprechen hältst.»

Ich sagte nichts mehr. Ich setzte mich wieder in den Sessel. Er ging zu seinem Schreibtisch.

«Es wäre besser, zwei Kandidaten hinzuzufügen, also auch die Nummer zwölf, sonst wird man uns vorwerfen, den Sohn des Abgeordneten begünstigt zu haben.»

Ich verlor fast die Besinnung. Der Minister wählte eine Telefonnummer.

«Hängen Sie die Resultate der Prüfungen heute Abend noch nicht aus, es kommen noch Ergänzungen.»

Er legte den Hörer auf und wandte sich zu mir:

«Bist du jetzt zufrieden?»

Ich wollte ihm danken, doch da entschlüpfte mir eine völlig unangebrachte Frage:

«Wenn du frei wärest, würdest du mich heiraten?»

Er warf mir einen unvergesslichen Blick zu:

«Es wäre mir ein großes Glück.»

Ich ging zum Ausgang, öffnete die Tür und verkündete, bevor ich über die Schwelle trat, lachend:

«Ich habe noch zwei Wünsche!»

Und vor Freude weinend lief ich die Treppe hinunter. Auf der Straße flog ich buchstäblich dahin. Der Weg zum Haus meiner Freundin schien kein Ende zu nehmen. Im Gehen stellte ich mir Nimettes Freude und Gonis Jubel vor. Und auch das Staunen des Abgeordneten. Ich klingelte an der Tür. Niemand öffnete. Ich klingelte Sturm. Endlich erschien meine Freundin, dunkle Ringe der Verbitterung unter den Augen.

«Es hat geklappt! Goni wird an der Kunstakademie aufgenommen, der Minister hat ihn eben mit auf die Liste gesetzt», verkündete ich stotternd vor Erregung.

Nimette wurde blass.

«Hörst du? Goni ist jetzt Student der Akademie!»

«Aber mein Mann hat mit dem Minister telefoniert, und der hat ihm versichert, dass keine Änderung möglich ist», murmelte sie.

«Er hat diese Änderung aber angeordnet! Das ist sicher.»

«Wir haben seltsame Minister», rief sie. «Das, wozu sie für einen hochverdienten Mann und Abgeordneten für die Regierung nicht bereit sind, tun sie für die schönen Augen einer Frau!»

Sie hat mir nie verziehen, mehr Macht zu haben als ihr

Mann, doch seltsamerweise wurde ich nicht entlassen. Mit einer Zugfahrkarte in der Tasche, einer Reservierung in einem guten Hotel und Verpflegung auf Staatskosten zog ich weiter auf der Suche nach interessanten Theatervorstellungen durchs Land. Besonders liebte ich die Reisen nach Korça, nicht nur in Erinnerung an die Rolle der Afroviti, die aus dieser Stadt stammte, sondern vor allem, weil meine Mutter dort geboren war. Hier reservierte ich nie ein Hotel, denn voller Erinnerungen und Nostalgie ging ich zum das in einer der zahllosen, ganz mit Steinen gepflasterten kleinen Gassen lag, die von den Bergen bis zum Boulevard hinunter und dann, nachdem sie den Asphalt überquert hatten, in gerader Linie weiterliefen. Andere, horizontale Gassen durchkreuzten sie in regelmäßigen Abständen. Auf diese Art beschrieb die ganze Stadt ein Rechteck, das wiederum in kleinere Rechtecke unterteilt war, wohingegen der große Boulevard in der Mitte einem Fluss glich. Zu beiden Seiten der Gässchen erhoben sich Häuser, eines schöner als das andere, erbaut von Maurermeistern, die in ganz Albanien berühmt waren. Nach alter Tradition lagen zwei große, flache Steine links und rechts von jeder Tür, damit die Frauen sich setzen und miteinander reden konnten, da die Enge der Gässchen es erlaubte, sich beim Stricken mit der Nachbarin von gegenüber zu unterhalten, ohne die Stimme zu heben.

Ebenso sehr wie für ihre Tratschereien und ihre Maurerkunst war die Stadt Korça für ihre Schneiderarbeiten und ihre Sauberkeit bekannt. Die Reinigung der Gassen war durchaus keine öffentliche Aufgabe, sondern die Pflicht einer jeden guten Hausfrau, die ihr Stück Pflaster vor der Tür mit derselben Sorgfalt bedachte wie die Räume im Innern des Hauses. Um nicht als Schmutzliese zu gelten, verwandten die Frauen manchmal sogar mehr Energie darauf, draußen zu scheuern als drinnen. Über Generationen hinweg war jede Straße in Putzzonen aufgeteilt, die ein Quell von Stolz oder Schande waren. Ein Stein, der auffallender war als die anderen, größer, heller oder dunkler, diente als Grenzmarke der Ehre. Ich hatte immer den Eindruck, dass meine Vorfahren sich um einige Meter geirrt hatten, so riesig erschien mir der von uns zu reinigende Teil der Gasse. Großvater konterte, dass dies von der Größe des Hauses abhing.

Unseres hatte zwei Stockwerke, ein Zwischengeschoss und einen riesigen Garten. Großvater hatte es als Hochzeitsgeschenk von seinem Bruder bekommen, der schon vor dem Zweiten Weltkrieg nach Amerika ausgewandert war. Da das Haus in der Nähe der Berge stand, musste es ständig von einem Hund bewacht werden, denn die Wölfe kamen, vom Hunger getrieben, im Winter regelmäßig bis zum Boulevard herab. Großvater schwor, er habe zwei Tage nach dem Tod seines deutschen Schäferhundes einen von ihnen im Hof mit der Axt getötet. Anscheinend meidet der Wolf Wohnungen, die nach Hund riechen, und im HAUS DER GROSSELTERN nahm dieses Tier eine unschätzbare Stellung ein. Ich glaubte ja, dass die Geschichte von den Wölfen bloß eine Ausrede war, und dass der wahre Grund für diese Bevorzugung in der ungewöhnlichen Tierliebe der Hausbewohner lag.

Hunde und Katzen streunten durch den Hof, stiegen über die Treppe zum Wohnzimmer hinauf, liefen durch die schöne Tür aus beschnitztem Holz, legten sich in die geräumigen Zimmer; dann stiegen sie die Wendeltreppe empor zum oberen Stockwerk, wo ein weiteres Wohnzimmer mit großen Fenstern eine unvergleichliche Aussicht auf die Berge und über die Dächer der weniger hohen Nachbarhäuser bot. Die Tiere gingen auch ins Zwischengeschoss hinunter, das wegen seiner Frische im Sommer und seiner Wärme im Winter zur Küche umgewandelt war. Die Bürger von Korça hatten die Angewohnheit, diesen halb unterirdischen Raum schön zu gestalten und in einen exotischen Ort zu verwandeln, indem sie ihn mit kleinen Kissen in leuchtenden Farben und weißen, handgenähten Vorhängen dekorierten. Dort befanden sich der Wasserhahn, der holzbefeuerte Herd, die Speisen und Getränke. Die Räume der darüberliegenden Stockwerke waren dem Schlaf und dem Empfang von Gästen vorbehalten: ein sichtbarer Beweis für den Reinlichkeitswahn der Bewohner von Korça!

Sie alle litten daran, bis auf meine Großmutter Marietta. Verständlicherweise: Sie kam nicht von hier. Großvater hatte sie in Griechenland gefunden, als sie erst siebzehn war. Ihre Zwillingsschwester hatte sich kurz zuvor aus dem Fenster gestürzt, und Marietta hatte den Heiratsantrag des Fremden sofort angenommen, denn er war das einzige Mittel, einen Ort zu verlassen, an dem sie unmöglich allein weiterleben konnte. So kam sie nach Albanien, nach Korça. Sie liebte das Haus, dieses wunderschöne Hochzeitsgeschenk. Die geräumigen Zimmer, die großen Fenster, die Holztüren und vor allem die darin eingeschnitzten Abbildungen gaben ihr das Gefühl, einen angenehmen Ort zum Sterben gefunden zu haben. Regelmäßig sprach sie im Dunkeln mit ihrer Schwester, was ihren Ehemann zur Verzweiflung brachte. Bereits in ihrer Hochzeitsnacht hatte Marietta ihn gewarnt: Sollte er «schweinische» Dinge tun, würde sie sich aus dem Fenster stürzen. Aber sie hat sich nicht umgebracht. Halb in der Geisterwelt und halb im realen Dasein sich bewegend und trotz der «Schweinereien» der Ehe lebte Marietta weiter in der fremden Stadt und versuchte, darin einen Platz für sich zu schaffen.

Mit den Frauen von Korça hatte sie nichts gemein. Sie waren reinlich, meine Großmutter dreckig; sie verehrten die Schneiderei, Großmutter konnte noch nicht einmal einen Knopf annähen; sie gaben sich freudig dem Tratsch hin, Großmutters Reden hingegen blieben symbolisch und kurz und selbst, nachdem sie das Albanische gelernt hatte, lückenhaft und ungefähr. Dennoch hörten die Frauen von Korça nur auf sie. Meine Großmutter Marietta herrschte über die

Stadt. Sie erhielt prächtige Geschenke. Sobald sie ein Geschäft betrat, rückten die Kunden zur Seite, damit sie nicht anstehen musste und als Erste bedient wurde. Im Widerspruch zu allen Tugenden, welche die Bewohner von Korça hochhielten, hatte die befremdende Fremde eine beunruhigende und von allen bewunderte Gabe: Sie konnte die Zukunft vorhersagen. Die Leute umsorgten und fürchteten sie. Hochmütig und unnahbar ging sie durch die Straßen der Stadt: Ihre dunkelblauen Augen durchdrangen die menschliche Seele und hinterließen Spuren von Asche darin. Großvater stöhnte: Er hatte eine Frau gewollt, doch das Schicksal hatte ihm eine Hexe beschert!

Was für eine Qual, seine Nächte mit ihr zu verbringen! Während sich jede normale Frau freut, neben einem Mann voller Verlangen zu liegen, duldete Marietta den Beischlaf nur äußerst selten und nur widerwillig, nach bösen Worten und Tränen. Als Bewohnerin einer anderen Welt verfluchte sie ihren Gatten, der sie dazu zwang, das Schlimmste zu tun. Zudem strafte das Schicksal sie: Jedes Mal, wenn Großvater im Bett seiner Frau schlief, wurde neun Monate später ein Kind geboren. Wieder ein hungriges Maul mehr zu stopfen und ein Stückchen Freiheit weniger!

Anders als alle übrigen Frauen von Korça, die sich mit Herz und Seele ihren Kindern widmeten, vergaß Großmutter jedes Mal, wenn sie zum Markt ging, dass sie sie auf die Welt gesetzt hatte. Sie war ein richtiges kleines Mädchen, kaufte in rauen Mengen Naschzeug, unterhielt sich mit Unbekannten, lauschte der Musik der Vagabunden und fand bei ihrer Heimkehr einen Mann vor, der sich mehr schlecht als recht um den nur wenige Monate alten Säugling kümmerte. Er war jedes Mal böse auf sie, wenn sie so lange fortgeblieben war! Sie verstand ihn nicht. Die Welt der Menschen blieb ihr verschlossen. Das Reich der Frauen von Korça, bestehend aus Haushalt, Kindererziehung und Klatschgeschichten, erschien ihr wie ein offenes Grab. Sie flüchtete sich in die Berge zwischen Bäume und Wölfe, die sie, wie sie sagte, mit ihren verständnisvoll funkelnden Augen anblickten.

Vor wilden Tieren fürchtete Großmutter sich nicht; die Leute verachtete sie. Mit unglaublicher Geringschätzung wandte sie den Kopf dem staunenden Betrachter zu, der sie dabei überrascht hatte, ins Leere zu sprechen – eine Kreatur, die unfähig war, den Geist wahrzunehmen, der ihr eine wichtige Neuigkeit verkündete. Vielleicht existierten diese Geister nicht, Großmutters Vorhersagen aber gingen immer in Erfüllung! Trotz seiner Skepsis und seines bodenständigen Verstandes war selbst Großvater gezwungen, an das Unglaubliche zu glauben. Wenn Marietta einen Scheck seines amerikanischen Schwagers vorhersah, stand Großvater in aller Frühe auf und wartete, auf einem der flachen Steine an der Eingangstür sitzend, auf den Postboten. War er auch in seinem tiefsten Innern von der Ehefrau enttäuscht, von der Seherin wurde er es nie.

Ihre einzige «menschliche» Begabung, abgesehen von der Fähigkeit zu sprechen, blieb die Zubereitung herrlicher Gerichte. Wenn Großmutter auch den Hausputz und das Wäschewaschen hasste, wenn die Versorgung der Kleinkinder sie alles andere als begeisterte und es sie quälte, mit einem Mann zu schlafen – das Kochen liebte sie. Im Übrigen aß sie für ihr Leben gern. Sie war groß und zart gebaut und genießerisch. Von ihrer körperlichen Verfassung her war sie ein Meisterwerk der Natur, und wenngleich ihr alle mütterlichen Instinkte fehlten, kam ihre Milch doch einem Zaubertrank gleich: Großvater zufolge brauchte ein krank gewordener Säugling bloß einige Tropfen des mütterlichen Nektars zu saugen, um auf wundersame Weise wieder gesund zu werden.

Sie brachte acht Kinder auf die Welt. Das erste war ein Junge, ihm folgten sieben Mädchen. Die älteste Tochter bekam die Hausarbeit und das Kinderhüten, worum sie sich seit ihrer frühesten Kindheit kümmerte, satt, und so nutzte sie den Krieg, um mit vierzehn von zu Hause fortzugehen. Sie stieß zu den Partisanen und heiratete anschließend in Tirana. Also übernahm die zweite Tochter, meine Mutter, die Rolle der Hausherrin: Sie zog all ihre Schwestern auf, die einander im Abstand von einem Jahr folgten. Auch wenn meine Großmutter übermenschlich wirkte, die Naturgesetze machten vor ihr nicht Halt! Während der großen Hungersnot in den Dreißigerjahren war sie schwanger. Der Zweite Weltkrieg brach aus, und sie war schwanger. Als die Volksrepublik Albanien gegründet wurde, erwartete Großmutter ein Kind. Nach dem achten schließlich zwang sie den Erzeuger, jenen Wunsch, den sie am ersten Tag ihrer Ehe ausgesprochen hatte, zu respektieren: sie nicht mehr zu berühren.

Von der Last des Ehemanns befreit, widmete sie sich ganz der einzigen Beschäftigung, die sie interessierte: der Wahrsagerei. Sie las die Zukunft aus dem Kaffeesatz, den Handlinien und den Karten. Schon am frühen Morgen stand eine Menschenmenge vor ihrer Tür Schlange. Von ihrem Bett aus warf Großmutter einen Blick aus dem Fenster, und wenn sie schlechte Laune hatte, teilte eine ihrer Töchter den Besuchern mit, sie sollten am nächsten Tag wieder kommen. Gehorsam zerstreute sich die Menge, bloß um sich einen Tag später zur selben Stunde erneut vor dem HAUS DER GROSSELTERN zu versammeln. Marietta empfing in einem der Zimmer im Erdgeschoss, das extra für diesen Zweck vorgesehen war. Die Kunden zahlten nach Gutdünken und nach ihren Möglichkeiten. Großmutter hatte keinen festen Preis, sagte aber nie etwas umsonst voraus.

Ein einziges Mal in ihrem Leben verletzte sie dieses Prinzip – zur Zeit der Kampagne gegen ausländische Einflüsse in den Siebzigerjahren. Die Kirchen und Moscheen waren bereits zerstört, jetzt nahmen die Puristen auch die Heiler, Wahrsager und Seherinnen ins Visier. Die Zeiten waren vorbei, da Großmutter, von der ganzen Stadt respektiert und gefürchtet, friedlich ihrem Gewerbe nachging. Vergangen die Epoche der Geschenke, versiegt das über Kaffeetassen hinweg zugesteckte Geld, dank dem all ihre Töchter ihr Universitätsstudium hatten abschließen können. Man befahl Großmutter, ihr Hexenhandwerk aufzugeben, da es eine ernste Gefährdung der kommunistischen Moral darstellte. Sie nahm die Warnung auf die leichte Schulter, bis zu jenem 9. August, als der Chef der örtlichen Polizei im Automobil beim HAUS DER GROSSELTERN vorfuhr.

Ich war wie jeden Sommer in Korça und spielte zusammen mit meiner Cousine Flora im Hof. Wir stritten uns gerade um den Ball, als ein großer Mann in Uniform an die Tür klopfte. Was wollte er? Außer Großmutter war kein Erwachsener im Haus, alle waren zur Arbeit und Großvater in einer Kneipe in der Nachbarschaft. Der Polizist fragte nach Marietta. Großmutter erschien in der Eingangstür, hoheitsvoll wie eine Königin.

«Komm herein, mein Sohn», lud sie ihn ein. «Ich habe dich noch nie gesehen. Wessen Sohn bist du?»

Doch der Uniformierte kam nicht, um etwas über seine Zukunft zu erfahren.

«Sie müssen mich zum Polizeirevier begleiten. Sollten Sie Widerstand leisten, wäre ich gezwungen, Ihnen Handschellen anzulegen», sagte er, indem er den fürchterlichen Gegenstand aus der Tasche zog.

Großmutter fing an zu stottern. Zum ersten und letzten Mal in meinem Leben sah ich in ihr ein verletzliches Wesen. Ihr unauslöschlicher Akzent verstärkte sich:

«Was habe ich denn getan?»

«Wahrgesagt oder, anders ausgedrückt, agitiert und Propaganda gegen die Regierung betrieben.»

«Ich habe nichts gegen die Regierung gesagt», verteidigte sie sich. «Alle meine Kinder haben dank des kommunistischen Regimes studiert. Was mich betrifft, ich bin Analphabetin, denn ich wurde in einem kapitalistischen Dorf in Griechenland geboren. Aber der Mund möge mir verdorren, bevor ich ein einziges Wort gegen unsere Führer ausspreche!»

Der Polizist begann, sich unbehaglich zu fühlen: was für ein lächerlicher Auftrag, eine alte Frau und Mutter von acht Kindern aufs Polizeirevier zu bringen, weil sie sich für eine Prophetin hielt! Er begriff nun, warum keiner seiner Untergebenen aus Korça Lust gehabt hatte, ihn zu begleiten. In seinem Dorf im Norden hätte er sich genauso verhalten. Es war zu schwierig, mit Handschellen in der Tasche bei seinem Nachbarn, Vetter oder Bekannten anzuklopfen! Aus diesem Grund waren übrigens auch alle Polizeioberen anderswo als in ihrer Heimatregion tätig. Der Chef, der erst seit einem Monat den Polizisten von Korça vorstand, wollte niemanden zwingen, solange es nicht unbedingt nötig war. Daher hatte er sich, um die alte Frau zu verhaften, allein auf den Weg gemacht, nur in Begleitung eines Fahrers, der vor dem Hoftor im Wagen auf ihn wartete. Er hatte Befehle erhalten und musste sie ausführen.

«Im Besucherzimmer hängt das Porträt unseres lieben Enver Hoxha. Komm und sieh es dir an. Ich segne es jeden Morgen: Gott gebe ihm ein langes Leben!», summte meine Großmutter.

«Es ist verboten, Gott zu erwähnen! Religion ist Opium für das Volk!»

«Verzeih mir, ich bin alt und habe mich versprochen, aber jeden Tag wünsche ich aus tiefstem Herzen, unser Enver möge leben und unser Dasein erhellen. Und wenn ich ein Wort verkehrt sage, musst du es mir verzeihen: Ich bin alt und ungebildet. Ich habe nicht studiert, ich habe nicht das gleiche Glück gehabt wie du, mein Sohn. Du musst in der Schule hervorragend gewesen sein, dass du diese schöne Uniform trägst! Sie steht dir richtig gut!»

Der Polizeichef sah an sich herab und lächelte unwillkürlich. Großmutter war in ihre Rolle geschlüpft. Sie stotterte nicht mehr, gewann ihre Sicherheit zurück.

«Ich werde dich zum Polizeirevier begleiten, mach dir keine Sorgen. Aber lass mich zuerst meinen Kaffee austrinken.»

Unschlüssig rasselte der Chef mit den Handschellen.

«Ich koche dir einen Kaffee. Ich würde mich schämen, einem so hohen Besuch nichts anzubieten», murmelte Großmutter, bevor sie im Haus verschwand.

Der Uniformierte stieß einen Seufzer aus und ging, nachdem er uns einen ausdruckslosen Blick zugeworfen hatte, aus dem Hof hinaus, um dem Fahrer Bescheid zu sagen, er solle kurz auf ihn warten. Dann stieg er die Treppe hinauf zu meiner Großmutter.

«Ich habe nicht mehr als zehn Minuten Zeit», stellte er entschieden klar. «Nach dem Kaffee kommst du mit mir. In Ordnung?»

«Natürlich, mein Sohn.»

Und er zog sich mit meiner Großmutter in das Zimmer zurück, das für die Wahrsagungen vorgesehen war. Mit klopfendem Herzen nahmen Flora und ich zwei Schemel, um zu den Fenstern hochzukommen und bequem zusehen zu können. Ich jubelte: Noch nie hatte ich meine Großmutter am Werk gesehen. Nach weniger als zwei Minuten gab sie dem Polizeichef eine Tasse türkischen Kaffee in die Hand, wobei sie ihm Fragen zu seinem Alltag stellte. Während er trank und einsilbige Antworten gab, bereitete Großmutter sich selbst einen Kaffee zu! Missmutig sah er ihr zu, da er begriff, dass die alte Frau ihn angelogen hatte: Er hatte keine Ahnung, was diese Hexe bei seiner Ankunft getan hatte, aber gewiss nicht ihren Kaffee getrunken, wie sie behauptete! Nachdem er den seinen hinuntergestürzt hatte, erhob er sich und stellte die Porzellantasse auf den Tisch. Großmutter nahm sie in die Hände.

«Was machst du da?», brüllte der Chef.

Flora und ich hätten auf unseren Schemeln fast das Gleichgewicht verloren, so einen Schrecken jagte er uns ein. Nicht so Großmutter:

«Da du die Gelegenheit hast, warum sie nicht nutzen? Wir sind allein, niemand wird es je erfahren!»

«Ich will nichts wissen, ich will, dass du aufstehst und mit mir kommst.»

Der Chef knöpfte seine Uniform wieder zu, um männlicher zu wirken, und ging zur Tür.

«Wenn du nicht freiwillig mitkommst ...»

«Ich sehe hier ein altes Leid, eine Wunde, die nie verheilt ist», antwortete sie ruhig, während sie in die Tasse blickte.

Der Polizeichef blieb vor der Tür stehen, und seine Hand, die gerade nach der Klinke greifen wollte, hing in der Luft. Er drehte sich zu der Seherin um.

«Wer hat dir das gesagt?»

«Niemand, ich kenne dich ja nicht.»

«Woher weißt du das dann?»

«Die Kaffeetasse sagt es mir», antwortete Großmutter, wieder zur Königin geworden.

Sie schwieg einen Augenblick, um den Boden der Tasse zu erforschen.

«Setz dich, mein Sohn.»

Flora und ich hielten den Atem an. Würde er bereit sein, sich zu setzen? Mit zitternder Stimme stieß der Polizeichef hervor:

«Du wirst es doch niemandem sagen, oder?»

«Allein dem Grab», beschwichtigte Großmutter ihn.

Als der Chef sich auf den Stuhl setzte, hüpften meine Cousine und ich vor Freude auf unseren Schemeln ... und fielen laut polternd hinunter. Großmutter kam zum Fenster.

«Was macht ihr denn da, ihr kleinen Teufel! Die Beine werd' ich euch abschneiden, wenn ihr noch einmal am Fenster kiebitzt!»

Ich stellte meinen Schemel wieder auf, denn um nichts auf der Welt wollte ich die Fortsetzung verpassen. Doch Flora hielt mich zurück.

«Wir werden keine Beine mehr haben, wenn wir wieder ans Fenster hochklettern, ich sag's dir.»

Zögernd sah ich auf meine Beine und stellte mir ein Leben ohne sie vor.

«Lieber kein Risiko eingehen», beharrte Flora, die zwei Jahre jünger war als ich.

«Im schlimmsten Fall kann sie uns die Beine ja wieder dranmachen», sagte ich und sah verzweifelt nach dem Schemel.

Doch obwohl Flora mir versicherte, dass Großmutter in der Lage war, uns die Beine abzuschneiden, bezweifelte sie, dass sich der Vorgang auch wieder umkehren ließ. Und dann würden wir zu zwei Rümpfen mit Armen, unfähig, uns fortzubewegen. Großmutter würde ihre Tat bereuen, ohne sie rückgängig machen zu können, und bittere Tränen würden aus ihren blauen Augen fließen. Unsere Mamas wären entsetzt und würden vielleicht aufhören, uns lieb zu haben. Alle Welt würde mit dem Finger auf uns zeigen, wir könnten nicht mehr zur Schule gehen und schon gar nicht rennen und nie im Leben tanzen … Und Flora fing an zu wimmern. Ich musste sie schütteln, ihr zeigen, dass sie ihre schönen Beine, die unter der kurzen Hose hervorlugten, noch hatte.

Und in diesem Augenblick begriff ich, wie blöde ich gewesen war, auf ihren Quatsch zu hören. Wegen dieser dummen Gans hatte ich den Rest der Séance unwiderruflich verpasst. Was war das für ein großes Leid, an dem der Polizeichef litt? Es war ausgeschlossen, Großmutter diese Frage zu stellen: Laut meinen neugierigen und aktiv am Tratsch beteiligten Tanten erinnerte sie sich an nichts, sobald die Sitzung erst einmal vorüber war. Ich stellte meinen Schemel also wieder auf, aber es war bereits zu spät. Der Polizeichef trat mit gerötetem, tränenüberströmtem Gesicht aus der Eingangstür. Er ging zum Brunnen im Hof, um sich frisch zu machen. Dann nahm er, ohne um Erlaubnis zu fragen, ein Handtuch, das auf einer gespannten Wäscheleine beim Apfelbaum hing, und trocknete sich das Gesicht. Nachdem er seine Uniform wieder zugeknöpft hatte, warf er uns einen undefinierbaren Blick zu und legte den Finger auf die Lippen, um unser Schweigen einzufordern. Dann ging er.

Wir haben ihn eine Woche später wiedergesehen, ohne Uniform, und erkannten ihn nur mit Mühe. Er hatte keine Fesseln in der Hand, sondern einen großen Kuchen. Mit einem herzlichen Lächeln grüßte er uns und bat uns, Großmutter zu rufen, die im Zwischengeschoss kochte. Als diese den Kuchen sah, freute sie sich und machte das Paket sofort auf.

«Ein Schokoladenkuchen!», rief sie begeistert.

Dann ging sie wieder in die Küche hinunter und kam mit einem großen Messer zurück. Sie schnitt zwei große Stücke ab, eines für mich und eines für Flora.

«Ich finde keine Worte, um dir zu danken», sagte der Polizeichef zu Großmutter, die dabei war, ein drittes Stück von dem Schokoladenkuchen abzuschneiden, das sie sich sofort in den Mund stopfte.

«Willst du auch eines?»

«Nein, danke. Ich möchte mich dafür entschuldigen, dass ich letzte Woche mit Handschellen gekommen bin.»

Er schwieg einen Moment, bis meine Großmutter aufhörte zu kauen. Dann setzte er seine Rede mit gedämpfter Stimme fort, aber ich hörte ihn trotzdem, obwohl ich so tat, als ob ich mit Flora Ball spielte.

«Ich weiß nicht, wie du es fertigbringst, alles zu wissen. Wenn man es mir gesagt hätte, ich hätte es nicht geglaubt.»

Er schluckte geräuschvoll.

«Ich stehe tief in deiner Schuld, und ich habe mein Bestes

getan, um dir zu helfen. Ich habe mit meinen Vorgesetzten gesprochen, ich habe ihnen versichert, dass du nicht gefährlich bist und keine Propaganda gegen die Regierung betreibst. Niemand wird dich mehr stören. Du kannst daheimbleiben, ohne Angst zu haben, dass man dich bei der Polizei vorlädt. Aber du darfst deine Tätigkeit als Seherin nicht mehr ausüben. Das ist vom Staat verboten.»

Großmutter spuckte ein Stück Kuchen auf den Boden und rief den Hund:

«Tomi, komm!»

«Weißt du, dass ich einen Haftbefehl hatte? Aber ich habe ihn annulliert. Ich habe sogar noch etwas Besseres getan: Ich bin zu einem Psychiater gegangen, der eine Bescheinigung über deine geistige Verwirrung ausgestellt hat.»

Großmutter hatte endlich ihr Kuchenstück aufgegessen.

«Mein Sohn, was soll das heißen? Ich habe nicht studiert.»

«Das heißt, dass du für unmündig erklärt bist …»

«Und was bedeutet das, unmündig?»

«Das heißt verrückt, aber es geht dabei um eine Schutzmaßnahme …»

«Ich, verrückt?»

«Versteh mich doch …»

Aber Großmutter wollte nichts verstehen.

«Schämst du dich nicht, mich verrückt zu nennen?»

«Das ist wegen der staatlichen Vorschrift …»

«Ich pfeife auf euren Scheißstaat!»

«Sei still, bitte, sei still!»

«Ich habe mehr Grips als alle Mitglieder der Regierung zusammen. Wenn die so viel wüssten wie ich, wäre dieses Land nicht zur Armut verdammt.»

«Ich habe nichts gehört! Auf Wiedersehen und schönen Tag noch!»

Der Polizeichef starrte uns ängstlich an und beeilte sich fortzukommen. Großmutter betrachtete verächtlich den Kuchen.

«Nichts weiter als ein Kuchen! Er hat mir noch nicht mal einen kleinen Schein zugesteckt. Undankbare Person! Komm, Tomi, friss!»

Wir starrten Großmutter wie versteinert an. Plötzlich brach sie in schallendes Gelächter aus.

«Ich habe ihm Angst gemacht! Habt ihr das gesehen?»

Und sie freute sich über ihre Macht, die sich über ein halbes Jahrhundert hinweg gefestigt hatte. Doch sie hielt nicht mehr lange an. Die Leute kamen nicht mehr zu Großmutter, um sie um ihre Dienste zu bitten, denn sie riskierten eine Gefängnisstrafe. Die Séance mit dem Polizeichef wurde für Marietta zum Schwanengesang. Die Angst vor der Polizei hatte außergewöhnliche Fähigkeiten in ihr geweckt. Dieselbe Angst brachte in der Folge den Funken der Intuition tief in ihrer Seele zum Erlöschen. Im HAUS DER GROSSELTERN wurden die Besucher immer seltener und die Vorhersagen immer weniger wirksam. Umso mehr, als keines ihrer Kinder die Gabe des Hellsehens geerbt hatte.

Der Älteste und der einzige Sohn, mein Onkel, unterrichtete an der Oberschule Turnen. Er war in seiner Jugend Boxchampion gewesen und würde es für immer bleiben: Als er auf dem Gipfel seines Ruhmes stand, wurde diese Sportart von der Regierung verboten. Großmutter, die es nicht ertrug, mit anzusehen, wie ihr Sohn verdroschen wurde, hat nie einem Kampf beigewohnt. Meine Mutter aber ging mit ihren Schwestern hin, um den ewigen Gewinner anzufeuern, damit er hart und noch härter zuschlug. Bis das Boxen als gewalttätiger und mit unserer Moral des neuen Menschen unvereinbarer Sport verboten wurde, ist er nie besiegt worden. Während sich alle seine Anhänger am Tag der Verkündung des neuen Gesetzes vor Verzweiflung betranken, freute sich der Onkel. Er hatte sich gerade in ein feinfühliges Mädchen verliebt: Damit sie einer Heirat zustimmte, musste er das Boxen aufgeben. Die Regierung machte es ihm leicht, und an einem schönen Frühlingstag führte mein Onkel ein göttliches, launisch verwöhntes Geschöpf, die einzige Tochter eines alten Paares ehemaliger Bürgerlicher aus Tirana, in das HAUS DER GROSSELTERN.

In ihrer Hochzeitsnacht bekam die junge Braut Durst und stieg aus dem Bett, um im Wohnzimmerschrank nach dem einzigen vollen Gefäß zu greifen, das sie dort fand. Nachdem sie ein paar Schlucke daraus genommen hatte, bemerkte sie, dass der Inhalt der Karaffe einen unvergleichlichen Geschmack hatte. Sie hatte recht. Großmutter war in der Nacht aufgewacht und da sie zu faul war, bis zur Toilette im Hof hinunterzugehen, hatte sie in die Wasserkaraffe, die sie auf dem Wohnzimmertisch sah – ein Hochzeitsgeschenk von Gästen des Brautpaares –, uriniert. Dann hatte sie das Gefäß im Schrank versteckt, um den Inhalt am nächsten Tag in die Toilette zu schütten. Nicht im Traum hatte sie daran gedacht, dass die junge Braut in der Nacht daraus trinken würde!

Am nächsten Morgen hatte der Onkel seine liebe Not, die Tränen seiner Angebeteten zu begreifen, und noch mehr ihre Worte:

«Deine Mutter hat dafür gesorgt, dass ich ihre Pisse trinke!»

Auf der Stelle wollte sie dieses Tollhaus verlassen, in dem man in Wasserkaraffen pinkelte! Doch der Onkel flehte sie an, sich zu gedulden: Sie würde sich bald schon wohlfühlen und die seltsame Familie, in die das Schicksal sie katapultiert hatte, schätzen lernen.

Zwei Monate vergingen, und die Frau meines Onkels hatte sich nicht an ihr neues Leben gewöhnt. Es war ihr unmöglich, mit fünf Schwägerinnen, einer Hexe und einem Trunkenbold zusammenzuleben, auch wenn Großvater ihr niemals etwas zuleide tat. Die grenzenlose und unvergängliche Liebe ihres Mannes war ihr nicht genug, das Heimweh nach ihrem schönen, ruhigen und sauberen Haus ohne Geschrei und ohne

Merkwürdigkeiten nagte an ihrer Seele. Man muss selbst ein wenig seltsam sein, um das Seltsame zu lieben. Die Frau meines Onkels war es nicht. Die überall in den Zimmern verstreut lebenden Hunde und Katzen machten ihr Angst, und Großmutters Halluzinationen versetzten sie in Panik. Die Unordnung und Ungeniertheit der Hausbewohner waren ihr zuwider. Der bewegende Gesang meiner Tanten unmittelbar nach einem heftigen Streit verschlug ihr die Sprache. Ihre Lügen und ihre Erfindungsgabe reizten sie im höchsten Maße. Sie brauchte nicht lange, um zu begreifen, dass die Wahrheit im HAUS DER GROSSELTERN nicht existierte.

Sie hatte einer ihrer Schwägerinnen zugehört, die ihr von einem Streit erzählte, sich beklagte und weinte: Sie hat ihr recht gegeben. Die zweite jedoch gab eine gänzlich andere Version desselben Streites, und die Frau meines Onkels sah sich genötigt, ihr zu glauben, so überzeugend war diese zweite Fassung. Allerdings nicht so überzeugend wie die dritte: Die Zuträgerin schluchzte noch lauter als ihre beiden Schwestern und hatte noch plausiblere Gründe dafür. Die Frau meines Onkels zog daraus den Schluss, dass die Wahrheit im Lager dieser Letzten zu suchen sei, bis, ja bis ihr Ehemann die Aussagen aller drei Schwestern mit ebenso großer Kunstfertigkeit, wie sie sie bewiesen hatten, widerlegte. Da packte die Schöne aus der Hauptstadt ihre Koffer. Wie sollte man an einem Ort, wo jeder einem mit bewundernswürdiger Gewandtheit weismachte, er besitze die einzige Wahrheit, nicht verrückt werden?

Wenn mein Onkel ihr nicht folgte, dann aus purer Scham: Der einzige Sohn des Hauses verlässt niemals seine Eltern, um im Haus seiner Frau zu leben, es sei denn, es macht ihm nichts aus, sich lächerlich zu machen. Doch dieser Menschenschlag existiert in Korça nicht. In Korça tötet das Gerede, es begräbt die Einwohner und erweckt sie wieder zum Leben. Man streitet sich mit seinen Eltern, man behandelt sie schlecht, man verachtet sie, wird ihr Sklave, benutzt sie, nutzt sie aus, macht ihnen das Leben schwer und hasst sie, aber verlassen tut man sie nicht. Mein Onkel ist also bei den Seinen geblieben: unglücklich, aber stolz, seine Pflicht getan zu haben.

Ein paar Jahre später heiratete er wieder. Die zweite Schwiegertochter meiner Großmutter besaß weder die Feinheit noch die Ansprüche der ersten. Sie gewöhnte sich problemlos an die Lügen. Sie beschwerte sich nicht über den Dreck, die Hunde und die Katzen. Sie brachte ihrer Schwiegermutter Kuchen. Sie bemühte sich, den Familienmitgliedern zu gefallen, und vor allem ihrem Ehemann, den sie grenzenlos bewunderte. Sanft und zuvorkommend, großzügig und liebenswürdig umsorgte sie ihn, verwöhnte und verhätschelte ihn. Damit er nur über Seide und Wolle ging, schmückte sie das HAUS DER GROSSELTERN mit teuren Teppichen. Sie ließ ihr Brautgemach rosa streichen und stellte seltene Möbel hinein. Es war unmöglich, all die Anzüge zu zählen, die sie ihrem wunderbaren Gatten geschenkt hatte. In ihrer gehorsamen und liebevollen Art machte sie ihm nie Vorwürfe, wenn er spät abends heimkehrte, und hatte nichts an ihm auszusetzen, im Gegenteil. Daheim bekam er einen sehr viel besseren Wein vorgesetzt als in der Kneipe, und allmählich begann er, die Gesellschaft seiner zweiten Frau zu schätzen.

Mit ihrem steten Lächeln war sie im siebten Monat ihrer Schwangerschaft angekommen, als eine unglaubliche Neuigkeit Korça erschütterte: Eine Bankangestellte hatte in ihrer Filiale mehrere Millionen unterschlagen! Die Anschuldigung fiel auf die Frau meines Onkels. Die Polizisten kamen, um sie zu verhaften, und konfiszierten die schönen Teppiche, die Schlafzimmermöbel und den kostbaren goldenen Zierrat. Nach dem Gesetz musste sich ein Dieb, sobald die entwendete Summe eine Million überstieg, auf eine Hinrichtung gefasst machen. Es gab jedoch eine Klausel für schwangere Frauen: Da es nicht erlaubt war, ein Kind im Bauch seiner Mutter zu töten, wurde die Todesstrafe durch lebenslange Haft ersetzt.

So endete die zweite Ehe meines Onkels in einer Katastrophe. Niemand in Korça hatte Lust, eine Diebin als Frau zu behalten, und mein Onkel, ein anständiger und respektierter Mann und ehemaliger Boxmeister, schon gar nicht. Er zog wieder durch die Kneipen und bat erneut um die Hand seiner Dulzinea aus Tirana. Die launische Schöne hatte ihre Meinung nicht geändert: Sie liebte ihn und würde gern mit ihm zusammenleben, nur eben nicht in Korça, in dem schmutzigen Haus voller Geister, Merkwürdigkeiten, Tiere und Lügen. Zehn Jahre flehte er seine erste Frau an, zu ihm zurückzukehren, zehn Jahre flehte sie ihn an, zu ihr zurückzukehren. Keiner gab nach. Die Liebe wiegt schwer in unseren Breiten, so schwer, dass die Ehen ohne Liebe weniger Sorgen bereiten. Nach viel Tränen und Leid wandte sich mein Onkel einem anderen Schicksal zu: Er heiratete eine Lehrerin aus der Gegend.

In der Zwischenzeit hatten seine Schwestern das väterliche Haus verlassen, um zu ihren jeweiligen Ehemännern zu ziehen, mit Ausnahme von Vera, der jüngsten, der schönsten und lustigsten der Schwestern. Zu diesen Vorzügen, die die Suche nach einem passenden Partner erschwerten, kam ein weiterer: ihre Größe. Vera war einen Meter achtzig groß. Und wenn am Strand auch alle Männer die Köpfe verdrehten, um ihren hochgewachsenen Körper zu betrachten und seine Vollkommenheit zu bewundern, so wagten sie es doch nicht, auf sie zuzugehen, so klein und hässlich fühlten sie sich. Aber Vera verlor die Hoffnung nicht, Vera war unentwegt verliebt. Sie brauchte ein großes männliches Wesen bloß von Weitem zu erspähen, um ihm herrliche Briefe und Verse zu schreiben. Manchmal komponierte sie wehmütige Lieder von ergreifender Schönheit. Wenn ich in meiner Eigenschaft als Journalistin nach Korça reiste, traf ich sie oft im Zwischengeschoss an, wie sie Akkordeon spielte, umringt von fünf schweigenden Katzen sowie Foxa und Miki, die begeistert bellten. Mit ihrer vollkommenen, melodisch berührenden Stimme sang sie von einer unglücklichen und unerreichbaren Liebe. Einmal hatte sie sogar fast an einem Konzert mit Sherko Dilani mitgewirkt, einem großen Künstler der Siebzigerjahre, der im Gefängnis landete, weil er vor dem albanischen Publikum Lieder von den Beatles gesungen hatte.

Sherko und meine Tante hatten dieselbe Grundschule in Korça besucht und waren Freunde geblieben. Beide liebten den Gesang. Sherko trat vor Hunderten von Menschen auf, meine Tante vor sieben Tieren, höchstens. Seit langem wollte der große Sänger meine Tante schon aus ihrem Keller hervorlocken, in dem sie abgeschottet von der Welt vor sich hinlebte und fluchte, sobald eine Melodie schlecht zu den Texten passte. Ihre Flüche hätten den hartgesottensten Kutscher verschüchtert: In ihrem Vokabular fanden sich Wörter aus der Gaunersprache, gewürzt mit Obszönitäten à la «Fotze», «Schwanz» und «Fick», die aus dem Mund eines gebildeten und darüber hinaus jungfräulichen Mädchens erstaunen mussten! Doch nur ihre Angehörigen hatten ein Anrecht auf ihre scherzhafte und lustige Art zu reden. In der Öffentlichkeit legte meine Tante ihre eigentümliche Ausdrucksweise, bei der wir uns vor Lachen fast in die Hose machten, ab und verwandelte sich in ein anständiges Mädchen ohne sprachliche Extravaganzen. Ihre Art von Humor faszinierte Sherko im gleichen Maße wie ihre Stimme. Eines Tages beschloss er, in dem kleinen, abgelegenen Dorf in der Region, wo meine Tante unterrichtete, ein Konzert zu geben, unter der Voraussetzung, dass sie daran teilnahm.

Wer hätte abgelehnt, zusammen mit der berühmtesten Stimme Albaniens zu singen? Vera jedenfalls nicht. Sie empfing ihren prominenten Freund voller Dankbarkeit und Liebe. Während in der Dorfmitte eine improvisierte Bühne aufgebaut wurde, zog sie sich mit Sherko zurück, um ein Lied zu proben, damit er sie auf der Gitarre begleiten konnte. Dann begaben sie sich gemeinsam zur Bühne. Das ganze Dorf hatte sich versammelt, nicht nur, weil Sherko Dilani singen würde, sondern auch wegen der Lehrerin. Man erwartete sie voller Ungeduld. Als meine Tante die Bühne betrat, stolperte sie über die am Boden liegenden Kabel.

«Es wäre gut, wenn du mich vorstellst», flüsterte Sherko ihr ins Ohr.

Und er reichte ihr das Mikrofon. Meine Tante hatte noch nie eines gesehen. Sie nahm den Gegenstand in die Hand, drehte ihn hin und her, hielt ihn vor den Mund und sagte leise zu Sherko:

«Was ist denn das hier für ein Ding, das aussieht wie ein Pimmel?»

Das ganze Dorf hörte die Worte aus dem Mund der Altsängerin. Erklärungen brauchte es keine. Meine Tante begriff den Zweck des entehrenden Objekts, und die Dorfbewohner ebenso. Sie konnten nicht fassen, dass die Lehrerin solche Wörter in den Mund nahm. Dem verblüfften Schweigen folgte ein Murmeln, das bald zum Gebrüll wurde: Man würde seine Kinder doch nicht von so einer erziehen lassen! Nur die Schüler blieben stumm, so sehr überstieg der Skandal ihr Fassungsvermögen. Unter den Verwünschungen des ganzen Dorfes rannte meine Tante von der Bühne. Ihre musikalische Karriere war für immer zu Ende. Wenige Tage später ging sie fort, um anderswo zu unterrichten, in einem Dorf, das noch weiter von Korça entfernt lag.

Ich besuchte sie im letzten Monat der sechsten Klasse und beschloss, den Rest des Schuljahres an ihrer Schule zu verbringen. Meine Mutter hatte nichts dagegen, ganz im Gegenteil. Nachdem sie mir daheim literweise Lebertran verabreicht hatte, ohne dass ich auch nur ein einziges Kilo zugenommen hatte, hoffte sie nun, dass mir die Landluft helfen würde, Gewicht zuzulegen. Meine Magerkeit beunruhigte sie sehr viel mehr als meine schulischen Leistungen. Mit dem Überlandbus schickte sie mir zusätzliche Kleider, und ich richtete mich in dem Zimmer ein, das meine Tante mit drei weiteren Lehrerinnen aus Korça teilte. Zu der Zeit hatte sie sich in Guri verguckt, den Physiklehrer, und ich wurde ihre Vertraute. Gemeinsam schmiedeten wir Pläne, um diesen großen Burschen in unser Zimmer zu locken, wobei wir achtgaben, dass unsere Mitbewohnerinnen keinen Verdacht schöpften. Mir fiel die Aufgabe zu, das von den physikalischen Gesetzen faszinierte Kind zu spielen und Guri um Erklärungen darüber zu bitten. Freundlich und unschuldig beantwortete er meine Fragen, die ich mit der Hilfe meiner Tante ausgearbeitet hatte. Sie richtete es so ein, dass sie in dem Augenblick, da Guri sich zum Gehen anschickte, das Zimmer betrat. Sie bot ihm einen Kaffee an, und ich musste mir weitere Fragen ausdenken, da der vorher angelegte Vorrat aufgebraucht war. Nur interessierte ich mich wirklich nicht für Physik, und eines Tages verfiel ich auf die Idee, ihn über die Tiere des Dschungels auszufragen, mein neues Lieblingsthema, seit ich Kipling gelesen hatte.

Als ich mich zum ersten Mal von dem vorgezeichneten, von physikalischen Fragen gesäumten Pfad entfernte, hätte meine Tante fast die Kaffeetasse über Guris hellblauer Hose verschüttet, solche Angst hatte sie, dass er schnurstracks das Zimmer verließ, weil er keine Antwort geben konnte. Doch entgegen allen Erwartungen lieferte Guri mir so spannende Details über meine Lieblingstiere, dass sein Besuch länger dauerte als sonst. Er lud uns sogar in sein Zimmer ein, das er mit zwei Lehrern teilte. Ich war überglücklich. Ich freute mich schon, weitere Merkwürdigkeiten aus der Welt der Tiere zu erfahren, als ich neue Anweisungen erhielt. Meine Tante wollte, dass ich eine Gelegenheit fand, Guri Fragen darüber zu stellen, was er an Frauen schätzte, zum Beispiel dann, wenn er mir von der Kobra erzählte. Völlig gefangen von Guris aufregenden Geschichten über die Tiger, vergaß ich ganz, das Kobrathema anzuschneiden. Meine Tante kniff mich dreimal in den Arm. Schließlich führte sie das Thema Schlangen selbst ein, und ich fing mich wieder:

«Warum sagt man, dass der Mann und die Frau zwei Schlangen sind, die auf demselben Kissen schlafen?»

«Weil sie sich gleichzeitig lieben und hassen», antwortete Guri.

«Ich möchte zu gerne wissen, was du an einer Frau liebst oder hasst», sagte ich, außerordentlich stolz, dass ich die Frage hatte stellen können, ohne die Kobras überhaupt zu erwähnen.

Meine Tante zwinkerte mir ein «Gut gemacht» zu, aber Guri versuchte, unserer Falle zu entgehen, indem er vage Antworten gab. Um sich so weit als möglich von den Frauen zu entfernen, stürzte er sich auf die Löwenjagd, an der er während eines Afrikabesuchs teilgenommen hatte. Mir verschlug es die Sprache, und ich bekam riesengroße Ohren. Guri erzählte mit so viel Leidenschaft, dass man seine Tante bis zum Wahnsinn hätte lieben müssen, um sich an ihre Anweisungen zu erinnern. Diese aber wurden von Tag zu Tag präziser und vermehrten sich in dem Maße, wie Guris Geschichten an Spannung zulegten. Beim nächsten Treffen sollte ich ihn, stets taktvoll und über den Umweg der Tiere, fragen, ob er verliebt sei.

«Über solche Dinge spricht man nicht», antwortete Guri lachend. «Aber wenn du mehr über die Affen wissen willst, befriedige ich deine Neugier gerne. Ich habe in Afrika eine ganze Menge davon gesehen.»

Und wir setzten unsere Unterhaltung über die Gorillas fort. Nur meine Tante kam nicht auf ihre Kosten.

«Meinst du, dass er mich liebt?»

Ich wusste nicht, was ich ihr antworten sollte: Der Bursche war zwar immer liebenswürdig und aufgeschlossen, blieb aber nach wie vor undurchschaubar. Der Sommer brachte uns des Rätsels Lösung. An einem schönen sonnigen Tag feierte Guri seine Verlobung mit einem Mädchen aus Korça, seiner Nachbarin aus Kindertagen. Am Morgen weinte meine Tante, und am Nachmittag gingen wir zu unserem Freund, um ihm zu seiner Wahl zu gratulieren, des Anlasses wegen natürlich mit einem Geschenk. Als ich an diesem Tag beobachtete, wie Guri meiner Tante verstohlene Blicke zuwarf, begriff ich, dass er sie liebte. Nicht aber, warum er sich mit einer anderen verlobte. Als wir das Haus seiner Schwiegerfamilie betraten, wurde er rot. Mit vor Aufregung zitternden Händen nahm er das Verlobungsgeschenk entgegen. Und als ich, während meine Tante zur Toilette rannte, um heimlich ihre Liebestränen zu vergießen, die afrikanischen Elefanten erwähnte, verschüttete Guri sein Glas Rotwein, der sich über den weißen Teppich des Wohnzimmers ergoss. Ich wartete auf seine Antwort: Hatte ihm der Norden oder der Süden von Afrika besser gefallen?

«Er hat Albanien doch nie verlassen», erklärte seine Verlobte lachend.

Ich war schockiert. Voller Ungeduld wartete ich darauf, dass meine Tante zurückkam, um ihr diese furchtbare Wahrheit zu enthüllen. Ich musste mich zehn Minuten gedulden, so lange brauchte sie, um sich die Tränen zu trocknen. Lächelnd und mit frischem Gesicht kehrte sie schließlich ins Wohnzimmer zurück. Ich setzte sie sofort ins Bild:

«Weißt du, dass Guri nie in Afrika war?»

«Natürlich. Denk doch mal nach: Welcher Albaner hat schon in Afrika Löwen gejagt? Man kommt nicht einmal bis Griechenland. Mama kann ihre Familie nicht besuchen, die kaum eine Stunde Fahrt entfernt wohnt. Bis auf ein paar wenige Beamte, die aus Staatsgründen verreisen, und die Hochleistungssportler, die an den Olympischen Spielen teilnehmen, darf niemand ins Ausland reisen. Wie sollte Guri da wohl nach Afrika gekommen sein?»

«Aber ich, ich habe geglaubt …»

«Du bist vielleicht naiv!», rief sie. «Seine Geschichten waren ein Scherz, frei erfunden. Hast du wirklich daran geglaubt?»

Und sie lachte. Alle lachten über mich, bis ein kleiner Mann mittleren Alters das Wohnzimmer betrat. Guri stellte ihn uns als seinen Schwiegervater vor, Chef des regionalen Arbeitsvermittlungsbüros.

«Wenn Sie das Landleben satthaben, kommen Sie bei mir vorbei», schlug er meiner Tante vor.

Sie wurde blass, und ich auch: Schlagartig begriffen wir, was es mit der Verlobung unseres bewundernswerten Erzählers auf sich hatte. Daher waren wir auch nicht erstaunt, als wir erfuhren, dass Guri nicht mehr ins Dorf zurückkehren würde, um Physik zu unterrichten, da er zum Direktor einer Schule in Korça ernannt worden war. Trotzdem dachte ich immer mit Wehmut an unsere schönen Abende zurück, sogar nach der bitteren Enthüllung über Guris angebliche Abenteuer in Afrika. Mit nicht weniger Wehmut schrieb meine Tante ein wundervolles Lied: «Du gingst von mir ohne ein Wort / In meinem Herzen wirst du ewig leben / Vergeblich warte ich auf deine Wiederkehr / Eine neue Liebe wird's für mich nicht geben.»

Trotzdem verfinsterte ein neuer Held den blauen Himmel meiner Tante, als ich ein paar Jahre später zu ihr nach Korça fuhr: Er spielte Gitarre und unterrichtete Musik. Dieses Mal schien das Verhältnis weiter fortgeschritten, denn ich fand meine Tante, die für gewöhnlich im Kreise ihrer Tiere Gedichte schrieb oder sang, wie sie im Zwischengeschoss einen Monolog verfasste.

«Du kommst gerade recht», sagte sie statt einer Begrüßung. «Ich brauche deinen Rat.»

Sie fing an, mir den Monolog an den Musiklehrer vorzulesen, den sie auswendig lernen würde, um ihn ihm am nächsten Tag vorzutragen. Ein Zweifel quälte sie: Sollte sie die vorgesehene Träne nach der zweiten oder nach der dritten Strophe vergießen? Meine Meinung war ausschlaggebend, denn sie konnte sich nicht entscheiden. Ich warf einen Blick auf ihr Papier und sah das in Klammern gesetzte Wort «Träne» an zwei Stellen, wie in den Theaterstücken, die wir in der Oberschule durchgenommen hatten. Die Entscheidung fiel schwer, die Träne passte an beiden Stellen.

«Es ist besser, es richtig auszuprobieren», schlug ich vor.

Ich kam in den Genuss eines erstklassigen, mit Talent und Emotion vorgetragenen Liebesmonologs. Ich hörte mit großem Vergnügen zu. Am Ende angelangt, fragte mich meine Tante:

«Und?»

«Das war sehr schön.»

«Ja, aber … die Träne?»

«Tut mir leid, ich war von der Darstellung so gefangen, dass ich nicht darauf geachtet habe, wann du sie vergossen hast …»

Meine Tante wurde wütend.

«Das ist doch nicht möglich! Ich gebe mir solche Mühe, und du … du vergisst die Hauptsache! Weißt du, wie viel Emotionen mich das kostet? Glaubst du, es wäre so einfach zu weinen?»

Und sie fing an, vor Wut zu schluchzen.

«Ich denke, dass die Träne doch besser in der dritten Strophe passt», erklärte ich nach einiger Überlegung. «Die Spannung steigt, und es wird einfacher für dich sein, sie zu vergießen, wenn du weiter von der ersten Strophe entfernt bist. Andererseits darfst du weder als Heulsuse anfangen noch in

Tränen aufgelöst enden. In der vierten Strophe ist die Träne dann getrocknet, und am Ende des Monologs hast du deine ganze Würde wiedergefunden.»

Tante Vera fand meine Argumentation einwandfrei.

«Bravo! Wir zwei sind ein tolles Team. Bei uns wird jedes Mannsbild weich.»

Am nächsten Tag erfuhr ich, dass der Musiker ein besonders hartgesottenes Exemplar war: Der Monolog hatte ihn nicht gerührt. Meine Tante komponierte daraufhin todtraurige Lieder, deren Vortrag wir mit Lachkrämpfen unterbrachen. Sie lachte beim Weinen, ich weinte beim Lachen. Zwischen Lachen und Weinen sangen wir Melodien zu Ehren dieses Hornochsen, der die Liebe einer einzigartig kreativen und unvergleichlichen Frau nicht zu schätzen gewusst hatte: «Eines Tages bereust du es vielleicht noch sehr / doch was einmal verloren ist, das findet man nicht mehr.»

Meine Tante gab sich viel Mühe, mich jedes Mal, wenn ich eine falsche Note sang, zu korrigieren. Am Ende meines Aufenthalts in Korça hatten sich meine musikalischen Fähigkeiten außerordentlich verbessert. Aber ich war traurig. Im Zug, der mich nach Tirana zurückbrachte, bemerkte ich Frauen, die viel gewöhnlicher waren als meine Tante, aber in Begleitung eines Ehemannes. Gab es denn keinen Mann für sie? Ich ging durch die Waggons und blieb vor einem hochgewachsenen Exemplar von sehr angenehmem Äußeren stehen. Ich setzte mich auf den Platz daneben und begann sofort eine Unterhaltung. Er war Arzt. Mochte er große Frauen? Ja, er liebte sie, vor allem, wenn sie Humor hatten. Mochte er Musik? Noch mehr als die Medizin. Und Poesie? Voller Stolz zeigte er mir ein Notizbuch, in das er Verse zu schreiben pflegte, die ihm während seiner Reisen in den Sinn kamen. Ich jubelte. Außer mir vor Freude stellte ich ihm eine ganz normale Frage:

«Reisen Sie viel?»

«Ja, ich arbeite in Elbasan, und meine Frau wohnt in Tirana.»

Ende der Unterhaltung. Ich setzte mich anderswohin, so sehr ging er mir jetzt auf die Nerven! Ein perfekter Mann wird hassenswert, sobald er verheiratet ist. Und sie waren alle verheiratet, die perfekten Männer. Ich lernte viele von ihnen kennen: am Strand, im Bus, in der Bibliothek und in der Schlange beim Fischkauf. Sobald ich einen großen Mann sah, ging ich auf ihn zu, um zu erfahren, ob er schon eine Frau hatte. Mit dieser Frage konnte man natürlich nicht einfach so herausplatzen: Man musste jonglieren, indem man über das Wetter, Filme, die Familie im Allgemeinen sprach, um daraufhin zur Landung anzusetzen. Auf der Suche nach einem Ehemann für meine Tante erwarb ich eine unglaubliche Leichtigkeit im Umgang mit anderen Menschen. Von Sommer zu Sommer, von Jahr zu Jahr horchte ich alle großen und intellektuell aussehenden Männer aus, ohne meiner hinreißenden Tante auch nur einen einzigen vorführen zu können. Und so spielte sie weiter im Zwischengeschoss Akkordeon, nun allerdings mit einem neuen Ziel: Foxa ein ganz kleines Lied beizubringen.

«Sie ist eine sehr intelligente Hundedame», sagte sie zu mir. «Wenn ich Geduld habe, wird sie es eines Tages schaffen, ihr Gebell in Wörter zu verwandeln. Sie ist fast schon so weit, hör gut hin: Sie sagt nicht mehr ‹ham-ham›, sondern ‹Mama›.»

Ich spitzte die Ohren und musste der Wahrheit ins Gesicht sehen: Während in französischsprachigen Gegenden alle Hunde «hum-hum» machen, bellen sie in Albanien «ham-ham», Foxa dagegen brachte ein «Mama» hervor. Dennoch blieb ich, was Foxas Wortschatzerwerb betraf, noch skeptischer als im Hinblick auf eine mögliche Heirat meiner Tante.

«Und im Ministerium? Ist dir da niemand aufgefallen, der zu mir passen würde?» Inzwischen ging es nicht mehr um Junggesellen, sondern um Geschiedene – eine echte Seltenheit – und

Witwer – eine im Aussterben begriffene Spezies. Die Witwen hingegen hatten Hochkonjunktur. Ich weiß nicht, warum die Männer leichter starben als ihre Angetrauten. Vielleicht, weil sie stärker von dem Verfolgungswahn, der mit der Angst vor dem Regime zusammenhing, betroffen waren – eine bei uns ebenso verbreitete Krankheit wie die Grippe. Sogar mein Großvater mütterlicherseits ist früher gestorben als seine Frau, und das trotz seiner Lebensweisheit: «Ich scheiß auf die Politik.» Handelte es sich um eine Art männlicher Solidarität? Großmutter weinte heiße Tränen um ihn, und ihre Schmerzensschreie stiegen höher in den Himmel als ihr früheres Gezeter. Auch mein Onkel schluchzte am Grab seines Vaters vor Kummer, um dann, als die Beerdigung vorüber war, vor Wut und Scham zu wimmern: Großvater hatte das Haus Vera vermacht, und nicht seinem einzigen Sohn, wie es die Sitte verlangte. Machte er sich keine Illusionen mehr über die Heirat seiner geliebten jüngsten Tochter, der schönsten und lustigsten? Fürchtete er, dass sie dem ehemaligen Boxer zur Last fallen, als Hausbesitzerin aber respektiert werden würde?

Großvater hatte sich geirrt. Die Auseinandersetzungen zwischen meinem Onkel und meiner Tante nahmen ungeheuerliche Ausmaße an. Der Bruder nutzte jede kleinste Gelegenheit, um seiner Schwester das Leben schwer zu machen, die seiner Meinung nach den Vater beeinflusst hatte, diesen ebenso unsinnigen wie lächerlichen Akt zu begehen. Sie hatte nun also einen Grund mehr zu heiraten, denn mit ihrem Bruder unter einem Dach zu leben, wurde für sie unerträglich. Sie konnte ihn unmöglich vor die Tür setzen: Durch die Wohnungsnot in unserem sozialistischen System war meine Tante zwar theoretisch die Besitzerin des Hauses, in der Praxis aber musste sie ihren «Mieter» hinnehmen. Die Ironie des Schicksals wollte es, dass mein Onkel auf groteske Weise dafür bestraft wurde, dass er mit seiner ersten Frau gebrochen hatte, nur weil er ein Haus nicht verlassen wollte, in dem er eines Tages zum ungebetenen Gast wurde. Mein Onkel, Vater von zwei Töchtern aus dritter Ehe und einem ältesten, im Gefängnis groß gewordenen Sohn, für den er nie auch nur die geringste Neugier gezeigt hatte, obwohl das Gerücht umging, er sei eine Art Genie von blendender Schönheit, mein Onkel also arbeitete weiter als Turnlehrer an der Oberschule von Korça, während seine Schwester jeden Morgen zum Überlandbus lief, um in ihr neues Dorf zu fahren. Nach Großvaters Tod war ihrem Gesuch um Versetzung in Wohnortnähe stattgegeben worden. Tante Vera teilte sich kein Zimmer mehr mit drei Freundinnen, sie besaß ein ganzes Haus, das unbewohnbar geworden war!

«Ich muss unbedingt heiraten!»

Ich fühlte mich schuldig, weil es mir nicht gelungen war, einen Ehemann für sie zu finden. Ihre Ansprüche waren gesunken, es gab nur noch ein Kriterium: die Größe. Denn auch wenn meine Tante nichts dagegen hatte, einen kleineren Mann zu heiraten, kein Albaner hätte eine Frau an seiner Seite akzeptiert, die größer war als er. Bei meiner Rückfahrt nach Tirana suchte ich den Zug nicht mehr nach großen Männern ab: Ich wusste aus Erfahrung, dass sie vergeben waren.

«Ich habe noch nie einen großen Mann mittleren Alters getroffen, der akzeptabel und ungebunden wäre», sagte ich verzweifelt zu Anita, die selbst noch ledig war.

Trotz ihrer Schönheit, ihrer Universitätsdiplome, ihrer Hochherzigkeit und ihrer Intelligenz scheuten sich die albanischen Männer, um Anitas Hand anzuhalten, weil sie einmal mit achtzehn Jahren verlobt gewesen und deshalb nicht mehr unberührt war. Während ihre jüngere Schwester das Nest verlassen hatte, wohnte Anita noch immer rechts von meinem HAUS mit ihrer inzwischen verwitweten Mutter – der unermüdlichen Arbeiterin in der Kuchenwerkstatt – und ihrer Großmutter Hatibe, die, nachdem sie drei Ehemänner begraben hatte, noch am Leben, aber seit Jahren gelähmt und ans Bett gefesselt war.

«Ich schon», antwortete Anita. «Es gibt da einen bei mir auf der Arbeit.»

«Groß?»

«Ja.»

«Ungebunden?»

«Ja.»

«Und nett?»

«Sehr nett.»

Ich machte mir das Gesicht mit Wasser frisch, um mich von dieser Neuigkeit zu erholen.

«Meinst du, er wäre gut für Vera?»

«Ja, doch, sie würden zusammenpassen», antwortete Anita nach einigem Überlegen.

«Könntest du die Kupplerin spielen?»

«Ich werde ihn fragen, ob er Lust hat, eine Lehrerin aus Korça kennenzulernen», versprach sie.

«Sag ihm, dass sie einen traumhaften Körper und noch immer ein schönes Gesicht hat.»

«Ja.»

«Dass sie zwei Universitätsdiplome hat, eines in Geschichte und eines in Geografie.»

«Er hat aber nicht studiert.»

«Piepegal. Sag ihm auch, dass sie viel Humor hat und sehr großzügig ist, dass sie wie eine Göttin singt, Verse schreibt und Tiere liebt! Das beweist doch eine edle Seele, oder nicht?»

«In Ordnung. Was noch?»

«Sag ihm, dass sie ein Haus besitzt», fügte ich zum Schluss hinzu.

Es war nicht leicht, das beklemmende Warten auf die Antwort am nächsten Tag! Ich bat Anita inständig, mich im Ministerium anzurufen und mir Bescheid zu sagen, ob ihr Kollege einverstanden war, meine hinreißende Tante kennenzulernen.

«Er wäre entzückt», erklärte Anita am anderen Ende der Leitung, und der Hörer fiel mir aus der Hand.

Es war kein Witz. Eine Woche später kam Vera nach Tirana, voller Hoffnung – und voller Pläne.

«Die Tiere werde ich mitnehmen. Meinst du, dass er damit einverstanden ist?»

«Warte doch erst einmal ab, bis du ihn gesehen hast, dann kann man immer noch über die Details sprechen.»

«Das ist kein Detail, sondern eine Sache von großer Wichtigkeit. Foxa würde vor Kummer sterben, wenn ich einfach gehe. Und auch die Perserkatze, die ich halb tot von der Straße aufgelesen habe, würde es nicht überleben, noch einmal verlassen zu werden.»

Eine Stunde vor unserem Aufbruch zu dem Treffen gab mir meine Tante, als ich ihr die Augen schminkte und Anita den Nagellack auftrug, eine Anweisung:

«Du musst meinen zukünftigen Ehemann in den ersten fünf Minuten fragen, ob er Tiere mag. Es wäre doch bescheuert, nach anderthalb Stunden herauszufinden, dass er sie nicht ausstehen kann. Vergiss es nicht!»

Auf dem Weg zum ausgemachten Café dachte ich daran, während ich Anita über den Typen, den wir erwarteten, ausfragte. Um einen Platz zu finden, an dem das Licht für Vera vorteilhaft wäre, hatte ich vorgeschlagen, eine halbe Stunde früher hinzugehen.

Der Bewerber kam an wie aus dem Ei gepellt, ein leicht ergrauter Fünfzigjähriger mit schüchternem Lächeln, nicht sehr groß, aber auch nicht klein, er setzte sich auf den leeren Stuhl, von wo aus er Tante Vera im Gegenlicht erstrahlen sah. In der einen Woche voller Hoffnung war sie um zehn Jahre jünger geworden. Entspannt und fröhlich stellte sie ihm Fragen über seine Arbeit, während ich aus dem Fenster sah, um eine Katze zu erspähen und mich meiner Anweisung zu entledigen, indem ich «spontan» ausrief:

«Was für eine süße Katze, nicht wahr?»

Stimmte der Bewerber in meine Begeisterung ein, hatte er den Test bestanden, wenn nicht, mussten wir nachhaken. Meine Strategie war einwandfrei, nur ein winziges Detail fehlte: die Katze. Zehn Minuten waren verstrichen, ohne dass ein einziger Mäusefresser am Horizont aufgetaucht war. Ich begegnete dem ungeduldigen Blick meiner Tante und improvisierte.

«Ich mache mir etwas Sorgen, meine Katze erwartet Junge, und wir wissen nicht, was wir mit ihnen anfangen sollen. Es ist sehr traurig, sie umzubringen, aber wir können einfach nicht jedes Jahr vier neue Kätzchen behalten.»

«Ich würde gern eines nehmen», preschte der Bewerber vor.

Ich wurde rot: Nach zehn Jahren der Qual, die wir dem Nachwuchs unserer ehemaligen Katzendame verdankten, hatten wir in der Zwischenzeit ein Männchen. Was nun? Meine Tante half mir aus der Bredouille:

«Nicht nötig.»

Sie schenkte dem Bewerber ihr schönstes Lächeln.

«Du bekommst fünf.»

Einige Monate später brachte ein seltsamer Lastwagen eine lauthals singende Jungfrau, eine achtzigjährige Alte und sieben Tiere nach Tirana. Sie alle ließen sich in einer winzigen Wohnung am Stadtrand nieder. Und nach neun Monaten wurde zur allgemeinen Überraschung ein kleines Mädchen geboren. Durch einen grausamen Schicksalsschlag zog es sich eine Hirnhautentzündung zu. In dem Alter, wenn alle Babys anfangen zu laufen und ihre ersten Wörter auszusprechen, wurde sie für immer zu einem Leben im Dämmerzustand verdammt. Vor Kummer bekam ihr Vater einen Herzanfall und blieb danach gelähmt. Meine Tante hielt diesen tragischen Erschütterungen stand. Umgeben von Tieren, die im Laufe der Zeit verrückt geworden waren, und einer alten Mutter, die nach und nach das Gedächtnis verlor, kümmerte Tante Vera sich mit unermüdlichem Heldenmut um ihre schwerbehinderte Tochter und ihren ans Bett gefesselten Mann. Vielleicht beklagte sie in aller Stille ihr Schicksal, bis zu dem Tag, als die Zeugen Jehovas an ihre Tür klopften. Sie versprachen ihr das Himmelreich, das ewige Glück, eine vollkommene Welt, in der ihre zurückgebliebene Tochter Königin sein würde. Welche Mutter hätte nicht daran geglaubt?

So verließ meine Tante schon zu ihren Lebzeiten diese Welt, die nicht für sie gemacht war, um das Reich Gottes zu erblicken. Sie ruft mich nur noch an, um mich davon zu überzeugen, den Zeugen Jehovas beizutreten.

«Du kannst dir nicht vorstellen, wie glücklich ich durch den Herrn bin! Ich habe den Frieden gefunden, nach dem ich all die Jahre meiner unnützen Existenz vergeblich gesucht habe.»

Ich versuche, ihr von meinen literarischen Projekten zu erzählen, aber sie fällt mir ins Wort:

«Alles, was du tust, ist Illusion. Nichts hier auf Erden ist von Bedeutung. Ich bedaure, dass du noch in Unwissenheit gefangen bist und unfähig, Gottes Licht zu empfangen.»

Sie schweigt einen Augenblick, bevor sie weiterspricht:

«Ich rede so zu dir, weil ich dich liebe. Wenn das Ende der Welt kommt, möchte ich, dass wir zusammen sind. Aber du musst zu Gott finden, um gerettet zu werden.»

Ich frage sie nach ihrer Tochter.

«Es geht ihr wunderbar, sie macht sich bereit für ihr Leben als Königin.»

Mit zehn Jahren kann sie weder gehen noch sprechen, und ihr Blick ist leer. Meine Tante fährt fort:

«Meiner Tochter ist das größte Glück auf Erden widerfahren, denn das Himmelreich wird ihr geschenkt.»

Auf meine Fragen nach der Gesundheit ihres Ehemannes antwortet sie:

«Gott ist barmherzig zu uns gewesen. Auch mein Mann wird für all sein Leiden seinen Platz im Himmel erlangen.»

Es ist niemand mehr übrig, nach dem ich mich hätte erkundigen können: Großmutter war gestorben, nachdem sie sich jahrelang an kein Ereignis jenseits ihrer siebzehn Jahre erinnern konnte und ihre Tochter immer mit dem Vornamen ihrer verstorbenen Zwillingsschwester rief. Foxa wurde von der Polizei erlegt, da sie angefangen hatte, die Bewohner des Gebäudes zu beißen, und Miki fiel einer Magenverstimmung zum Opfer. Die Perserkatze ist ein für alle Mal verloren gegangen, wohingegen ihre weniger noblen Artgenossinnen eine nach der anderen in aller Stille entschliefen, im Dämmerlicht der Wohnung von Tirana, die unendlich weniger weitläufig war als das HAUS DER GROSSELTERN, das heute im Besitz einer zu Städtern konvertierten Bauernfamilie ist.

Nachdem die neuen Eigentümer die beiden flachen Steine, Zeugen einer Zeit, als die Nachbarn miteinander sprachen, entfernt hatten, ersetzten sie das alte Holztor durch ein neues aus massivem Stahl, hässlich, aber groß genug, um ihr Auto durchzulassen. Alle Fenster sind mit Metallgittern versehen. Der größte Teil des Gartens ist zur Garage umgebaut, und die stets in Reichweite stehenden Töpfe mit Petersilie und Minze wurden zum Zeichen des Protests gegen das Landleben fortgeworfen. Das aus Stein und Holz erbaute HAUS DER GROSSELTERN scheint sich unter der Last des Eisens zu krümmen. Meine Tante hat es zu einem Schleuderpreis verkauft, um sich mit ihrer Familie in Griechenland niederlassen zu können, wo die Zeugen Jehovas zahlreicher sind und vom Volk mehr geachtet werden. Bei uns bleibt Gott trotz des jüngsten Aufblühens von Sekten noch eine Kuriosität, ein Erinnerungsstück oder eine Schöpfung der menschlichen Fantasie. Was mich betrifft, so schaffe ich es trotz meiner unverbrüchlichen Liebe zu meiner Tante nicht, die Anwesenheit Gottes in jedem ihrer Sätze zu ertragen.

«Seit ich Zeugin Jehovas geworden bin, ist meine Liebe zu dir vollkommen», sagt sie zu mir.

Ihre unvollkommene Liebe von früher war mir bei Weitem lieber. Mir stehen Tränen in den Augen, ich kann nichts sagen, kann sie nach nichts fragen, denn Gott nimmt allen Raum ein. Und während sich alles in mir gegen ihn sträubt und nach Widerworten sucht, singt meine Tante am anderen Ende der Leitung:

«‹Du gingst von mir ohne ein Wort / In meinem Herzen wirst du ewig leben / Vergeblich warte ich auf deine Wiederkehr› … und so weiter und so weiter. Erinnerst du dich?»

Statt einer Antwort schießen große schmerzliche Tränen aus meinen geröteten Augen. Tränen, bitter vor Ohnmacht und Mitgefühl, begleiten meine Worte:

«Wie könnte ich das vergessen?»

Doch Gott mischt sich sofort in meine heiligen Erinnerungen ein:

«Jetzt singe ich solche Lieder nicht mehr; ich stimme nur noch Loblieder auf Unseren Schöpfer an. Willst du, dass wir zusammen im Duett singen? Aber erst musst du ins Zentrum der Zeugen Jehovas finden. Versprich es mir.»

Ich verspreche es ihr nicht. Wir haben uns nichts mehr zu sagen, und so legen wir auf. Ich tröste mich mit dem Gedanken, dass sie zumindest glücklich wirkt. Welche Rolle spielt es schon, ob Gott sie mir genommen hat, solange er ihr eine Tür der Hoffnung aufgestoßen hat. Ich wäre dazu außerstande. In meiner Seele bewahre ich unversehrt ihr einzigartiges, kostbares Bild, in meinem Koffer seufzen ihre alten Briefe, abgelegt in einem eigenen Dossier. Sie hatte die Angewohnheit, mir in Momenten übergroßer Traurigkeit über eine Enttäuschung in der Liebe zu schreiben, ohne je zu vergessen, die Texte der zu diesem Anlass komponierten Lieder beizulegen. Ich meinerseits schrieb ihr jedes Mal lange Briefe über die Dummheit der Männer und kurze Nachrichten, wenn ich war, um sie darüber zu unterrichten, dass ich dort noch keinen schöneren Körper gesehen hatte als den ihren. Die Augen auf das Meer geheftet, schielte ich nach den Frauen, die im Badeanzug vorübergingen, aber nie nach den Männern: Es war ausgeschlossen, auf Kerle in Unterhose abzufahren. Sie erschienen mir lächerlich, so ganz ohne Esprit, den allein die Kleidung den Männern verleiht. Sogar mein Vater verlor am STRAND seine ganze Ernsthaftigkeit. Mit geröteter Haut, dunkelblauer Badehose voller Meerwasser und Sandkörner, einer grotesken Sonnenbrille auf der Nase und einem Buch in der Hand glich er eher einem Hanswurst als einem tragischen Mann mit außergewöhnlichem Schicksal. Der STRAND wurde von sich ähnelnden Geschöpfen bevölkert, die ausgestreckt in der Sonne lagen, immer ein wenig fetter als in der Stadt, röter und dümmer. In aneinandergereihten Holzbaracken lebten die Leute zusammengepfercht wie Sardinen, um für zwei Wochen und unter höllischen Bedingungen den STRAND genießen zu können: Der Wasserhahn und die öffentliche Toilette für hundertfünfzig Menschen befanden sich draußen. Die Ferienunterkunft, die wir für zwei Wochen gemietet hatten, bestand aus vier Holzwänden, in denen man vor Hitze umkam. Alle Gegenstände des täglichen Gebrauchs mussten von zu Hause mitgebracht werden: Betten, Pfannen, Decken, Zuber, Geschirr. Um Essen zu kaufen, hatte man sich vor den Geschäften zu gedulden: Das endlose Schlangestehen verlieh den Speisen einen unvergleichlichen Geschmack!

Und wie freuten wir uns, an den STRAND zu gehen! Am Meer war alles wie verzaubert. Man brauchte das unendliche Blau bloß anzuschauen, um sich unsterblich zu fühlen, ein einziges Mal hineinzutauchen, und alles Schlechte ging zum Teufel. Der achtunddreißig Kilometer von Tirana entfernte STRAND verhieß Freiheit, Erholung, Extravaganz. Auf Lastwagen, vollgestopft mit Küchenutensilien, Schemeln, Tischen und Wäsche, zuckelten die Hauptstadtbewohner ihrem Traum entgegen. Es war auch möglich, mit dem Zug dorthin zu kommen, der allerdings war jeden Sonntag brechend voll. Während man unter der Woche mit etwas Glück einen Sitzplatz fand, gab es am Sonntag in den Abteilen nicht einmal mehr genug Luft zum Atmen. Doch diese Nebensächlichkeit hielt uns nicht davon ab, den Zug zu stürmen. Was war schon eine Stunde Atemnot, Herzstechen, Übelkeit und Gedränge verglichen mit dem Genuss, am Meer zu sein? Mit dem Glückstaumel, sich in den Sand zu legen? Mit der Ekstase, das salzige Wasser zu berühren?

Das flache Wasser hielt einige Überraschungen bereit, vor allem im Bereich zwischen der ersten und der zweiten Boje. Das konnte ich an einem unvergesslichen Sonntag feststellen: In Begleitung von Lora, meiner besten Freundin von der Oberschule, die die Gedichte der großen Poeten mit meinen Versen verwechselte, hatte ich an der ersten Boje Halt gemacht, während die Jungen aus unserer Klasse die umkämpfte und geachtete zweite Boje erreicht hatten. Wir sahen sie von Weitem, bewundernd und traurig. Lora seufzte und schwor, ab der nächsten Woche einen Schwimmkurs zu machen. Ich sagte nichts, denn der Anblick eines kleinen Bootes, das in die Richtung fuhr, wo unsere Kameraden badeten, weckte meine Hoffnung. Und wenn wir trotzdem zu ihnen gelangen konnten, indem wir uns an dem Boot festhielten? Lora fand meine Idee genial. Wir baten die beiden Ruderer um Erlaubnis, und die Sache war abgemacht. Ich blickte in den Himmel und stellte mir die Überraschung unserer Freunde vor, als ich plötzlich bemerkte, dass Lora das Boot losgelassen hatte. Obwohl ich nicht begriff, was sie damit bezweckte, tat ich es ihr gleich, weil ich sie nicht mitten im Meer alleinlassen wollte – ihre Schwimmkünste waren noch dürftiger als meine. In dem Moment sprangen unsere beiden Führer ins Wasser. Einer kam auf mich zugeschwommen.

«Wie nett du bist!», sagte ich voller Dankbarkeit zu ihm. «Ich danke dir vielmals, dass du mich gerettet hast! Ich kann ein bisschen schwimmen, aber meine Freundin nicht. Ihr musst du vor allem helfen.»

«Um die kümmert sich mein Freund», murmelte er.

Ich sah ihn bewundernd an.

«Na bestens. Ich finde keine Worte, um dir zu danken. Du hast ganz gemütlich in deinem Boot gesessen, und schwupp, springst du aus Mitgefühl ins Wasser. Wenn alle Leute so solidarisch wären, sähe die Welt anders aus. Kann ich mich an deiner Schulter festhalten?»

«Natürlich.»

Ich sah zu Lora hinüber, die wild um sich schlug und schrie, und beruhigte sie:

«Wir sehen uns an der zweiten Boje!»

Mithilfe des Jungen schaffte ich es bis zu meinen Kameraden. Doch statt sich über meine Ankunft zu freuen, machten sie sich um Lora Sorgen und schwammen sofort los, um sie zu holen. Ich erreichte das Ufer an der Schulter meines Retters. Wie weich er war! Hässlich und klein, aber weich. Zufällig kannte er Sami, einen Jungen aus Durrës, der in meiner Klasse war. Er ging zu ihm hinüber, nachdem er sich äußerst artig von mir verabschiedet hatte. Ich lief zu Lora, die im Sand saß. Sie weinte.

«Was ist los?», fragte ich völlig verblüfft.

«Er hat mir mein Bikinioberteil runtergezogen und sogar in meiner Badehose rumgefingert.»

«Wer?»

«Na, der Junge, der ins Wasser gesprungen ist! Und sein Freund, was hat der gemacht?»

«Nichts. Er hat mir geholfen, zu unseren Freunden zu kommen.»

Lora weinte noch heftiger.

«Aber warum hast du denn das Boot losgelassen?», warf ich ihr vor.

«Wie, warum? Hast du etwa nicht gemerkt, dass sie eine ganz andere Richtung angesteuert haben und überhaupt nicht die Absicht hatten, uns zu unseren Kameraden zu bringen?»

«Nein.»

«Du merkst auch gar nichts! Aber ich, ich habe alles begriffen, deshalb habe ich das Boot losgelassen. Als dieser widerliche Kerl auf mich zugeschwommen ist, habe ich ihn angeschrien, mich nicht anzurühren. Hast du mich denn nicht gehört?»

«Ich dachte, du würdest vor Angst schreien, weil du nicht schwimmen kannst, aber ich war mir sicher, dass der Junge dir helfen würde.»

«Bist du so bescheuert, oder machst du das extra?», brüllte sie mich an.

Ja, ich war so bescheuert. Nicht einen Augenblick war mir der Verdacht gekommen, dass die Unbekannten aus dem Boot uns Böses wollten. Als Sami mir berichtete, was mein freundlicher Retter ihm erzählt hatte, machte er mir klar, wie sehr meine Naivität ans Lächerliche grenzte. Der Junge vom Boot hatte ihm anvertraut, dass er tatsächlich genau wie sein Freund ins Wasser gesprungen war, um die unverhoffte Gelegenheit zu nutzen, die Brüste eines Mädchens und wenn möglich sogar mehr anzufassen. Aber er hatte es nicht gekonnt. «Als ich ihr Engelslächeln und ihre lachenden Augen sah und hörte, wie sie mir dankte, habe ich mich schlecht gefühlt, sie anzufassen. Ich habe es nicht geschafft, meine Hand an ihren Körper zu legen. Sie sah so vertrauensvoll aus, sie sagte mir ununterbrochen, dass ich sehr nett sei, und ... Kurz und gut, ich verstehe nicht, was in mich gefahren ist, aber ich konnte dieses Mädchen einfach nicht betatschen!»

Durch diesen Zwischenfall entdeckte ich meine wichtigste Verteidigungswaffe, auf die ich mich von da an verließ, wie andere sich auf Gott verlassen: das Böse ignorieren, damit es aufhört zu existieren. Diese Methode erwies sich als ausgesprochen nützlich im Umgang mit Flegeln und Beamten. Ich zeigte ihnen ein so schönes Bild ihrer selbst, dass sie nicht mehr in der Lage waren, mir zu schaden. In meinem Universum war das Böse ein unabsichtlicher Unglücksfall und jeder Fremde ein unerschöpflicher Quell der Menschenfreundlichkeit. Vor meinem Auge, das nie eine Spur von Schönheit übersah, verloren die Schwächen der anderen an Schärfe, so dass ich sie nach einer raschen Einschätzung der Situation vergeben oder rechtfertigen konnte. Diese unwirkliche Welt, aus der die Bosheit verbannt war, hatte ich nur zu dem Zweck erfunden, mich zu verteidigen. Wenn ich mich in der Opferrolle wiederfand, entdeckte ich an meinen Peinigern letztendlich immer etwas Liebenswürdiges. Selbst die Krankenschwester, die mir eine Spritze geben sollte, hatte schöne Augen oder eine modische Bluse, seidiges Haar, anmutige Beine, ein charmantes Lächeln: kurzum, ein Tau, an dem ich mich emporhangeln konnte, damit ihre Hand sanfter wurde und mir weniger wehtat. Überzeugt von ihren nicht vorhandenen guten Eigenschaften, betrachtete ich sie lächelnd, machte ihr ein Kompliment, sah sie als das, was sie sich selbst erträumte ... und auf subtile Weise wurde sie es. Das Vertrauen in den anderen ist eine viel schrecklichere Waffe als das Misstrauen, denn selbst der verdorbenste Mensch bewahrt am Grunde seiner selbst einen Funken Selbstachtung, der nach Bewunderung und Wertschätzung verlangt. Das

Meer war es, das mich eine ebenso banale wie großartige Wahrheit entdecken ließ.

Dem Meer verdanke ich auch so manche Flucht der Gedanken und zahlreiche Liebesabenteuer. Am frühen Morgen mit dem Herzallerliebsten wegzufahren und am Abend wieder heimzukehren, war selbst außerhalb der Feriensaison eine Reise über die Grenzen Albaniens hinaus, denn vom Ufer aus konnte man fast schon Italien sehen. Die Welt begann am Rand des Meeres, um sich im Unendlichen zu verlieren. Manchmal lagen Musterexemplare dieser unerreichbaren Welt auf dem Sandstrand vor dem Hotel, das für Ausländer reserviert war. Kein Albaner hatte das Recht, dort stehen zu bleiben, aber da sich dieses sonderbare Territorium in der Mitte des STRANDES befand, waren die einheimischen Urlauber gezwungen, mitten hindurchzulaufen, wobei sie den auf fremdländischen Badelaken ausgestreckten durchscheinenden Geschöpfen verstohlene Blicke zuwarfen. Ich ging oft Umwege, damit ich sie bewundern konnte: Für mich war ein Ausländer ein Rätsel, ein Rätsel in Freiheit.

Niemand rückte einem Ausländer mit einem Zollstock zu Leibe, um die Breite seiner Hose zu messen, wie es unsere Lehrerin auf der Oberschule tat: Mit vierundzwanzig Zentimetern war sie korrekt, breiter wurde sie zur Schlaghose, enger zur Röhre. Bei den Röcken zählte nicht die Breite, sondern die Länge: Hörten sie oberhalb der Knie auf, wurden sie zu Minis, darunter zu langen Röcken. Unsere kommunistische Moral verlangte das Mittelmaß, jede Abweichung von der Norm hatte Konsequenzen. Extremfälle wurden ausländischen Einflüssen zugeschrieben und deswegen streng bestraft. Auf der Oberschule, an der Universität und am Arbeitsplatz mussten die jungen Burschen auch aufpassen, dass ihnen die Haare nicht bis auf die Schultern reichten, sonst drohte ihnen der Ausschluss.

Die Ausländer dagegen gingen wie die Sonnenkinder mit wehender blonder Mähne am STRAND spazieren. Um derlei Vergleiche zu unterbinden, hatte sich daher in den Siebzigerjahren ein Touristenfriseur am Flughafen von Tirana niedergelassen. Er kontrollierte die Haarlänge mit noch größerer Sorgfalt als die Polizisten die Reisepässe. So, wie man diejenigen ohne Visum aus der Reihe herausholte, bestimmte der Friseur jene Köpfe, die seiner Dienste bedurften. Einige Touristen, die manchmal jahrelang auf ihr Visum gewartet hatten, um das Heiligtum des Kommunismus betreten zu dürfen – wobei sie immerfort Wohlwollen und Sympathie für das Regime unter Beweis zu stellen hatten –, machten wieder kehrt, ohne auch nur den Fuß auf albanischen Boden gesetzt zu haben, da sie sich weigerten, dafür ihre Haarpracht zu opfern. Andere willigten in dieses schreckliche Opfer ein. Die Glücklichsten unter ihnen kamen zehn Jahre später wieder, als die Politik des Landes in Frisurfragen laxer geworden war und die Mode in Europa sich geändert hatte. Die langhaarigen Touristen waren so rar geworden, dass der Friseur auf Order von oben sein Geschäft schließen musste. Es lohnte sich nicht, monatelang mit der Schere in der Hand auf einen einzigen ungebührlichen Kopf zu warten.

Ich dagegen suchte jedes Mal einen, wenn ich an den STRAND ging, bloß zu dem einen Zweck, mir für die Nacht einen Traum zu gönnen. Schweigend und nie allein, um keinen Verdacht zu erregen, ging ich am Ausländerhotel vorbei und starrte die im Sand ausgestreckten Gäste mit hungrigen Blicken an. Wie überrascht war ich, als ein schöner, langhaariger Mann mich eines Tages auf Englisch grüßte, während ich an meinem Lieblingsort vorüberschlenderte, diesmal in Begleitung eines kleinen, zehn Jahre jüngeren Albinomädchens – der einzigen Person, die meinem unsittlichen und gefährlichen Wunsch, die Fremden anschauen zu gehen, nachgegeben hatte. Ich erwiderte seinen Gruß, obwohl meine

Zufallsbegleitung mir vor Angst in den Arm kniff. Der Ausländer lud uns umgehend ein, uns auf sein Badelaken zu setzen.

«Wir bekommen nie wieder die Gelegenheit, mit einem langhaarigen Mann zu sprechen», sagte ich zu meiner Sommerfreundin.

Dieses Argument überzeugte sie, und sie setzte sich neben mich, aber ohne das farbenfrohe Handtuch auch nur zu berühren. Der Ausländer fragte uns, woher wir kämen.

«Wir sind Albanerinnen», antwortete ich.

Unserem Gegenüber blieb die Spucke weg.

«Ich habe mich nie getraut, eine Albanerin anzusprechen, obwohl ich seit vier Jahren jeden Monat hierherkomme. Ich dachte, ihr wäret aus einem Land im Norden – Schweden zum Beispiel.»

Im Gegensatz zu allen übrigen Albanern hasste ich es, in der Sonne zu liegen, und meine Albinofreundin auch – der Ausländer hatte uns wegen unserer weißen Haut gegrüßt. Er war Pilot der Linie Österreich–Albanien und hieß Jo. Wie er da mit dem Haar bis zur Taille auf seinem seltsamen Handtuch saß, wirkte er noch charmanter als Apoll. Wie sah er die Welt von oben?

«Wenn ich durch den Himmel navigiere, wirken die Häuser für mich wie Streichholzschachteln. Und ich halte mich für einen Riesen.»

«Sie sprechen wirklich wie ein Poet. Schreiben Sie Gedichte?»

Neun von zehn Albanern würden auf eine solche, bei uns routinemäßig gestellte Frage zweifellos mit Ja antworten, doch der Ausländer sah mich so erstaunt an, als hätte ich ihn gefragt, ob er auf der Auswahlliste für den Literaturnobelpreis stehe.

«Oh nein!», antwortete er schnell. «Ich bin ein einfacher Pilot.»

Ich verstand nicht, was das Wort «einfach» bedeuten sollte. Er war ein Ausländer, ein Wunder. Ist der Ausdruck «ein einfaches Wunder» überhaupt vorstellbar?

«Und Sie?»

«Meine Freundin ist an der Oberschule, und ich bin Journalistin, ich schreibe auch Gedichte.»

«Wirklich?»

Sein Blick wurde grüner, funkelnder, verhängnisvoller. Nach einem respektvollen Schweigen stellte er mir eine unfassbare Frage:

«Würden Sie mein Heimatland Österreich gern einmal besuchen?»

Ich war nicht einmal auf die Idee verfallen, ihn zu fragen, woher er kam, denn ein Ausländer hat die Welt zur Heimat.

«Waren Sie schon einmal in Österreich?»

Wie sollte ich ihm sagen, dass ich noch nie irgendwo gewesen war?

«Fliegen Sie gern?»

Selbst in meinen kühnsten Träumen hatte ich noch nie ein Flugzeug bestiegen. Der Ausländer hätte vielleicht noch mehr absurde Fragen gestellt, wenn nicht ein hässlicher, magerer Mann in Badehose aus dem Nichts aufgetaucht wäre, um uns mit einem charmanten Lächeln in äußerst klarem Albanisch zu sagen:

«Tut so, als wenn nichts wäre, in zehn Minuten erwarte ich euch hinter dem Bookshop. Wenn ihr sofort geht oder ängstlich wirkt, bekommt ihr richtig Ärger. Jetzt lächelt ihr mir zu und sagt mir auf Wiedersehen. Dann unterhaltet ihr euch im selben Ton mit ihm weiter.»

Und er ging mit seinem charmanten Lächeln fort, nachdem er sich herzlich von Jo verabschiedet hatte.

«Sie sehen verängstigt aus. Der Mann da, war das Ihr eifersüchtiger Verlobter?», fragte er mich.

«Nein, gar nicht. Das war der Verlobte meiner Freundin.»

Ich sah das Mädchen, das kein Wort Englisch verstand, schuldbewusst an und klärte sie auf:

«Ich habe gesagt, dass der Typ dein Schatz ist.»

«Na, herzlichen Dank auch», antwortete sie, furchtbar verletzt.

Trotz unseres Versuchs, gemäß der Anweisung fröhlich zu wirken, war der Zauber der Unterhaltung gebrochen. Genau zehn Minuten später teilte ich Jo mit:

«Wir müssen los, wir haben noch eine Verabredung.»

«Ich lade Sie zum Abendessen ein. Es war so ein Vergnügen, Sie kennenzulernen.»

«Aber …»

«Bis sieben Uhr warte ich am STRAND auf Sie, weil morgen früh fliege ich wieder los.»

«Auf Wiedersehen.»

«Ich warte auf Sie. Um sieben!»

Wir gingen los, zum Bookshop. Das schmächtige Kerlchen lehnte gegen die Tür des Ladens, diesmal in Polizeiuniform. Ich musterte ihn eingehend. Angezogen sah er weniger hässlich aus, fast sympathisch. Ich erklärte ihm voller Begeisterung:

«Du hast so gut gespielt, dass er dich für meinen Liebhaber gehalten hat!»

Der Polizist lächelte wider Willen.

Er nahm seine Mütze ab, strich sich das Haar glatt, steckte die Hände in die Taschen und gestand uns, dass er sich eine Badehose hatte kaufen müssen, bloß um wie ein Urlauber auszusehen.

«Das ist dir gelungen», bemerkte ich. «Wirklich, alle Achtung! Ich spreche als Profi: Ich bin Journalistin bei der Zeitschrift ‹Bühne und Bildschirm›.»

Der Polizist sah mich respektvoll an, und seine Gesichtszüge wurden einen Moment lang weich. Dann fuhr er streng fort:

«Ihr wisst, dass es verboten ist, mit Ausländern zu sprechen! Warum habt ihr gegen das Gesetz verstoßen?»

«Um das Ansehen unseres Landes zu heben», sagte ich, ohne mit der Wimper zu zucken. «Dieser Ausländer hat uns gegrüßt. Wenn wir weitergegangen wären, ohne etwas zu sagen, hätte er gedacht, dass die Regierung uns nicht erlaubt, mit Ausländern zu sprechen.»

«Und was habt ihr ihm gesagt?»

Ich improvisierte ein paar schöne patriotische Sätze. Dann erzählte ich ihm von den Häusern, die von oben wie Streichholzschachteln aussehen, und der Einladung, Österreich zu entdecken – was wir abgelehnt hatten. Es war heiß. Der Eisverkäufer kam mit seinem Karren an uns vorbei.

«Ich habe Lust auf ein Eis und spendiere uns allen eines», sagte ich als letztes Argument zu unserer Verteidigung.

Das Eis schmeckte dem Polizisten ausnehmend gut und überzeugte ihn, uns nicht mit zum Revier zu nehmen.

«Macht keine solchen Dummheiten mehr! Nicht alle Polizisten sind so nett wie ich! Sogar Mädchen riskieren Schläge. Auf dem Revier hätte man euch geschlagen, und das hättet ihr tatsächlich auch verdient. Ich bin eben zu sentimental. Jetzt aber, auf Wiedersehen», sagte er, sein Eis leckend, zu uns.

Den ganzen Rückweg über zitterte meine Begleiterin, ohne auch nur ein einziges Wort herauszubekommen. Als wir von Weitem unsere Ferienbaracken sahen, wachte sie endlich aus diesem Albtraum auf.

«Letzten Endes war es doch ein schönes Abenteuer. Es hätte sich sogar gelohnt, ein paar Ohrfeigen auf dem Polizeirevier einzustecken, um eine halbe Stunde mit einem langhaarigen und so schönen Ausländer zusammen zu sein», war ihr Kommentar.

Aus einer Laune heraus beschloss ich, um sieben Uhr zu der Verabredung zu gehen. Voller Begeisterung berichtete ich meiner Schwester und meinem Bruder von meiner außerordentlichen Begegnung, denn unsere Eltern waren auf einer Hochzeitsfeier in Tirana.

«Du hast Glück gehabt, dass du auf einen netten Polizisten gestoßen bist», war der einzige Kommentar meiner Schwester.

Mein Bruder sagte nichts, aber um Viertel vor sieben, als ich meine schönsten Sachen angezogen hatte und mich vor dem Spiegel bewunderte, schloss er mich mit einem Vorhängeschloss in der Holzbaracke ein.

«Sind dir eine Million albanische Männer nicht genug? Willst du uns alle ins Gefängnis bringen?»

Ich weinte, flehte ihn an, dass er mich Jo von Weitem ansehen ließ, aber er ging Fußball spielen und kam nicht vor acht Uhr zurück. Das Gesicht von Tränen aufgequollen, rannte ich zum menschenleeren STRAND. In unermesslicher Ferne erkannte ich ein buntes Badelaken, das von einer Silhouette gezogen wurde, die sich mit langsamen Schritten dem Ausländerhotel näherte.

«Jo! Jo!»

Ich schrie wie eine Verrückte, aber er war zu weit weg. Ich sah ihn in einem Gebäude verschwinden, das zu betreten kein einfacher Albaner das Recht hatte, und setzte mich in den Sand. Ich hatte keine Tränen mehr. Ich blickte in den Himmel hinauf: Von nun an würde er eine andere Bedeutung für mich haben. Jo würde für immer in ihm wohnen, in der Nähe von Sonne und Sternen. Ich auf der Erde musste mich mit dem Meer begnügen.

Ich wurde krank. Da ich nicht wusste, woran meine Seele litt, unterzog ich mich bei meiner Rückkehr nach Tirana einer gründlichen medizinischen Untersuchung. Keine Auffälligkeiten, versicherten mir der Allgemeinmediziner, der Kardiologe, der Urologe, der Neurologe und der Gastroenterologe. Der Gynäkologe jedoch fand etwas: eine Hormonstörung. Er gab mir eine Schachtel mit Medikamenten, die ich drei Monate lang nehmen sollte, um den Zyklus zu stabilisieren, und empfahl mir, die Gelegenheit zu nutzen und Liebe zu machen.

Die traditionelle Moral verdammte jeden Geschlechtsakt außerhalb des heiligen Bundes der Ehe. Die Mädchen, die dieses ungeschriebene Gesetz übertreten hatten, ließen sich oft das Jungfernhäutchen wieder zunähen, um unberührt vor ihren Ehemann zu treten. Wo aber hatten sie ihre Jungfräulichkeit verloren? Es war in Albanien extrem schwierig, einen Ort zu finden, um miteinander zu schlafen, da Unverheiratete bei ihren Eltern wohnten. Am einzigen Ort für ein Stelldichein in Tirana – dem Park beim künstlichen See – wimmelte es nur so von Spannern: Soldaten, Einzelgänger, Perverse. In den Hotels war die Eheurkunde obligatorisch, um in Begleitung eines Mannes ein Zimmer zu bekommen. Wie sollte man sich da lieben, ohne verheiratet zu sein? Obendrein machte das vollständige Fehlen von Verhütungsmitteln sexuelle Beziehungen zum Albtraum: Da die Abtreibung vom Staat streng bestraft wurde, blieb als letzter Ausweg, um eine ungewollte Schwangerschaft wieder loszuwerden, nur die illegale Tortur, die von ungebildeten und großzügig «geschmierten» Hebammen praktiziert wurde. Wie viele Familienmütter und verliebte Mädchen haben in stickigen Kammern ihr Leben gelassen, während sie in ein Laken bissen, damit die Nachbarn ihre Schreie nicht hörten? Und wie viele andere haben – im ehelichen oder außerehelichen Bett – an nichts anderes als ihre nächste Regel gedacht, während sie vor Lust seufzten? Einige versuchten, ihre fruchtbaren Tage herauszufinden, aber diese Schutzmaßnahme erwies sich, ebenso wie die anderen, als so unzuverlässig, dass für die Ängstlichen die Abstinenz die einzige Lösung war.

Es war also völlig überflüssig, einem Gynäkologen den Preis, den wir Frauen für den Geschlechtsakt zu zahlen hatten, ins Gedächtnis zu rufen. Ich teilte ihm trotzdem mit, dass es mir etwas schwerfallen würde, seine Anweisung zu befolgen:

«Ich habe Angst, schwanger zu werden.»

«Mit diesem Medikament gehen Sie kein Risiko ein, selbst wenn Sie es wollten. Aber man muss es jeden Tag einnehmen.»

Ich betrachtete die Wunderschachtel und dann den Arzt. Meinte er das ernst? Er nickte. Ich verließ seine Praxis in einem herrlich aufgewühlten Zustand. Was würde eine sexuelle Beziehung ohne die Angst vor einer Schwangerschaft bedeuten? Ich musste es versuchen! Mit einem Schlag schüttelte ich meine moralischen Bedenken und meine anerzogenen platonischen Vorstellungen von der Liebe ab: Drei Monate lang würde ich Herrin über meinen Körper sein. Ein Glück, das keine andere Frau in Albanien hatte. Unser Körper lag ebenso wie unsere Ehre in den Händen der Männer. Ein paar Spaziergänge in Begleitung des anderen Geschlechts, und ein Mädchen verlor seinen guten Ruf. Wenn eine Albanerin auch das Recht hatte, wie ein Mann zu studieren, dasselbe Gehalt zu verdienen und ebenso hohe Posten zu besetzen, so konnte sie doch keinesfalls wie ein Mann über ihren Körper verfügen. Der Sozialismus hatte der Frau alle gesellschaftlichen Rechte gegeben, ihr aber keinerlei Freiheit über ihr Intimleben zugestanden, so als sei ihr Geschlechtsorgan der Quell allen Übels. Man verzieh einer Frau alles, außer mit einem Mann geschlafen zu haben – es sei denn, natürlich, mit ihrem Ehemann.

Sich über diese grotesken Überlegungen hinwegzusetzen, erwies sich als unmöglich ohne das Schächtelchen mit den winzigen Tabletten darin – jenem Symbol der Gleichberechtigung mit dem männlichen Geschlecht. Später erfuhr ich, dass man sie im Westen «Pille» nennt. Ich hätte ihnen einen sinnbildlicheren Namen gegeben. Aber um dieses Mittel der Befreiung umzutaufen, muss man als Frau in einem konservativen Land geboren sein und jeden Verehrer als möglichen Überbringer von Schande und Tod betrachtet haben. Ich hielt es ganz fest in meiner Hand, und der Gedanke, dass kein Geliebter mir mehr schaden konnte, durchflutete meinen Körper. Der Verstand musste notgedrungen nachfolgen, und ich hatte für ihn auch eine Entschuldigung gefunden: Der Arzt hatte mir verschrieben, Liebe zu machen.

Das erzählte ich meiner Familie, die in aller Unschuld zu Mittag aß. In meinem Kopf hatte sich der Rat des Arztes in eine Anweisung verwandelt. Mein Vater riss die Augen auf, meine Mutter tat so, als hätte sie nichts gehört – wie immer, wenn es um Sex ging –, und meine Schwester fragte mich mit größtem Interesse:

«So was gibt es?»

«Ja, aber man muss krank sein», antwortete ich herausfordernd.

Mein Bruder sparte sich seinen Kommentar für den nächsten Tag auf. Gerade, als ich mich übergeben musste – die Nebenwirkungen des Medikaments machten sich bemerkbar –, erklärte er lächelnd:

«Jetzt verstehe ich, warum man mit deiner Behandlung nicht schwanger wird: Man fühlt sich so elend, dass man erst gar keine Lust hat, mit einem Mann zu schlafen.»

So wurde das Medikament zu einer öffentlichen Angelegenheit. Jeden Tag fragten mich mein Chef und meine Kollegin in der Redaktion der Zeitschrift «Bühne und Bildschirm» nach den Fortschritten der Therapie: Hatte ich schon jemanden gefunden, um die Anweisung des Arztes zu befolgen? Ich dachte nicht einmal daran. Nach den ersten Tagen der Übelkeit durch das Medikament genoss ich endlich meine Freiheit, ohne das geringste Bedürfnis zu verspüren, sie auch unter Beweis zu stellen. Frei ging ich durch die Straßen. Frei kehrte ich heim. Meine alten Kinderfreundinnen, die noch in der STRASSE wohnten, waren ganz aufgeregt. Anita beglückwünschte mich, Mara gab mir Ratschläge zum Thema Sex, und Rakie betrachtete mich voller Neid: Ich war eine von den weiblichen Zwängen losgelöste Frau. Mit dieser sich selbst genügenden Freiheit ausgestattet, nahm ich den Zug nach Shkodra, um mir ein Theaterstück anzusehen, über das ich für meine Zeitschrift einen Artikel schreiben sollte. Nach der Vorstellung traf ich den Regisseur und die anderen Mitglieder des Ensembles.

«Du bist ja noch schöner geworden», bemerkte Gimi, der Bühnenbildner, den ich noch von der Kunstakademie her kannte.

Seit Jahren sagte er mir denselben Satz, um mir dann ins Ohr zu flüstern:

«Ich träume davon, eine Nacht mit dir zu verbringen.»

Meine Zurückweisung erwiderte er jedes Mal mit einer Zeile aus einem Lied von Adriano Celentano:

«Du sagst Nein, doch ich werde wiederkommen.»

Nach diesem rituellen Wortwechsel, der über Jahre hinweg derselbe geblieben war, lud Gimi mich in ein traditionelles Restaurant ein. Wir redeten übers Theater und über die Malerei. Ich starrte ihn an. Mit seinem schönen Körper, dem lockigen Haar, seinem Lächeln und vor Geist sprühend kam er bei Frauen äußerst gut an. Wenn er, wie meine Schwester sagen würde, bislang nicht mein Liebhaber geworden war, dann einzig und allein, weil ich eine Schwäche für die Impotenten, Komplizierten, Gequälten und Schwindsüchtigen hatte – auch wenn Letztere nicht mehr existierten, seit die Tuberkulose zu meinem Leidwesen von den Antibiotika besiegt worden war.

Doch vielleicht würde ich mit meinem neuen Status ja auch meinen Männertyp wechseln? Meine früheren Verehrer passten zu einer Frau, der man ihren Körper genommen hatte. Heute war ich eine andere. Diese Überlegungen gingen mir auf der Rückfahrt nach Tirana durch den Kopf, nach einer Nacht im besten Hotel von Shkodra, dem ein Frühstück als freie Frau gefolgt war.

Ich traf eine Entscheidung: Ich würde mit Gimi Liebe machen. Man konnte keinen passenderen Mann finden: sportlich, fröhlich, weder kompliziert noch gequält, normal schön und, nach Aussage meiner Freundinnen von der Akademie, sehr männlich. Aus Angst, meine Meinung zu ändern, ging ich sofort zur Post. Ich schickte ihm ein Eiltelegramm ans Theater, in dem ich Celentanos Strophe aufgriff: «Ich habe Nein gesagt, aber du kannst wiederkommen.» Ich unterzeichnete mit meinem Vor- und Nachnamen.

Gimi rief mich am nächsten Tag an, zehn Minuten, nachdem er das Telegramm erhalten hatte: Er war gerade mit seinen Freunden etwas trinken gegangen, als ein Schauspieler in der Bar aufgetaucht war.

«Ein Eiltelegramm für dich.»

Bei uns kündigte diese Art Telegramm für gewöhnlich einen Todesfall an. Daher geriet Gimi trotz des heiteren Gesichts des Boten sehr in Sorge.

«Wir haben es im Theater alle gelesen», fuhr der Schauspieler fort und zog ein Papier aus seiner Tasche, «aber niemand hat etwas verstanden. Bis auf den Namen.»

Er wollte die Spannung noch steigern, aber Gimi riss ihm das Papier aus der Hand. Während der Schauspieler die Neugier der Freunde in der Bar befriedigte, indem er ihnen den merkwürdigen Text vortrug, las Gimi ihn erst einmal, dann ein zweites Mal, ohne es glauben zu können.

«Was für eine Überraschung!», sagte er am Telefon zu mir.

Ich wusste nicht, was ich antworten sollte:

«Wann kommst du?»

«Morgen ist Samstag.»

«Dann treffen wir uns um sechs Uhr abends am Bahnhof», erklärte ich.

Der einzige Ort für ein derartiges Abenteuer war der STRAND. Es war noch warm, obwohl die Feriensaison vorüber war. Ich sah auf mein Kleid: Es war einem solchen Ereignis nicht angemessen. Aber ich hatte kein Geld, um mir ein anderes zu kaufen, und auch keine Zeit. Im besten Falle konnte ich mir einen neuen Kajal, Make-up und Lidschatten besorgen. Ich holte bei Anita Rat. Sie gab gerade ihrer bettlägerigen Großmutter Hatibe, der stillen Zeugin all unserer Gespräche unter jungen Frauen, ein Schälchen Obst in die Hand.

«Ich habe ihn gefunden, und morgen fahre ich zum STRAND», verkündete ich Anita ohne weitere Erklärungen.

«Genial! Ist er schön?»

«Ja.»

«Ist er halbwegs normal?»

«Mehr als normal, aber ich, ich habe kein Kleid.»

«Mach dir keine Sorgen, das kriegen wir hin.»

Anita brachte mir zwei Kleider, Mara Slips und BHs, während Rakie, die Ärmste von uns, vorschlug, mir die Beine zu epilieren. Ich konnte mein neues Make-up, das ich noch schnell im Supermarkt gekauft hatte, nicht mehr ausprobieren, denn die Vorbereitungen für mein sexuelles Abenteuer kosteten uns viel Zeit. Ich zog die Kleider über meine seidigen Beine, aber keines war mir recht. Zuletzt entschied ich mich für die Samthose meiner Schwester.

«Pass aber auf und zerreiß sie nicht, indem du dich irgendwo hinsetzt, ohne achtzugeben», warnte sie mich.

Maras BH passte, der Slip nicht.

«Ich habe dir doch mal einen Slip genäht, damit du bei einer großen Gelegenheit nicht unvorbereitet bist», erinnerte sich meine Schwester.

Ich fand ihn ganz hinten in einer Schublade, gerade als Violetta, eine weitere Freundin aus Kindertagen, verheiratet, zweifache Mutter und ehemalige Bewohnerin der STRASSE, in die Küche platzte, um mir rasch eine todschicke Tube Hautcreme vorbeizubringen, denn Anita hatte sie über mein sexuelles Abenteuer ins Bild gesetzt. Ich musste mich konzentrieren und bat meine Freundinnen, mich allein zu lassen. Als ich epiliert, eingecremt, in Unterwäsche, die dieses Namens würdig war, und Samthose hinaus auf die STRASSE trat, sah ich sie, jede auf ihrer Türschwelle. Sie winkten mir zu.

«Viel Glück!», schrie Rakie.

«Hals- und Beinbruch!», brüllte Mara.

«Wir erwarten dich voll Ungeduld!», setzte Anita hinterher.

«Pass auf die Hose auf», ermahnte mich meine Schwester.

Nur Violetta sagte nichts. Ich ging ein paar Schritte und drehte mich um, um noch einmal dieses unglaubliche Bild zu betrachten, diese Frauen, die, jede auf der Schwelle ihrer Tür, mit beiden Händen winkten, um mir bei meinem Abenteuer als freie junge Frau Erfolg zu wünschen.

Von Freiheit durchdrungen, näherte ich mich dem Bahnhof. Schon von Weitem entdeckte ich Gimi.

«Wohin gehen wir?», fragte er mich nach einer kurzen Begrüßung.

«Zum STRAND!»

Wir sprangen in den abfahrbereiten Zug. Gimi las mir jeden Wunsch von den Augen ab, wenn auch erstaunt und verwirrt. Er verstand nichts, wagte aber nicht, mir Fragen zu stellen, aus Angst, eine Abfuhr zu bekommen. Ich war im siebten Himmel. Ich redete über meine letzten Begegnungen mit Künstlern, über die Bücher, die ich kürzlich gelesen hatte, über alles und nichts, außer über das, was wir am STRAND machen würden. Ich ließ mich von meiner Freude treiben, ans Meer zu fahren und frei zu sein an der Seite eines liebenswürdigen Mannes. Er erzählte mir die neuesten Witze vom Theater, und ich lachte viel. Als wir ankamen, war der STRAND leer. Wir spazierten ziellos umher, gut gelaunt wie zwei Freunde, die sich durch Zufall bei Sonnenuntergang getroffen haben. Nach einer halben Stunde bemerkte ich drei Männer, die uns entgegenkamen. Als sie näher waren, erkannte ich den in der Mitte, er war in der achten Klasse mein Banknachbar gewesen. Wir hatten uns schon seit Jahren nicht mehr gesehen. Ob er sich wohl noch an mich erinnern würde?

«Hallo!»

Also ja.

«Hallo», antwortete ich.

Wir wussten nicht, was wir uns nach so langer Zeit sagen sollten. Aus Höflichkeit fragte er mich dann doch:

«Was treibst du denn hier?»

«Ich bin hergekommen, um mit diesem Jungen hier zu schlafen», antwortete ich automatisch.

Mein ehemaliger Banknachbar schluckte und glaubte wohl, als er mein offenherziges Gesicht sah, dass ich ihn bat, mir zu helfen, einen Platz zu finden, wo ich mit meinem Begleiter übernachten konnte.

«Ich arbeite als Kellner in dem Restaurant da drüben», sagte er und wies auf ein rosa Gebäude. «Kommt zum Essen, dann besprechen wir das im Detail. Ich kenne einen Mann, der im Hotel am Empfang sitzt. Bis später!»

Gimis Überraschung war so grenzenlos wie seine Freude.

«Du bist unglaublich! Ich habe mich schon gefragt, wie ich es anstellen soll, um einen Platz für die Nacht zu finden. Ich war mir nicht sicher, ob ich einen Freund in Durrës anrufen soll, denn ich hatte Angst, dass du es mir übel nehmen würdest, und jetzt hast du schon alles arrangiert. Kennst du diesen Typen gut?»

«Ich habe ihn seit mindestens zehn Jahren nicht mehr gesehen, ich dachte sogar, er würde mich nicht wieder erkennen …»

«Jetzt mal langsam! Du hast ihn doch gerade gebeten, für uns einen Platz zu finden …»

«Ich habe ihn um gar nichts gebeten.»

«Warum hast du ihm denn gesagt, dass du hierherkommst, um mit mir zu schlafen?»

«Weil es so ist.»

Gimi setzte sich in den Sand.

«Hör mal, jetzt verstehe ich überhaupt nichts mehr. Ich flüstere dir ganz diskret ins Ohr, ob du eine Nacht mit mir verbringen willst, weil ich mich lächerlich fühle, dir tiefer gehende Dinge zu sagen, wie zum Beispiel, dass ich bereit wäre, dich zu heiraten …»

«Nein, echt? Eine so große Ehre würdest du mir erweisen?»

«Siehst du, jetzt ziehst du alles ins Lächerliche! Bleiben wir bei der Nacht. Zuerst sagst du mir Nein. Und am nächsten Tag schickst du mir ein Telegramm ins Theater, mit deinem eigenen Namen unterzeichnet, ein offenes Eiltelegramm, das jeder hat lesen können. Findest du das nicht bescheuert?»

«Nein. Ich kann diese schäbige Heimlichtuerei von euch Männern nicht ausstehen: immer aufpassen, den Ruf einer Frau nicht beschmutzen. So was brauche ich nicht.»

«In Ordnung. Aber ich finde es absurd, dem Erstbesten zu erzählen, dass du hergekommen bist, um mit mir zu schlafen. Keine Frau tut das, und sei es bloß aus Vorsicht.»

«Ich schon. Gehen wir essen?»

Wir gingen ins Restaurant, wo mein ehemaliger Schulkamerad uns einen schönen Fensterplatz mit Blick aufs Meer reserviert hatte. Er trug uns ein prachtvolles Abendessen auf: frischen Fisch mit Gemüse. Ich war blendender Laune. Als befreite Frau tauschte ich zum ersten Mal nicht nach Angst stinkendes Liebesgeflüster und sentimentale Phrasen aus. Ich fragte mich nicht, ob der Mann mir gegenüber mich heiraten würde oder ob ihn mein schlechter Ruf einschüchterte, ob ich, wenn ich mit ihm schlief, an Anmut verlieren und seine Liebe nachlassen würde, ob es sich lohnte, mein Leben für eine sexuelle Beziehung zu riskieren. Nein, diese langweiligen Themen hatte ich hinter mir gelassen. Ich diskutierte über die Größe des menschlichen Geistes von Shakespeare bis van Gogh und lauschte dem Rauschen des Meeres.

Am Ende des köstlichen Essens kam der Kellner und flüsterte uns ins Ohr:

«Ihr müsst noch eine Stunde warten, mein Bekannter fängt seinen Dienst an der Rezeption erst um Mitternacht an.»

Wir bestellten noch Kaffee und Wein, und im Nu war die Stunde verflogen. Punkt Mitternacht verließen wir das Restaurant und folgten dem Kellner, der uns durch die Bäume zu einem kleinen, gelb verwaschenen Gebäude führte. Auf dem Hof bat er uns, auf ihn zu warten, und verschwand, nachdem er von Gimi eine Stange Geld bekommen hatte, um sich mit dem Portier zu einigen.

«Wenn es ein Uhr morgens schlägt, betretet ihr im Abstand von einer Viertelstunde einer nach dem anderen das Hotel», sagte er, als er zurückkam. «Dann biegt ihr rechts ab in einen langen Korridor. Geht bis zum Ende durch und die Treppe hoch. Dann nach links. Zählt die Türen ab. Die vierte ist euer Zimmer. Der Schlüssel steckt von innen, die Tür wird offen sein. Ganz einfach.»

Mir erschien das Ganze im Gegenteil ziemlich kompliziert, aber da ich schon so weit gekommen war, stand es nicht zur Debatte, jetzt noch einen Rückzieher zu machen! Unser Wohltäter wünschte uns eine gute Nacht und verschwand, von Gimis endlosen Dankesworten begleitet, im Dunkel. Wir mussten uns noch eine halbe Stunde gedulden, bevor wir im vierten Zimmer der ersten Etage anlangen würden, nachdem wir rechts abgebogen, den langen Korridor durchquert, die Treppe genommen und links abgebogen waren. Ich beschloss durchzuhalten, hatte mein ganzes Arsenal an Konversation allerdings schon aufgebraucht. Ich setzte mich auf den Boden, sprang aber sofort wieder auf, es war nass. Unglücklicherweise blieb meine Hose an einem Ast hängen und zerriss. Was würde ich meiner Schwester sagen? Sie hatte mich gewarnt, sie kannte mich. Zum Teufel mit der Hose, ich musste an etwas Fröhlicheres denken! Der große Moment war gekommen, und es wäre dumm gewesen, ihn wegen einer Hose zu verderben. Ich atmete tief durch und betrachtete den Mond. Wie schön er war! Ein Gedicht von Puschkin kam mir in den Sinn. Ich versuchte, diesen leeren Momenten eine lyrische Note zu verleihen. Ich stellte mich vor Gimi und begann, den Mond betrachtend, zu rezitieren:

«Als blau, blau die Nächte waren ...»

Bei der zweiten Strophe wandte ich den Blick meinem Mann für diese Nacht zu. Ich hatte mir vorgestellt, dass er gerührt war, fast verliebt, mit geweiteten Pupillen und weißer Haut, denn Puschkins Gedicht erschüttert die Seele. Aber seine Augen waren auf etwas jenseits von meinem Kopf fixiert. Ich blickte hinter mich, um nachzusehen, was ihn noch mehr interessieren konnte als die Verse des großen russischen Dichters aus meinem Munde. Und sah ein halb nacktes Mädchen, das von zwei Männern begrapscht wurde. Das Trio schien genau wie wir den Portier bestochen zu haben, um an ein Zimmer zu kommen, doch vor Ungeduld hatten die Mannsbilder mit dem Vorspiel bereits begonnen. Etwas weiter hinten küsste sich ein Pärchen. Der ganze Hof war von Kreaturen bevölkert, die sich berührten, betatschten und befingerten, während sie auf ihr Zimmer warteten. Die übertrieben geschminkten Frauen lachten und stießen Obszönitäten aus, während sie mit den Händen in der Hose ihres Partners wühlten. Und ich betrachtete den Mond und rezitierte Verse von Puschkin!

Ich wollte diesen verhängnisvollen Ort, der meine Nacht freier Liebe beschützen sollte, sofort wieder verlassen. Doch die Uhr schlug eins, und ich erinnerte mich an die Anweisung des Arztes. Schwankenden Schrittes näherte ich mich dem Eingang. Ein ekelhafter Mann saß über ein Register gebeugt, ohne mich eines Blickes zu würdigen. Ich folgte der Wegbeschreibung, beinahe überzeugt, dass ich mich verlaufen und in einem Zimmer mit vier bestialischen Männern landen würde. Aus purem Zufall erreichte ich den richtigen Ort. Mein Herz schlug zum Zerspringen. Und wenn einer der Männer, die ich im Hof gesehen hatte, ins Zimmer eindrang? Ich konnte die Tür nicht abschließen, bevor Gimi da war. Warum brauchte er so lange? Hatte man ihn zusammengeschlagen, um mich in der Gruppe zu vergewaltigen?

Die Tür ging auf, und Gimis Erscheinen unterbrach meinen düsteren Monolog. Gott sei Dank! Nach so vielen Hindernissen hatten wir endlich unser Zimmer mit zwei getrennten Betten und eine ganze Nacht vor uns. Was nun? Mir kam die Idee, mein neues Make-up auszuprobieren. Ich holte es aus meiner Tasche und stellte mich vor den Spiegel. Gimi nahm seinen Walkman und schlüpfte diskret in eines der Betten.

Der Lidschatten war perfekt! Auch die etwas hellere Tönungscreme stand mir ausgezeichnet. Der schwarze Kajal dagegen machte meine Züge hart, und ich rieb ihn mit ein bisschen Watte wieder weg. Auch den Lippenstift trug ich auf, dezent und natürlich.

«Wie findest du mich?», fragte ich Gimi.

«Wunderbar», antwortete er voller Bewunderung und Staunen.

Ich schminkte mich ab, zog mich aus, löschte das Licht und kroch langsam und müde, aber erleichtert, dass ich dem Schlimmsten entkommen war, in mein Bett. Plötzlich erinnerte ich mich an den Zweck meiner Reise.

«Ich komme jetzt zu dir ins Bett», murmelte ich im Dunkeln.

«Wenn du Lust hast, aber du bist überhaupt nicht dazu verpflichtet.»

«Natürlich bin ich dazu verpflichtet, ich bin bis hierher gekommen, um mit dir Liebe zu machen. Der Arzt hat es mir verordnet.»

«Was für ein Arzt?», hörte ich eine vor Verblüffung erstickte Stimme.

«Der Gynäkologe. Er hat mir ein Medikament verschrieben, damit ich nicht schwanger werde, und mir geraten, Liebe zu machen.»

Entschlossen stand ich von meinem Lager auf und kroch in Gimis Bett. Er zitterte. Er schaffte es nicht einmal zu sprechen, geschweige denn, Liebe zu machen. Ich hatte kein Glück! Nachdem ich alles getan hatte, um die Anweisung des Arztes zu befolgen, blieb mir nun nichts anderes übrig als zu schlafen. Am nächsten Morgen wachte ich allein auf, immer noch in Gimis Bett. Kaum hatte ich die Augen geöffnet, hörte ich den Schlüssel im Schloss. Gimi trat ins Zimmer.

«Guten Morgen.»

Gähnend erwiderte ich seinen Gruß.

«Ich konnte nicht einschlafen und habe ungeduldig auf den Sonnenaufgang gewartet, um einen kleinen Spaziergang am Meer zu machen», sagte er und kam zu mir herüber.

Er setzte sich aufs Bett.

«Entschuldige wegen gestern Abend. Beim nächsten Mal wird es besser.»

«Es wird kein nächstes Mal geben», erklärte ich mit einem Lächeln. «Du hast mich um eine Nacht gebeten, und die habe ich dir gewährt. Wir sind quitt.»

«Aber ... ich war nicht auf der Höhe, ich war schockiert, verwirrt, bestürzt. Ich versichere dir, kein Mann würde es schaffen, unter solchen Umständen Liebe zu machen. Gib mir noch eine Chance.»

«Ich kann nicht. Ich habe versucht, etwas zu tun, das über meine Kräfte geht, und es ist mir nicht möglich, es noch einmal zu versuchen.»

Ich sah, dass ihm die Tränen in die Augen traten.

«Ich zweifle nicht an deiner Männlichkeit», fügte ich hinzu und küsste ihn auf die Wange. «Du bist ein wunderbarer Mann. Und wir haben eine ebenso absurde wie unvergessliche Nacht verbracht.»

«So viel steht fest», murmelte er.

Im Zug diskutierten wir über Schiele, von dem er sich für seine Bühnenbilder inspirieren ließ, und am Bahnhof schüttelten wir uns die Hand wie alte Freunde. Gimi fuhr zurück nach Shkodra, und ich schlug den Weg zu meiner STRASSE ein. Bevor ich aber nach Hause ging, machte ich bei Anita Halt. Wie üblich war meine Freundin dabei, hingebungsvoll ihre Großmutter zu umsorgen: Sie legte ihr Kompressen auf die Stirn. Noch bevor ich einen einzigen Satz sagen konnte, fragte Hatibe mich:

«War er auch Täderast?»

Ich brach in schallendes Gelächter aus. Von ihrem Bett aus hatte sie unsere Diskussionen mitverfolgt und ihre eigenen Schlüsse gezogen.

«Es heißt nicht Täderast, sondern Päderast», verbesserte Anita äußerst amüsiert.

Und nachdem sie mein vielsagendes Gesicht einer eingehenden Prüfung unterzogen hatte, verkündete sie mir:

«Das nächste Mal, wenn du losziehst, um Liebe zu machen, klebe ich dir ein Pflaster über den Mund, meine Teuerste: Mit deinem Gerede vögelst du den Männern das Hirn und lähmst ihnen den Schwanz!»

Sie hatte keine Gelegenheit mehr, diese neue Methode auszuprobieren, denn ein paar Monate später brach das kommunistische Regime zusammen, und Anita verließ unsere STRASSE, um nach Italien zu fliehen, wo sie ein besseres Leben und vor allem einen Ehemann zu finden hoffte. Von nun an würde die lächerliche Forderung nach Jungfräulichkeit als vorsintflutlich gelten. Italien erwartete meine Freundin mit offenen Armen, jenseits von Intoleranz und mittelalterlichen Vorurteilen. Schon waren die unüberwindlichen Grenzen des Landes Vergangenheit! Von den wildesten Träumen beseelt, stürmten die Albaner die europäischen Botschaften und klammerten sich an den Schiffen fest, um das Land gegenüber zu erreichen. Der STRAND verwandelte sich in einen seltsamen Ort des Abschieds: Am Ufer weinten jene, die nicht den Mut zum Fortgehen hatten, und auf den Schiffen sangen die Unerschrockenen, die Liebhaber des Meeres und der Freiheit. Da sie sich jahrelang in völlig überfüllten Zügen im Ersticken geübt hatten, fühlten sie sich bereit zu einer schwierigen, ja unmöglichen Reise. Nie hatten so vollgestopfte Schiffe die Adria überquert, nicht einmal in Kriegs- und Hungerszeiten. Wer außer den Albanern der kommunistischen Ära war schon imstande, auf solche Weise sein Leben für einen dunklen und ungewissen Traum aufs Spiel zu setzen. Viele sind auf der Überfahrt gestorben.

Mit den Überlebenden erreichte Anita das Land Dantes und Michelangelos, voller Hoffnung und Zuversicht. Nach schwierigen Monaten als Flüchtling fand sie irgendeine Arbeit und eine kleine Wohnung und gründete ein mittelmäßiges Leben als Konsumentin. Nach gewissen Enttäuschungen traf sie sogar den idealen Mann. «Er ist Theologiestudent», schrieb sie mir, «und wir sind füreinander geschaffen. Wenn du wüsstest, wie glücklich ich bin! Alles ist herrlich, himmlisch, perfekt. Es gibt nur einen kleinen Streitpunkt: Er würde gern eine Jungfrau heiraten.» Wie sie es geschafft hatte, in ganz Italien ausgerechnet einen Mann mit einem solchen Anspruch aufzustöbern, bleibt ein Geheimnis!

Auf den Trümmern ihres alten, von Dattelbäumen überschatteten Hauses ist ein hohes Gebäude aufgeschossen. Dieses seelenlose Bauwerk berührt das HAUS MEINER KINDHEIT und vergiftet es, es stiehlt ihm sein Licht und seine Lebenskraft. Der Beton zerfrisst den Lehm und das Stroh der Mauern, die langsam zerfallen.

ZITATE

Die Autorin verwendete Zitate von Aischylos (Eschyle: Promethée enchaîné), Fjodor Michailowitsch Dostojewski, Sergej Alexandrowitsch Jessenin (Brief an die Mutter; zitiert nach http://home.arcor.deberick/illeguan/esenin2.htm, Stand 1.10.2009), Bertolt Brecht (zitiert nach: Das Werk der kleineren Genien. Aufsätze zur Literatur 1934–1946, Werke, Bd. 19, S. 465), Migjeni (eigentlich Millosh Gjergj Nikolla), Alexander Sergejewitsch Puschkin. Wo nichts anderes vermerkt, stammen die deutschen Übersetzungen von Katja Meintel.

Ruth Klüger im dtv

»Jeder Tag ist wie ein Tor, das sich hinter mir schließt und mich ausstößt.«
Ruth Klüger

weiter leben
Eine Jugend
ISBN 978-3-423-**11950**-4

Mit sieben durfte sie in ihrer Heimatstadt Wien auf keiner Parkbank mehr sitzen. Mit elf kam sie ins Konzentrationslager. Ruth Klüger erzählt ihre Kindheit und Jugend.

Frauen lesen anders
Essays
ISBN 978-3-423-**12276**-4

Frauen lesen anders als Männer, weil sie anders leben. Daher kann der weibliche Blick, in der Literatur wie im Leben, manches entdecken, woran der männliche vorübersieht. Ruth Klüger beweist dies in elf ebenso ungewöhnlichen wie klugen Essays.

unterwegs verloren
Erinnerungen
ISBN 978-3-423-**13913**-7

Aus den Konzentrationslagern Hitlers nur durch einen glücklichen Zufall errettet, wurde Ruth Klüger in den USA zur angesehenen Literaturwissenschaftlerin und international ausgezeichneten Schriftstellerin. Die Beziehung zur Mutter, den beiden Söhnen, die unglückliche Ehe, die Ressentiments, mit denen sie als Frau und als Jüdin an amerikanischen Universitäten zu kämpfen hatte, sind Themen dieser Autobiographie.

Gemalte Fensterscheiben
Über Lyrik
ISBN 978-3-423-**13953**-3

Vom Leuchten der Wörter. »Man braucht keine Germanistin zu sein, um Ruth Klügers Literatur-Essays mit Faszination zu lesen. Ihre Argumentation ist scharfsinnig, ihr Stil lakonisch und pointiert, ihr Urteil unerbittlich, aber immer nachvollziehbar.« (Sigrid Löffler)

Was Frauen schreiben
ISBN 978-3-423-**14045**-4

Nach ihrem Bestseller ›Frauen lesen anders‹ geht Ruth Klüger jetzt der Frage nach, ob Frauen auch anders schreiben. Nein, lautet ihr Resümee, doch sie werfen einen »Blick aufs Leben durch anders geschliffene Gläser.«

Rafik Schami im dtv

»Meine geheime Quelle ist die Zunge der anderen. Wer erzählen will, muß erst einmal lernen zuzuhören.«
Rafik Schami

Das letzte Wort der Wanderratte
Märchen, Fabeln und phantastische Geschichten
ISBN 978-3-423-10735-8
»Die Fortsetzung von ›Tausendundeiner Nacht‹ in unserer Zeit.« (Jens Brüning, SFB)

Die Sehnsucht fährt schwarz
Geschichten aus der Fremde
ISBN 978-3-423-10842-3
Das Leben der Arbeitsemigranten in Deutschland: von Heimweh, Diskriminierung, Behördenkrieg und Sprachschwierigkeiten – und von kleinen Siegen über den grauen Alltag.

Der erste Ritt durchs Nadelöhr
Noch mehr Märchen, Fabeln & phantastische Geschichten
ISBN 978-3-423-10896-6
Von tapferen Flöhen, einem Schwein, das unter die Hühner ging und anderen wunderbaren Fabelwesen.

Das Schaf im Wolfspelz
Märchen & Fabeln
ISBN 978-3-423-11026-6
Märchen und Fabeln, die bunt und poetisch erzählen, was ein Schaf mit einem Wolfspelz zu tun hat …

Der Fliegenmelker
Geschichten aus Damaskus
ISBN 978-3-423-11081-5
Vom Leben der Menschen im Damaskus der 50er Jahre: Liebe und List, Arbeit und Vergnügen in unsicheren Zeiten.

Märchen aus Malula
ISBN 978-3-423-11219-2
Aus Malula, dem Heimatort von Rafik Schamis Familie, stammt diese Sammlung von Geschichten, die durch Zufall wiederentdeckt wurde.

Erzähler der Nacht
Roman
ISBN 978-3-423-11915-3
Salim, der beste Geschichtenerzähler von Damaskus, ist verstummt. Sieben seiner Freunde besuchen ihn Abend für Abend und erzählen die Schicksalsgeschichten ihres Lebens, um ihn zu erlösen.

Eine Hand voller Sterne
Roman
ISBN 978-3-423-11973-3
Das Tagebuch eines Damaszener Bäckerjunge: Von Schönem, Poetischem und Lustigem, aber auch von Armut und Angst erzählt er.

Rafik Schami im dtv

Der ehrliche Lügner
Roman
ISBN 978-3-423-12203-0
Geschichten aus dem Morgenland, die Rafik Schami in bester arabischer Erzähltradition zu einem kunstvollen Roman verwoben hat.

Vom Zauber der Zunge
Reden gegen das Verstummen
ISBN 978-3-423-12434-8
Vier Diskurse über das Erzählen, wie sie lebendiger und lebensnäher nicht sein könnten.

Reise zwischen Nacht und Morgen
Roman
ISBN 978-3-423-12635-9
Ein alter Circus reist von Deutschland in den Orient. Über die Hoffnung im Angesicht der Vergänglichkeit.

Gesammelte Olivenkerne
aus dem Tagebuch der Fremde
ISBN 978-3-423-12771-4
Mit kritischem und amüsiertem Blick auf das Leben in Arabien und Deutschland schreibt Schami über eine Traumfrau, einen Müllsortierer, über Liebende oder Lottospieler.

Milad
Von einem, der auszog, um 21 Tage satt zu werden
Roman
ISBN 978-3-423-12849-0
Eine Fee verspricht dem armen Milad einen Schatz, wenn er es schafft, 21 Tage hintereinander satt zu werden.

Sieben Doppelgänger
Roman
ISBN 978-3-423-12936-7
Doppelgänger sollen für Rafik Schami auf Lesereise gehen, damit er in Ruhe neue Bücher schreiben kann …

Die Sehnsucht der Schwalbe
Roman
ISBN 978-3-423-12991-6 und
ISBN 978-3-423-21002-7
»Mein Leben in Deutschland ist ein einziges Abenteuer.« Ein Buch über Kindheit und Elternhaus, Liebe und Hass, Fürsorge und Missgunst und die Suche nach Geborgenheit.

Die dunkle Seite der Liebe
Roman
ISBN 978-3-423-13520-7 und
ISBN 978-3-423-21224-3
Zwei Familienclans, die sich auf den Tod hassen und eine Liebe, die daran fast zerbricht.

Rafik Schami im dtv

Mit fremden Augen
Tagebuch über den 11. September, den Palästinakonflikt und die arabische Welt
ISBN 978-3-423-**13241**-1
Poetisch geschriebene Tagebuchaufzeichnungen von Oktober 2001 bis Mai 2002 – getragen von dem Wunsch nach einer friedlichen Aussöhnung zwischen Israelis und Palästinensern.

Das Geheimnis des Kalligraphen
Roman
ISBN 978-3-423-**13918**-2 und
ISBN 978-3-423-**19141**-8
(AutorenBibliothek)
Die bewegende Geschichte des Damaszener Kalligraphen Hamid Farsi, der den großen Traum einer Reform der arabischen Schrift verwirklichen will und sich dabei in Gefahr begibt.

Damaskus im Herzen
und Deutschland im Blick
ISBN 978-3-423-**13796**-6
Ernsthafte und unterhaltsame Betrachtungen eines syrischen Deutschen zwischen Orient und Okzident, ein Plädoyer für mehr Toleranz und das Buch, in dem sich Schamis persönliches und politisches Credo am leidenschaftlichsten ausdrückt.

Eine deutsche Leidenschaft namens Nudelsalat
und andere seltsame Geschichten
ISBN 978-3-423-**14003**-4
Ein liebevoller Brückenschlag zwischen Orient und Okzident: Beobachtungen aus dem deutschen Alltag.

Die Frau, die ihren Mann auf dem Flohmarkt verkaufte
oder wie ich zum Erzähler wurde
ISBN 978-3-423-**14158**-1
Ein Mann, der keine Geschichten erzählen kann, riskiert, von seiner Frau verkauft zu werden – eine Lektion, die der 7jährige Rafik von seinem Großvater lernt und so beschließt er, Frauen immer Geschichten zu erzählen, damit sie ihn nicht verkaufen.

Gudrun Pausewang im dtv

»Gudrun Pausewang plädiert in ihren Werken für die Verständigung zwischen den Völkern und Rassen, für Toleranz, gegen Haß, Gewalt und Krieg.«
Günter Höhne in der ›Neuen Zeit‹

Kinderbesuch
Roman
ISBN 978-3-423-**12749**-3

Ein deutsches Ehepaar besucht seine in Südamerika lebende Tochter. »Ein Lehrstück über die erschütternden Gegensätze zwischen arm und reich in Lateinamerika und über unser aller Defizit an Information und Verständnis.« (Süddeutscher Rundfunk)

Rosinkawiese – damals und heute
ISBN 978-3-423-**13203**-9

Erinnerungen an Böhmen. Ein autobiographischer Bericht vom »einfachen Leben«. Ein Buch der Verständigung zwischen den Generationen. Eine Geschichte der Versöhnung. ›Rosinkawiese. Alternatives Leben in den zwanziger Jahren‹, ›Fern von der Rosinkawiese. Die Geschichte einer Flucht‹ und ›Geliebte Rosinkawiese. Die Geschichte einer Freundschaft über die Grenzen‹ – jetzt in einem Band! »Gudrun Pausewang leistet Aufklärung, ohne etwas zu verschweigen. Sie nötigt zu einem differenzierten Bild von der Vergangenheit – um der Zukunftsaufgaben willen, die vor uns liegen.« (Malte Dahrendorf)